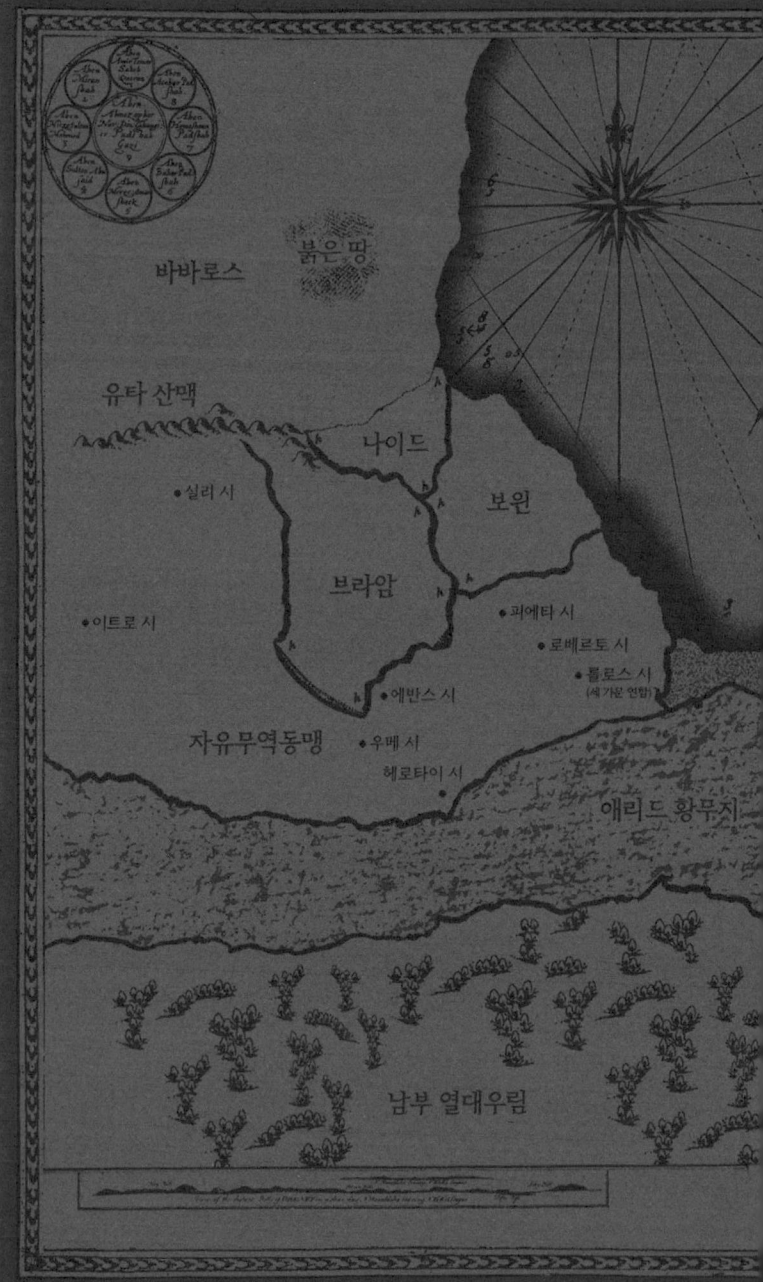

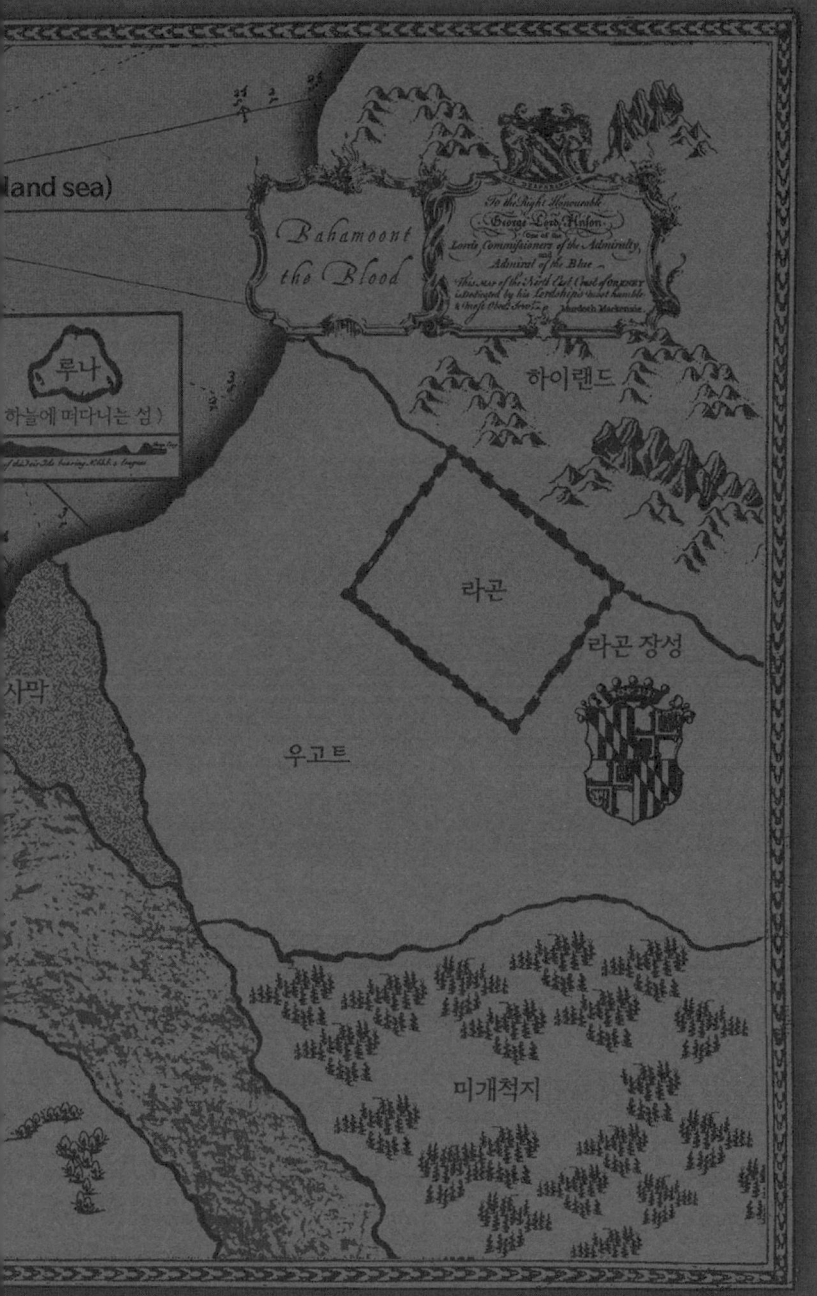

# 흡혈왕
## Bahamoont the Blood
# 바하문트

FANTASY STORY & ADVENTURE

쥬논 판타지 소설

1

# 흡혈왕 바하문트 *1*
플루토 프로젝트(Pluto Project)

초판 1쇄 인쇄 / 2008년 1월 20일
초판 1쇄 발행 / 2008년 1월 30일

지은이 / 쥬논

발행인 / 오영배
편집장 / 김경인
펴낸 곳 / (주)삼양출판사 · 드림북스

주소 / 서울특별시 강북구 미아8동 322-10호
대표 전화 / 02-980-2112~4  팩스 / 02-983-0660
편집부 전화 / 02-980-2116  팩스 / 02-983-8201
홈페이지 / www.sydreambooks.com

등록번호 / 제9-00046호
등록일자 / 1999년 3월 11일

ⓒ 쥬논, 2008

값 8,000원

(주)삼양출판사 · 드림북스의 서면 허락 없이는 어떠한
형태나 수단으로도 이 책의 내용을 이용하지 못합니다.

ISBN 978-89-542-2457-4  04810
ISBN 978-89-542-2456-7  (세트)

* 지은이와 협의하에 인지는 생략합니다.
* 잘못된 책은 구입한 곳에서 바꾸어 드립니다.

FANTASY STORY & ADVENTURE

# 흡혈왕 비하문트

*Bahamoont the Blood*

① 플루토 프로젝트

쥬논 판타지 장편 소설

일러두기 · *006*

제1화 흡혈왕과의 만남 · *009*

제2화 늑대를 피하려다 들어간 사자굴 · *043*

제3화 전쟁발발 · *073*

제4화 신성플루토 · *119*

제5화 고대 흉왕의 무덤 · *157*

제6화 진짜 뱀부나이트 · *215*

제7화 플루토나이트의 조건 · *247*

제8화 5년 뒤 · *287*

부록 : 주요 왕국의 플루토 보유 현황 · *329*

## 일러두기

1. 『흡혈왕 바하문트』는 제 전작들과 세계관의 일부를 공유합니다. 허나 깊은 연관은 없습니다.

2. 단위는 편의상 현재의 SI 도량형을 사용합니다. 거리는 '미터', 시간은 '초', 온도는 '도'를 기본단위로 썼습니다. 달력도 현재의 양력을 그대로 적용했습니다.

이러는 편이 헷갈리지 않기 때문입니다. 하지만 본문에 등장하는 몇몇 단위들, 예를 들어 힘의 단위 '차지(Charge)'는 제가 만들었습니다. 1차지는 말 탄 기사 한 명의 평균돌파력을 뜻합니다.

3. 이 글에서 마나의 의미는 에너지입니다. 기사들의 운동에너지, 마법사들의 마법에너지, 혹은 정신에너지(정신력)까지 포함합니다.

4. 본문에 등장하는 마정석은 S, A, B, C, D, E 등급으로 구분합니다. E급은 가장 품질이 나쁜 최하급 마정석을 뜻하며, 주로 실생활에서 사용됩니다. 한편 A급 마정석은 최상품, S급은 그 이상입니다.

5. 『흡혈왕 바하문트』의 세계엔 엘프나 드워프, 오크, 드래곤과 같은 익숙한 이(異)종족은 나오지 않습니다. 대신 하이랜더(High Lander)와 뱀파이어, 사막족, 조인족, 설족, 그 밖에 약간의 몬스터가 등장할 예정입니다.

6. 후작은 변경을 지키는 귀족입니다. 봉건시대 후기의 유럽에서 후작의 권력은 백작보다 약했던 경우가 많았습니다. 왕권이 강할수록 후작의 영향력은 더 하락했고요.

아무래도 권력의 중심인 왕과 멀리 떨어져 있었기 때문이겠지요. 그 대신 후작은 영지에 대한 강력한 지배력을 행사했었습니다. 이 글에서 후작과 백작의 역학관계는 이와 같은 관점을 반영했습니다.

7. 본문에 등장하는 마법기들은 작가 상상력의 산물이자 일종의 패러디입니다. 예를 들어 MRI(Mana Resonance Imaging; 마나공명화상분석기)는 체내의 마나량을 부위별로 정밀하게 측정/분석하는 마법기로, 현재 병원에서 인체 단층촬영에 사용되는 MRI(Magnetic Resonance Imaging; 자기공명화상분석기)와는 완전히 다른 도구지만, 그 형태는 유사합니다.

제1화

흡혈왕과의 만남

역사의 수레바퀴는 굉음을 울리며
다시 구르기 시작했다.
들어라! 이제는 새로운 세상,
새로운 시대를 향해 힘찬 발걸음을 내디딜 때이다.

— 라곤 왕국 지하도서관
제일보궤에 쓰인 문구 가운데 발췌

*Chapter 1*

 토사프는 걱정 때문에 머리가 지끈거렸다. 도저히 감당하기 힘든 협상임무를 떠맡은 탓이었다.
 방금 전, 하이랜더(High Lander) 장로회는 토사프에게 지극히 중요한 임무를 부여했다.
 "흡혈왕 바하문트가 우리 하이랜드 왕국을 향해 북상 중이다."
 "토사프, 흡혈왕이 움직인 이유를 알아낸 다음 적절한 교섭을 통해 그의 발길을 되돌리도록 만들라."
 "우리 하이랜드 왕국은 흡혈왕의 분노를 감당할 여력이 없다. 절대 그가 우리를 공격하게 만들어선 안 돼."

장로들은 토사프를 빙 둘러싼 채 마구 떠들어 대었다.

토사프는 어지럼증을 느꼈다. 현기증이 나서 장로들의 모습이 똑바로 보이지 않았고, 그들의 나불거리는 입만 허공에 둥둥 떠다니는 것 같았다.

토사프는 아무런 대꾸도 하지 않았다. 쏟아지는 말들을 귓등으로 흘리면서 장로들이 참 비겁한 칠면조 같다고 생각했다.

'칠면조 같은 노친네들이여! 비겁하다, 비겁해. 자기들은 엉덩이 쭉 빼고 뒤에 숨어 있으면서 나더러는 앞장서서 하이랜드 왕국의 위기를 막아내라고?'

토사프는 은근히 부아가 치밀었다.

솔직히 말해서 일을 이 지경으로 만든 것은 장로들 탓 아니던가. 12년 전, 장로들이 흡혈왕을 핍박했던 대가가 이제 부메랑이 되어 돌아온 것이다.

"나더러 어쩌란 말이냐? 내가 무슨 재주로 흡혈왕을 막아내느냐고."

장로회장을 벗어나자마자 토사프는 버럭 소리를 질렀다. 소리를 질러도 답답함이 풀리지 않았다. 그냥 이대로 먼 곳으로 도망쳐서 숨어 버리고 싶었다.

하지만 막상 장로회의 명령을 거부하지는 못했다. 장로들의 행동은 얄밉지만, 그렇다고 하이랜더 족이 멸망하도록 방치할 수는 없었다. 결국 토사프는 흡혈왕과 교섭하기 위해 길을 떠

났다.

 장로들이 준 정보에 의하면, 현재 흡혈왕은 남부 열대우림을 떠나 애리드 황무지에 들어섰단다.

 토사프는 흡혈왕을 마중하기 위해 부지런히 발길을 옮겼다. 걷는 내내 고민스러웠다.

 '대체 어떻게 흡혈왕의 분노를 누그러뜨린담?'

 아무리 머리를 쥐어짜도 길이 보이지 않았다.

 교섭을 통해 바하문트를 누그러뜨리라고?

 말은 쉽다. 하지만 실제로는 지극히 어려운 일이다.

 흡혈왕 바하문트가 대체 누구인가?

 그는 역사상 가장 강한 인물이다. 세상에서 가장 상대하기 까다롭고, 무섭고, 소름끼치는 사내다.

 지금으로부터 18년 전, 바하문트는 온 세상을 향해 선포했다. 혼자서 '일인왕국'을 세우겠노라고.

 세상은 당연히 바하문트를 비웃었다. 수십만 명이 힘을 합쳐도 왕국을 세우기 힘든 판에 그 대업을 혼자서 이루겠다고? 사람들은 말도 안 된다며 고개를 내저었다.

 우고트를 비롯한 몇몇 왕국은 건방진 바하문트를 혼내 주겠다며 병력을 일으켰다.

 헌데 웬걸?

 바하문트는 큰소리만 떵떵 치더니 어느 날 홀연히 자취를 감추었다.

사람들은 배꼽을 잡고 웃었다. 바하문트라는 미치광이가 헛소리를 지껄이더니 쥐구멍 속에 기어들어갔다며 입방아를 찧었다.

하지만 만 4년의 시간이 흐른 뒤 바하문트가 역사에 재등장했을 때, 세상 그 누구도 바하문트를 비웃지 못했다.

바하문트는 온 세상을 상대로 전쟁을 시작했다. 이것이 이른바 '12년 전쟁'의 시작이었다.

공포의 12년 전쟁…….

장장 12년 동안 벌어진 피의 향연을 통해 바하문트는 존재하는 모든 질서를 으깨 버렸다. 그 과정에 걸림돌이 된 왕국들도 산산이 부셔 버렸다. 그리곤 보란 듯이 자신의 왕국을 구축했다.

바하문트의 파괴행위는 거기서 그치지 않았다. 바하문트는 루흘(RUHL; 루나, 우고트, 하이랜드, 라곤의 첫 글자를 따서 붙여진 이름) 연합국이라는 초강대국마저 해체시켰다.

바하문트가 이룩한 이 모든 업적은 오롯이 피로 이루어졌다. 14년 전 늦여름부터 시작해서 2년 전에 이르기까지, 무려 12년이라는 긴 시간 동안 무수히 많은 기사와 병사들이 목숨을 잃었다.

선혈은 강이 되어 흘렀다. 시체는 산처럼 쌓였다. 세상은 숨을 멈추고 바하문트의 행보를 지켜보았다. 그리고 어느 순간부터 사람들은 '바하문트'와 '공포'를 같은 단어로 여기기 시작했다.

그때부터 바하문트는 그냥 바하문트가 아니었다. 이름 앞에 흡혈왕이라는 무시무시한 호칭이 따라붙었다.

흡혈왕 바하문트!

그 마왕은 그만큼 두려운 존재였다. 바하문트와 교섭을 하러 가는 토사프의 발걸음이 무거울 수밖에 없었다.

'그 무서운 사내가 왜 또 우리를 노리는 것일까? 이미 루흘 연합국은 해체되고 없는데, 우리 하이랜드 왕국도 비참하게 쪼그라들어 겨우 명맥만 유지하는 처지인데, 아직도 과거의 앙금이 풀리지 않았단 말인가? 모르겠다. 정말 모르겠어. 휴우우우……'

토사프는 긴 한숨을 내뱉었다. 무거운 한숨이 흙먼지 사이로 스며들었다.


며칠 뒤.

토사프는 애리드 황무지에 도착했다.

때는 저녁 무렵이었다. 석양에 물든 서쪽 하늘은 불이라도 난 듯 붉었다. 그 시뻘건 빛이 지상으로 번져 애리드 황무지를 진한 오렌지색으로 물들였다.

토사프는 잠시 발길을 멈추고 대자연이 연출한 장엄한 풍경을 감상했다. 저 먼 석양을 향해 구불구불 뻗은 끝이 보이지 않는 협곡에 숨이 막혔고, 켜켜이 쌓인 지층에 몸이 짓눌렸다.

애리드의 대지는 불에 달구어진 무쇠냄비의 바닥마냥 쩍쩍 갈라진 상태였다.

"갈라진 황무지가 꼭 지금의 내 마음 같구나."

토사프는 다시 한 번 신세를 한탄했다.

허나 한탄만 한다고 풀릴 일이 아니었다. 재료만 쌓아놓는다고 요리가 되는 것은 아니니까, 스파게티가 되건 파스타가 되건 아니면 쓰레기가 되건 일단 부딪치고 볼 일이었다.

"어디 보자……. 흡혈왕이 지금 어디쯤 와 있을까?"

토사프는 둥글넓적한 수정판을 꺼내 손바닥 위에 올려놓았다.

직경 10센티미터, 두께 3센티미터.

동그란 수정판의 색은 전반적으로 푸르스름했다. 주변의 테는 금빛으로 번쩍거렸다.

별것 아닌 것처럼 보이는 이 수정판은 바로 '아르곤'이라 불리는 아주 귀중한 마법아이템이었다.

신화 속에 나오는 아르곤이 백 개의 눈으로 세상 모든 이치를 꿰뚫어보는 것처럼, 마법아이템 아르곤은 세상에서 가장 중요한 병기의 좌표를 낱낱이 드러내었다. 바로 플루토(Pluto; 명왕)의 좌표를!

악마의 병기, 혹은 파멸의 무기라 일컬어지는 플루토가 어느 곳에 얼마나 모였는지 파악하려면 아르곤이 반드시 필요했다. 거꾸로 아르곤만 있으면 플루토의 위치를 손쉽게 알 수 있었다.

 지금 토사프는 흡혈왕을 찾기 위해 아르곤의 특성을 활용할 요량이었다.

 '흡혈왕 바하문트의 곁에는 다수의 플루토가 진을 치고 있을 터, 아르곤만 있으면 얼마든지 그의 위치를 파악할 수 있지.'

 이런 생각으로 왼쪽 눈에 아르곤을 착용했다. 그리곤 아르곤 테 부위를 잡고 마나를 주입했다.

 쭈우욱—

 아르곤으로 마나가 빨리듯 들어갔다. 아르곤 중앙에서 밝은 빛이 쏟아졌다.

 빛은 깜박깜박 점멸을 거듭하더니 이내 몇 개의 덩어리로 뭉쳤다. 그리고 약간의 시간이 더 흐르자 수정판 안쪽에 좌표가 표시되었다.

 그 좌표를 읽어서 거리로 환산하던 중,

 "으헉!"

 토사프는 저도 모르게 헛바람을 집어삼켰다.

 흡혈왕과의 거리가 너무나 가까웠기 때문이다. 가슴이 덜컥 내려앉는다.

 아르곤에 표시된 좌표는 현재 토사프가 있는 곳으로부터 불과 2킬로미터 떨어진 지역을 지목하고 있었다. 바꿔 말해서, 남쪽으로 구릉 하나만 넘으면 곧바로 흡혈왕 바하문트와 맞닥

뜨린다는 소리였다.

'그자가 이렇게 가까이 있었다니!'

등 뒤에 소리 없이 죽음의 사신이 나타난 느낌이라고나 할까? 토사프의 등골을 타고 소름이 쫙 번졌다. 심장은 쿵쾅쿵쾅 두방망이질쳤다.

게다가 놀랄 일은 그것 하나만이 아니었다.

아르곤에 맺힌 빛이 너무나 강렬해서 아예 수정판 전체를 하얗게 만들어 버렸다. 자칫 왼쪽 눈이 멀지나 않을까 걱정스러울 정도였다.

'제기랄. 언덕 너머에 어마어마하게 많은 수의 플루토가 모여 있구나!'

토사프의 목이 바싹 타들어갔다.

긴장이 될 수밖에.

아르곤에 표시된 작은 빛망울 하나는 플루토 한 기를 의미한다. 헌데 현재 아르곤에 맺힌 빛은 개수를 세지 못할 만큼 많다.

적어도 50기 이상의 플루토, 혹은 50기에 필적하는 강력한 플루토들이 저 언덕 너머에 버티고 있다는 뜻일 터.

토사프는 흡혈왕의 전력을 추측하는 것만으로도 아찔한 현기증을 느꼈다. 저도 모르게 손으로 이마를 짚으며 신음을 내뱉었다.

"아아, 플루토를 이렇게나 많이 동원했다니! 흡혈왕은 정말로 전쟁을 재개할 작정인가? 12년 전쟁의 피가 아직 다 마르지도 않았건만 또다시 피의 역사를 되풀이하다니, 대체 누가 흡혈왕의 진격을 막는단 말인가? 대체 누가!"

토사프는 절규했다. 괜한 엄살이 아니었다. 과거의 역사를 되짚어 보면 그 누구도 흡혈왕의 발걸음을 막지 못했었다.

과거, 루흘 연합국의 주축이었던 우고트 왕국은 무려 80기가 넘는 플루토를 보유했었다. 세상을 다 쓸어버릴 그 막강한 전력을 갖고도 흡혈왕에게 패망했다.

어디 그뿐인가.

군신 규토를 섬기던 우고트 왕국이 흡혈왕과 한창 싸울 당시, 토사프가 속한 하이랜드 왕국도 19기에 달하는 플루토를 총동원해서 우고트를 측면 지원했었다.

당시 하이랜더 장로들이 나서서 설쳤다. 장로들은 우고트를 도와서 흡혈왕을 벌해야 한다고 역설했었다.

우고트와 하이랜드에 이어 루나 성국도 전쟁이 끼어들었다. 루나 성국은 16기의 신성플루토를 모두 투입해서 흡혈왕을 말살하려 들었다.

루흘 연합국 가운데 오직 라곤 왕국만 전쟁에서 빠졌다.

라곤을 제외하고도 전력은 어마어마했다. 그 시절 루흘 연합국에서 동원한 플루토는 무려 120여 기에 이르렀었다.

헌데 그 엄청난 힘을 투입하고도 흡혈왕을 이기지 못했다.

이기기는커녕 전쟁에 투입했던 플루토 가운데 태반이 박살났다. 박살나지 않은 플루토는 흡혈왕에게 전리품으로 빼앗겼다. 치열했던 12년 전쟁은 그렇게 흡혈왕의 완벽한 대승으로 끝났다.

그 당시에도 소름끼치게 막강했던 흡혈왕이다.

허면, 현재 흡혈왕이 보유한 전력은 얼마나 될까?

2년 전보다 더 강해졌으면 강해졌지 결코 약해지지는 않았을 것이다.

토사프는 여기서 사고를 딱 멈췄다. 계속 생각하다가는 그만 용기를 잃고 도망칠 것 같아서였다.


*Chapter 2*


2킬로미터는 애초 예상했던 것보다 훨씬 더 가까웠다. 완만한 구릉을 넘자 바로 불빛이 보였다.

'어쩌면 저 불빛 근처에 흡혈왕이 있을지도 몰라.'

토사프는 두 눈을 꽉 감았다가 다시 떴다. 속으로 각오를 다졌다.

'이미 도망치긴 늦었다. 내가 흡혈왕을 발견했다면 흡혈왕도 내가 접근했다는 사실을 알아차렸을 거다. 피할 수 없다면 정면으로 부딪칠 수밖에.'

아랫배에 힘을 꽉 주자 조금 용기가 났다. 토사프는 웅크렸던 어깨를 억지로 펴면서 상체를 세웠다.

목을 쭉 뽑아 고개를 내밀자 불빛이 좀 더 잘 보였다. 아마도 흡혈왕 일행은 황무지에 자생하는 잡초를 뜯어서 모닥불을 지핀 듯했다.

'저들 중 누가 흡혈왕이지?'

토사프는 눈매를 가늘게 좁히며 안력을 돋웠다. 악명 높은 흡혈왕이 대체 어떻게 생겼는지 얼굴이나 한 번 보고 싶었다. 그의 마음속에서 두려움과 호기심이 서로 뒤엉켰다.

토사프가 목을 쭉 빼고 바라보는 동안, 모닥불은 탁탁 소리를 내면서 하늘로 불똥을 쏘아 올렸다.

모닥불 주변엔 삼십여 명의 사람들이 자유분방하게 앉아 있었는데, 어떤 이는 머리에 팔을 괴고 비스듬하게 누웠고, 또 어떤 이는 술병에 입을 대고 벌컥벌컥 들이키는 중이었다. 무릎 사이에 고개를 묻고 꾸벅꾸벅 조는 사람도 보였다.

"으응? 저게 뭐야?"

토사프는 믿어지지 않는 듯 손등으로 눈을 비볐다. 그리곤 다시 한 번 모닥불 주변을 자세히 살폈다.

토사프의 눈이 잘못된 것이 아니었다. 구릉 아래 풍경은 전혀 뜻밖이었다.

원래 토사프가 머릿속에 그렸던 장면은 이렇지 않았다. 토사프는 으리으리한 의자에 앉아 있는 절대권력자 흡혈왕과, 흡혈왕을 향해 납죽 엎드려서 절을 하는 수천 명의 부하들을 상상했었다.

헌데 웬걸?

모닥불 주위에 모인 사람들은 고작 서른 명 안팎에 불과했다.

게다가 규율이나 위계질서도 전혀 없었다. 저들 가운데 누가 왕이고 누가 신하인지 도통 구분이 가지 않았다.

토사프의 머릿속은 뒤죽박죽 헝클어졌다. 결국 그는 아르곤의 성능을 의심했다.

"이상하다? 설마 아르곤이 고장났나? 여기 표시된 것을 보면 분명 저쪽에 대규모 플루토가 존재한다고 나오는데, 그렇다면 저들 가운데 흡혈왕이 있는 것이 분명할 텐데, 어째 분위기가 영 아닌 것 같아."

토사프의 독백처럼 모닥불 주변에 모인 사람들은 그저 평범한 상인으로 보였다. 아무리 훑어봐도 흡혈왕의 이미지와는 거리가 멀었다.

그때였다.

툭툭!

차갑고 뭉툭한 것이 토사프의 등을 두드렸다.

"으헉!"

토사프는 기겁을 하며 몸을 돌렸다.

갑자기 당한 것치고는 토사프의 반응이 무척 빨랐다. 등 뒤에 적이 있다고 느낀 순간 곧바로 마나홀부터 열었다.

샤랑—

즉각 마법이 발동하면서 경쾌한 소리가 울렸다. 에너지 쉴드(Energy Shield)가 발동하는 소리였다.

마나홀에서 출발한 마나 가운데 절반은 토사프의 몸뚱어리를 한 바퀴 빙 돌면서 에너지 쉴드를 쳤다. 그리고 나머지 절반의 마나는 토사프의 손끝에 집중되어 둥그런 빛의 구슬을 만들었다.

이것은 이른바 매직 볼(Magic Ball)이라 불리는 마법인데, 조그만 빛의 구슬을 터뜨려서 강한 충격파를 쏘아내는 것이 특징이다.. 이 매직 볼 하나로 공격과 수비를 겸할 수 있다.

토사프는 자신의 마법을 철석같이 믿었다. 에너지 쉴드로 몸을 방어하고 매직 볼을 난사하면 어떤 상대라도 물리칠 수 있다고 자신한 것이다.

허나, 자신감은 곧 비참하게 구겨졌다. 토사프가 채 매직 볼을 발사하기도 전에 하얗고 뭉툭한 막대기가 목젖으로 파고들었다.

에너지 쉴드?

그딴 건 아무런 역할도 못했다. 하얀 막대기와 부딪치는 순간, 토사프의 에너지 쉴드에서 시퍼런 전기가 피어올랐다. 그러더니 이내 팍 소리를 내면서 꺼져 버렸다. 적의 일격은 단숨에 쉴드를 찢고 들어와 목젖을 때렸다.

"컥!"

'목이 아프다. 숨이 막혀. 어지럽다.'

뒤로 벌렁 넘어지면서 토사프는 이렇게 세 가지 생각을 동시에 했다.

휘이잉—

차가운 바람이 살갗을 핥고 지나갔다. 토사프의 이마에 맺힌 땀방울이 증발하면서 서늘한 한기가 감돌았다.

"끄으응……."

토사프는 폐부에서 우러나오는 긴 신음을 흘리며 눈꺼풀을 열었다.

가장 먼저 눈에 들어온 것은 붉은 모닥불이었다. 눈동자를 약간 위로 들자 밤하늘 한가득 별이 보였다.

하지만 시야가 선명하지 않았다. 기절했다가 막 정신을 차려서 그런지 사물이 뿌옇고 혼탁했다.

토사프는 미간을 찌푸리며 눈을 꽉 감았다. 그리곤 다시 크게 떴다. 이렇게 하면 선명한 별빛을 볼 것이라 기대했다.

그때 사람들 떠드는 소리가 들렸다.

"어라? 저 하이랜더가 뒤척거리는데?"

"벌써 깨어났어?"

"그러게. 하이랜더는 보통 사람보다 체력이 좋은가봐. 티아라 님의 찌르기를 당하고도 한 시간 만에 깨어나다니, 나에겐 도저히 불가능한 일이야."

수군거리는 소리를 듣자 토사프의 뇌신경이 바싹 곤두섰다. 특히 '티아라'라는 이름이 비수처럼 뇌리에 꽂혔다.

티아라!

그녀는 한때 우고트 왕국의 플루토나이트 집단, 호부를 이끌던 총수였다. 별명은 얼음호랑이.

헌데 놀랍게도 티아라는 12년 전쟁이 한창일 무렵 우고트를 배신하고 흡혈왕에게 투항했다. 그런 다음, 흡혈왕을 보좌하는 군장 자리를 꿰차고 앉아 활약했다.

사람들은 티아라를 배신자라고 욕했다.

물론 감히 티아라 앞에서 욕을 하는 사람은 없었다. 티아라는 아주 무서웠다. 들리는 소문에 의하면 북해에 잠긴 빙산보다 더 차갑고 날카롭다고 했다.

티아라가 자신의 플루토인 '글래셔(Glacier; 빙하)'를 소환해서 날뛰기 시작하면 피비린내가 수십 킬로미터 밖까지 진동한다는 풍문도 나돌았다.

토사프는 가슴이 철렁 내려앉았다.

'아뿔싸, 내가 흡혈왕 무리에게 포로로 잡혔나 보구나!'

하지만 그 와중에도 당황하지 않고 침착함을 유지했다.

"끄으응……"

토사프는 짐짓 이마를 손으로 움켜쥐며 몸을 새우처럼 웅크렸다. 아직 정신을 차리지 못한 척 연기를 하는 것이다. 일단 이렇게 시간을 벌면서 남몰래 탈출방법을 강구했다.

'어떻게 하지? 인질을 잡고 탈출을 해야 하나? 그래, 인질을 잡아야 탈출에 성공할 확률이 높아.'

토사프는 침착하게 마나를 모았다. 몰래 마법을 준비해 놓았다가 갑자기 달려들어 인질을 잡으려는 속셈이었다. 그리고 마나가 모이자 숨을 크게 들이쉬면서 벌떡 몸을 일으켰다.

토사프가 막 마법을 난사하려는 순간,

퍽—!

뒷덜미에 강한 충격이 작렬했다.

"컥!"

막 탈출을 감행하려던 토사프는 외마디 비명을 지르며 주저앉았다.

마나홀이 뒤흔들리고 호흡도 끊겼다. 피가 역류하면서 혈관이 뒤틀렸다. 뇌에 공급되던 산소가 차단된 탓에 정신이 가물가물 흐렸다.

세상이 잠시 깜깜했다.

토사프가 다시 눈을 떴을 때, 웬 여인이 그를 불렀다.

"깨어났으면 이리 와 봐."

여인의 목소리는 오만했다. 동시에 살 떨릴 만큼 고혹적이었다.

아니, 단순히 고혹적이라는 표현만으로는 부족했다. 여인의 목소리는 인간종족을 뛰어넘어 하이랜더의 마음을 뒤흔들 정도로 마력이 넘쳤다.

자리에서 벌떡 일어난 토사프는 곧장 상대를 바라보았다. 그리곤 뒤통수를 둔기로 얻어맞은 듯한 충격을 받았다.

압도적인 미인이다!

여인의 외모는 가슴이 시릴 정도로 아름다웠다. 단순히 매혹적이라는 표현만으로는 부족해서, 감히 범접하지 못할 마력을 발산했다.

너무나 관능적이고, 아름답고, 지적이면서도 퇴폐적이고, 섹시하고, 숨 막히고…… 아무튼 보고 있는 것만으로도 정신이 몽롱했다.

특히 저 붉은 입술!

도톰하고 매력적인 저 입술이 내뱉는 말이라면 무엇이든 들어줘야 할 것 같았다. 설사 목숨을 달라고 요구해도 응할 기분이었다.

토사프는 여인이 내린 명령을 홀린 듯이 받들었다. 비틀비틀 기어서 그녀 앞에 바싹 다가앉았다.

스윽.

여인은 기다란 속눈썹을 위아래로 천천히 움직이며 토사프를 훑어보았다.

'무슨 시선이 이렇게 집요하고 끈끈하지?'

토사프는 저도 모르게 몸을 떨었다. 여인의 눈길이 훑고 지나간 부위가 불로 지진 듯 화끈거렸다. 마치 그녀 앞에 홀랑 발가벗겨진 기분이 들었다.

토사프가 쩔쩔맬수록 여인의 시선은 더욱 노골적으로 변했다. 그녀의 입술이 살짝 벌어지면서 관능적인 음성이 흘러나왔다.

"네가 하이랜드 왕국의 대표냐?"

일순간 토사프는 답을 하지 못했다. 부드럽게 움직이는 여인의 입술과 그 사이로 얼핏얼핏 드러나는 하얀 치아가 너무나 사랑스럽고 아름다워서 정신을 차릴 수 없었다. 귓가를 간질이는 그녀 목소리는 토사프의 영혼을 흐물흐물 녹였다.

토사프가 멍하니 넋을 놓고 있자 여인이 다시 물었다.

"대답해라. 네가 하이랜드 왕국의 대표냐?"

끄덕끄덕.

토사프는 입을 열어 대답을 하는 대신 고개만 주억거렸다. 말을 하려고 했지만 목이 메어 소리가 나오지 않았다.

"하이랜더 장로들이 왜 너를 여기로 보냈지?"

"그건……."

토사프가 대답을 머뭇거리자 여인이 중간에 말을 가로챘다.

"말 안 해도 알아. 바하문트님을 뵈러 왔지? 바하문트님이 왜 북쪽으로 이동 중이신지 그 이유를 알고 싶었을 거야. 그렇지?"

"맞습니다."

토사프는 저도 모르게 존대를 했다. 올해로 그의 나이 101세. 상대 여인보다 최소한 세 배는 더 오래 살았을 것 같건만,

그래도 함부로 말을 놓으면 안 될 분위기였다.

반면 여인은 서슴지 않고 말을 낮췄다.

"이유가 알고 싶으냐?"

"네?"

"바하문트님께서 왜 북쪽으로 올라가시는지 이유가 궁금하냐고."

"궁금합니다."

토사프는 고개를 끄덕이며 잔뜩 긴장한 표정으로 여인을 바라보았다. 그녀에게 마음을 빼앗긴 것은 사실이지만 그렇다고 중요한 임무마저 잊어버리지는 않았다.

토사프는 흡혈왕이 왜 북상 중인지 이유를 알아내기 위해 이곳에 왔다. 그리고 만약 흡혈왕이 하이랜드 왕국을 공격하려 한다면 어떻게든 교섭을 통해 말려야 할 것이다.

어느새 토사프의 손바닥은 땀으로 흥건했다.

여인은 바짝 긴장한 토사프를 바라보며 생긋 웃었다. 그리곤 매끈한 손가락으로 웨이브 진 머리카락을 쓸어 넘긴 다음, 상대를 한 번 떠봤다.

"만약 바하문트님의 뜻이 전쟁에 있다면 어쩔 셈이냐?"

"전쟁!"

토사프의 목구멍을 비집고 비명이 터졌다. 얼굴은 하얗게 질렸다.

전쟁은 절대로 안 된다. 흡혈왕과 하이랜드 왕국의 전력 차이는 극심하다. 둘 사이에 싸움이 붙는다면 그것은 전쟁이 아니라 일방적인 학살이 될 것이다.

토사프의 놀란 모습이 재미있다고 여겼을까? 여인은 긴 속눈썹을 슬쩍 내리깔며 좀 더 장난스러운 미소를 지었다. 그리곤 다시 한 번 토사프를 골려주었다.

"물론 너희 하이랜더들은 전쟁을 피하고 싶을 게야. 어떻게든 피를 흘리지 않고 바하문트님의 분노를 누그러뜨리고 싶겠지. 안 그런가?"

"맞습니다. 저희 하이랜더들은 평화를 바랍니다. 정말 간절히 평화를 바랍니다. 그러니 제발 방법을 일러주십시오. 어떻게 하면 바하문트님의 분노를 누그러뜨릴 수 있습니까? 그분께서 원하시는 것이 무엇입니까? 제가 할 수 있는 일이라면 무엇이든 하겠습니다."

불쌍한 토사프는 여인의 입가에 매달린 짓궂은 장난기를 발견하지 못했다. 그저 급한 마음에 머리를 90도로 숙여가며 필사적으로 매달렸다. 하이랜드 왕국을 살릴 수만 있다면 정말 무슨 짓이든 다 할 생각이었다.

그 모습을 본 여인은 허리를 잡으며 깔깔대고 웃었다.

"호호호, 호호호호!"

그리곤 한참 만에 웃음을 멈추고 말을 이었다.

"너는 이미 열쇠를 가지고 왔다."

"네?"

토사프는 어리둥절했다.

'내가 이미 열쇠를 가져왔다니, 이게 무슨 뜻이지?'

여인은 좀 더 진한 미소를 뿌리며 손가락을 들었다. 그녀가 가리킨 곳을 향해 고개를 돌리던 토사프는 벼락이라도 맞은 듯 전율했다.

"네에?"

여인이 지목한 대상은 다름 아닌 토사프 본인이었다.

토사프는 덜덜 떨리는 목소리로 되물었다.

"제, 제가 열쇠라니요? 이게 무슨 뜻입니까?"

왠지 예감이 안 좋았다. 그리고 안 좋은 예감은 정확하게 맞았다. 여인은 토사프가 가장 두려워하는 바를 말했다.

"바하문트님은 너를 원하신다. 우리는 그분의 뜻을 받들어 너를 포획하려고 북상하던 중이었어."

"말도 안 돼! 그럴 리 없습니다. 흡혈왕이 언제부터 저를 알았다고…… 헙!"

여기까지 말하던 토사프는 깜짝 놀라 손으로 입을 막았다.

토사프는 방금 금지된 단어를 내뱉었다. 흡혈왕과 그 부하들 앞에서 '흡혈왕'이라는 단어를 사용하면 안 된다. 그 사실을 잘 알고 있으면서도 그만 실수를 했다.

아니나 다를까, 매혹적이던 여인의 얼굴이 한순간에 돌변했다.

콰르르—

여인의 눈동자 속에서 거센 폭풍이 일었다. 풍성한 머리카락은 하늘을 향해 무섭게 치켜올라 갔으며, 온몸으로부터 날카로운 살기가 줄줄 뿜어져 나와 토사프의 몸뚱어리를 옥죄었다.

"으으으……."

토사프는 저도 모르게 신음을 흘렸다. 몸이 움츠러들었다. 송곳 같은 살기가 사방에서 파고들어 도저히 버틸 수가 없었다.

뒤이은 여인의 으르렁거림이 토사프의 고막을 찢을 듯 뒤흔들었다.

"함부로 바하문트님의 이름을 더럽히지 마라. 망령되이 굴다가는 하이랜드 왕국도 루나나 우고트처럼 처절하게 부서질 게야. 주춧돌 하나 남기지 못하고 처절하게, 바로 이 사바나의 손에 의해서!"

뿌드득!

스스로를 사바나라고 밝힌 여인의 손가락에서 관절 꺾이는 소리가 났다. 목소리엔 살기가 듬뿍 배어 있다.

소름끼치는 경고를 듣는 동안 토사프의 뇌 속에선 작은 폭발이 일었다.

한때 우고트 왕국과 루나 성국은 루흘 연합국을 구성했던 핵심이었다. 불과 십수 년 전까지만 하더라도 온 세상이 이 두 왕국의 영향력 아래 놓여 있었다.

하지만 지금은 두 왕국 모두 주춧돌 하나 남기지 못하고 말 끔히 사라졌다.

선조들이 이룩했던 찬란한 역사는 대가 끊겼고, 번성했던 문명도, 높은 수준의 문화도, 글과 말도, 성곽도, 건축물도, 사람도, 기사들이 자랑하던 깃발도, 파멸의 병기 플루토도 모두 다 없어졌다. 흡혈왕이 쓸고 지나간 자리엔 오직 진득한 피만 남았다.

흡혈왕을 거스르지 마라. 루나와 우고트처럼 몰살당한다!

이 끔찍한 교훈을 떠올린 순간, 토사프는 저도 모르게 진저리를 쳤다. 이와 더불어 또 한 가지 무서운 사실이 그의 뒷골을 뻣뻣하게 만들었다.

사바나!

참으로 귀 따갑게 들어왔던 이름이다. 얼음호랑이 티아라와 함께 흡혈왕을 섬기는 네 명의 군장 가운데 한 명! 하지만 실제로는 네 군장 가운데 우두머리다.

비록 지금은 흡혈왕의 신하지만, 한때 사바나는 악마를 숭배하는 사교집단의 대사제였다.

그것도 여느 대사제가 아니라 마왕 베리오스의 축수를 받은 유일한 인물이라고 했다. 혹은 베리오스와 각축을 다투는 지옥의 또 다른 지배자 시르온으로부터 축수를 받았다는 설도 나돌았다.

어느 쪽이 진실이건 간에, 사람들은 사바나를 평범한 인간으로 여기지 않았다. 그녀가 악마의 피를 물려받은 마족일 거라고 의심했다. 하찮은 인간에게 마왕이 직접 축수를 내릴 리는 없으니까.

물론 이 소문이 사실인지 아닌지는 알 수 없었다. 하지만 한 가지는 분명했다. 실제로 사바나는 마족이라고 여겨질 만큼 무섭고 막강했다.

갖가지 억측과 소문들이 퍼져나가는 가운데 마침내 세상은 사바나에게 지옥마녀라는 무시무시한 별명을 붙여주었다. 다들 그녀를 전갈보다 더 지독하고 뱀보다 더 교활한, 지옥 밑바닥에서 막 기어 올라온 악의 화신이라고 묘사했다.

헌데 눈앞에 있는 이 아름다운 여자가 바로 그 지옥마녀란다.

"으으으……."

토사프는 가늘게 신음을 흘렸다. 사바나가 말없이 노려보자 한층 두려움이 커졌다.

## Chapter 3

"용서하십시오. 용서하십시오."

토사프는 머리를 꾸벅꾸벅 숙이며 연신 용서를 빌었다.

사바나는 그런 토사프를 말없이 노려보기만 했다. 그러다가 한참 만에 다시 입을 열었다.

"너, 오늘 운이 좋은 줄 알아라. 바하문트님께서 너를 필요로 하시지 않았다면 이미 네 목은 잘리고 없어! 그러니 당장 바하문트님께 감사드려라."

"네에?"

흡혈왕의 이름이 거론되자 토사프는 눈을 휘둥그레 떴다.

'역시 이들 가운데 흡혈왕이 있다. 대체 누가 흡혈왕이지?'

토사프는 떨리는 눈길로 주변을 더듬었다. 그러다 마침내 흡혈왕으로 짐작되는 사람을 찾아내었다.

'설마 저 사내가 흡혈왕인가?'

토사프는 눈 한 번 깜빡거릴 짧은 시간에 상대방을 분석했다.

토사프가 관찰한 바에 의하면, 흡혈왕으로 생각되어지는 사내는 느낌이 참 독특했다.

우선 사내는 맨발이었다.

그러나 신발을 신지 않은 것치고는 발이 무척 깨끗했다. 발바닥에 굳은살도 없고 발톱에 때도 끼지 않았다.

'모닥불에 발을 녹이려고 잠시 신발을 벗은 걸까?'

토사프는 얼핏 이런 생각을 했다. 한편으론 계속 사내를 관찰했다.

사내가 입은 바지는 풍성하고 편해 보였다. 추측컨대 목화솜에서 뽑은 실로 바지를 꼼꼼히 지은 것 같았다. 따로 염색을 하지 않아 색은 하얀데, 그래서 그런지 권력자의 냄새는 나지 않았다.

대개 왕이나 대공들은 보라색이나 붉은색 옷을 즐겨 입지 않던가. 반면 사내가 입은 새하얀 바지는 흡혈왕의 것이라고 하기엔 너무 검소했다.

하지만 바지 옆단에 매달린 금빛 장식은 부유하고 세련된 느낌을 주었다.

문제는 상의.

사내는 상반신에 실오라기 하나 걸치지 않았다. 은은하게 회색빛이 감도는 몸뚱어리를 고스란히 드러내고 있었다.

토사프는 저도 모르게 고개를 주억거렸다.

'훤칠하면서도 다부진 몸이다. 근육이 과해서 둔해 보이는 것도 아니고, 그렇다고 약한 느낌도 들지 않아.'

확실히 사내는 팔 근육도, 가슴 근육도 적당했다. 어깨는 반듯이 벌어졌고, 허리는 곧고 미끈했으며, 복근까지 잘 발달해서 날렵하면서도 강단이 있어 보였다.

그리고 무엇보다 눈에 띄는 것은 사내의 양 팔뚝에서 시작해서 어깨를 뒤덮고 목까지 뻗은 문신이었다. 검은 불꽃 모양의 문신은 사내의 근육이 움직일 때마다 역동적으로 꿈틀거렸다.

토사프는 문신을 눈여겨보는 한편, 사내의 다른 특징들도 함께 살폈다.

우선 키.

사내가 땅바닥에 앉아 있어서 키가 얼마나 되는지 가늠하기 어려웠다. 하지만 대충 눈대중으로 짐작컨대 185센티미터는 훌쩍 넘는 것 같았다.

피부는 창백하다 못해 회색에 가까웠다.

뒤로 빗어 넘긴 검은 머리카락은 등을 지나 허리까지 늘어졌다.

얼굴은 갸름하면서도 선이 굵었다. 일자로 쭉 뻗은 눈썹과 코, 꾹 다문 입술과 각진 턱에선 고집스러움이 묻어났다.

토사프는 어쩐지 사내가 사람이 아니라 조각상 같다고 생각했다. 뭐, 완벽한 미남이라는 뜻은 아니었다. 그것과는 조금 다른 의미였다.

'얼굴의 윤곽이 뚜렷해서 밝고 어두운 면이 확실하게 드러난다. 저런 얼굴은 빛이 비추는 각도에 따라 완전히 다른 사람으로 보일 수 있지. 게다가 조명만 잘 받으면 압도적인 카리스마를 풍길 수 있어.'

이 밖에도 토사프는 많은 것을 관찰했다.

흡혈왕이라 짐작되는 사내는 열 개의 손가락에 열두 개의 반지를 착용하고 있었다. 각 손가락에 하나씩, 그리고 엄지엔 두 개의 반지를 끼었다.

이 가운데 다섯 개 반지에는 푸르스름한 색깔의 A급 마정석이 박혔다. 반지 세 개는 노란색의 A급 마정석으로 만들어졌다. 다른 두 개는 보라색이었다. 마지막으로 엄지에 추가한 반지 두 개는 각각 붉은빛과 흰빛을 발했다.

사내는 목걸이도 찼다. 특별한 장식이 없는 밋밋한 목걸이였다.

하지만 토사프는 저 목걸이 중앙에 매달린 새카만 돌덩어리가 마정석 중의 마정석, 즉 S급 마정석인 '신비의 돌'이라는 사실을 눈치챘다.

여기까지 분석을 마친 뒤, 토사프는 주변을 한 번 휙 둘러보았다.

저 사내를 제외하면 딱히 흡혈왕이라고 생각되는 사람이 없었다. 그래서 조심스레 사바나에게 여쭸다.

"혹시 저기 저분이 바하문트님이신지요?"

"맞다."

사바나는 짧게 고개를 끄덕였다.

토사프는 동공을 크게 뜨고 다시 한 번 사내를 바라보았다.

저 사내가 흡혈왕일 것이라고 짐작은 했었다. 허나 막상 그 짐작이 사실로 드러나자 느낌이 또 달랐다.

수만 명을 학살한 피의 제왕, 여섯 개 왕국을 세상에서 지워버린 가공할 폭군, 12년 전쟁의 승리자, 흉포한 절대권력자.

온갖 끔찍한 수식어로 묘사되는 무시무시한 전설의 인물을 이렇게 가까이 대한다는 것이 도무지 믿기지 않았다.

게다가 흡혈왕의 이미지는 평소 토사프가 상상해 왔던 것과

180도 딴판이었다.

솔직히 말해서 토사프는 좀 더 악마에 가까운 흡혈왕을 머릿속에 그렸었다.

뿔 달린 괴물까지는 아니더라도, 얼굴은 대추처럼 붉고, 몸집은 산처럼 거대하고, 풍성한 수염을 바닥까지 길게 드리운 채 시뻘건 눈으로 세상을 굽어보는 폭군일 거라고 예상했었다.

더불어 화려한 옷과 왕관으로 치장을 한 흡혈왕, 옆에 미녀들을 끼고 노예들이 멘 가마 위에 비스듬하게 누워 있는 흡혈왕, 손에 피의 잔을 들고 굵은 목소리로 절대복종을 주문하는 흡혈왕을 상상했었다. 대개 폭군들은 그런 이미지니까.

헌데 실제 흡혈왕은 포악한 이미지와 거리가 멀었다. 바하문트는 토사프가 생각했던 것보다 훨씬 더 검소하고 꾸밈이 없었다.

사악한 느낌과도 거리가 멀었다. 진득한 피비린내가 풍기는 것도 아니었다. 사람들을 억누르고 착취하는 것 같지도 않았다.

오히려 자유롭고 편했다. 흡혈왕만 그런 것이 아니라 흡혈왕의 부하들도 모두 자유분방했다. 왕 앞이라고 설설 기는 것이 아니라 편하게 수다를 떨고 술을 퍼마시고 누워서 배를 땅땅 두드렸다.

참 묘한 것이, 그렇게 느슨한 분위기 속에서도 흡혈왕이 풍기는 위압감은 은근히 주변을 장악하고 있었다.

 부하들을 자유롭게 풀어준다고 해서 무르게 보이는 것이 아니었다. 오히려 더 강한 자신감과 카리스마를 발산했다.

 '흡혈왕 바하문트, 내가 생각해 왔던 것과는 완전히 다른 인물이다.'

 토사프는 흡혈왕에게 호기심을 느꼈다.

 '헌데 흡혈왕이 왜 나를 찾지? 설마 장로들은 그 사실을 알고서 나를 흡혈왕에게 보냈을까?'

 여러 가지 생각이 한꺼번에 떠올라서 머리가 복잡했다. 토사프는 머리를 좌우로 흔들었다. 장로들에 대한 의구심은 지금 고민할 문제가 아니었다. 우선 흡혈왕이 왜 그를 찾는지 이유부터 알아야 했다.

 그러다 퍼뜩 머리가 깨었다.

 "아!"

 토사프의 뇌리에 하이랜더 한 명이 떠올랐다.

 바로 네스토!

 네스토는 토사프가 가장 믿고 따랐던 선배다. 물론 네스토도 토사프를 친동생처럼 아꼈었다.

 원래 장로들이 점찍었던 지혜의 수호자는 토사프가 아니라 네스토였다. 네스토가 남몰래 하이랜드 왕국을 떠나지 않았더라면, 그 결과 '후계자'라는 자랑스러운 지위를 박탈당하지 않았더라면, 장로회는 토사프가 아니라 네스토를 지혜의 수호자로 낙점했을 것이다.

토사프는 그 옛날 존경했던 선배를 기억 속에서 끄집어내어 흡혈왕과 연결지었다.

'흡혈왕과 네스토 사이에 무슨 인연이 있었나 보구나. 그 인연의 끈이 나에게까지 이어진 거야.'

그러자 모든 궁금증이 풀렸다.

장로들은 전부 알고 있었던 것이다. 장로 가운데 일부는 아직까지 네스토와 연락을 주고받는다. 그러니 흡혈왕과 네스토와의 관계도 알고 있었을 테고, 흡혈왕이 왜 쳐들어오는지 그 이유도 짐작했을 테지. 그래서 네스토와 가장 친했던 그를 흡혈왕에게 보낸 거다.

'야아, 비겁하구나. 결국 장로들은 나를 제물로 바쳐서 흡혈왕의 발길을 돌리려는 속셈이었어. 빌어먹을!'

토사프는 목을 꽉 조이는 옷가지를 손으로 잡아당기며 크게 숨을 내쉬었다.

"푸하……."

폐에 쌓였던 묵은 공기를 내뱉었지만, 답답한 체증은 뚫리지 않았다. 애리드 황무지의 밤바람은 무척이나 거북살스러웠다.

한편.

토사프가 주먹으로 가슴을 두드리고 땅이 꺼져라 한숨을 내뱉는 동안, 흡혈왕 바하문트는 모닥불에 시선을 고정했다. 잡초를 태우며 활활 타오르는 모닥불을 보자 옛날 일이 눈에 선했다.

'가만 있자, 그게 벌써 24년 전 일이던가?'

옛사람 장 그르니에는 이런 말을 했다.

저마다의 일생에는, 특히 그 일생이 동트는 여명기에는 모든 것을 결정짓는 한순간이 있다고.

바하문트도 그런 순간을 겪었었다. 바로 24년 전에.

눈으로는 모닥불을 보고 있지만 실제로 바하문트가 보는 것은 불꽃이 아니었다.

바하문트는 활활 타오르는 불꽃 속에 스스로의 과거를 투영했다. 24년 전, 그 옛날의 치열했던 나이드 왕국 시절이 어느새 모닥불가로 옮겨왔다.

*Chapter 1*

나이드 왕국의 일레나는 좋은 군주로 명성이 높았다. 나라와 백성을 위하고 외교 감각도 뛰어난 여왕 덕분에 나이드 왕국은 최근 10여 년 동안 탄탄한 번영을 지속해 왔다.

하지만 단 하나.

모든 면에서 완벽한 일레나에게도 치명적인 단점이 존재했다.

그녀가 가까이 두고 총애하는 뱀부나이트(Bamboo Knight; 대나무 기사단)야말로 그녀의 훌륭한 업적을 갉아먹고 명예를 떨어뜨리는 수치였다.

뱀부나이트(Bamboo Knight).
구성원 : 13세에서 19세 사이의 신체 건강한 미소년.
구성원 수 : 현재 약 70명으로 추정.
설립시기 : 일레나력 4년, 그러니까 지금으로부터 6년 전.
무기 : 대나무로 만든 죽검.
방어구 : 따로 지급된 바 없음(하늘하늘한 레이스에 노란 호박단추를 장식한 웃옷과 몸에 착 달라붙는 파란 바지가 뱀부나이트의 기본 복장임).
역할 : 일레나 여왕의 호위. 정식 명칭은 왕실 제2근위대.

이상의 자료만 놓고 보면 뱀부나이트는 그다지 문제가 없는 듯했다. 군주가 신변의 안전을 위해 근위대를 곁에 두는 것은 당연한 일이니까.

하지만 그 속을 들여다보면 다음과 같은 치명적인 문제점들이 두드러졌다.

첫째, 한 왕국의 군주를 호위할 기사들이라면 마땅히 무술 실력이 뛰어나고 충성심이 탁월해야 할 것이다.

허나 뱀부나이트는 그렇지 못했다. 아직 미숙한 성장기의 소년들이어서 무술실력도 형편없고 충성심도 검증되지 않았다.

둘째, 뱀부나이트의 주무기가 참 난감했다. 날이 시퍼렇게 선 진검을 착용해도 부족할 판에 그들은 고작 65센티미터 길이의 짧은 죽검만 사용했다. 게다가 들리는 소문에 의하면 그 죽검마저 제대로 휘두르는 자가 없다고 했다.

셋째, 근위기사들은 가볍고 튼튼한 방어구를 갖추는 것이 관례였다. 유사시 몸을 던져 군주를 보호해야 하기 때문에 반드시 방어구가 필요했다.

그러나 특이하게도 뱀부나이트는 방어구가 없었다. 그들은 오로지 몸에 착 붙는 민망한 복장만 고집했다.

이 세 가지 말고도 뱀부나이트의 문제점은 참 많았다. 너무 많아서 일일이 예로 들기 힘들 정도였다.

그럼 대체 일레나 여왕은 왜 이 이상한 기사단을 만들었을까?

답은 뻔했다. 이건 분명 여왕의 개인적인 취향 탓이었다.

매년 어떤 기준으로 뱀부나이트를 충원하는지는 알려지지 않았지만, 선발된 소년들은 다음과 같은 몇 가지 공통점을 가졌다.

우선 몸이 쭉 빠지고 신체 건강할 것.

더불어 얼굴이 잘 생겼을 것.

마지막으로 머리 회전이 빠를 것.

이상과 같은 조건을 갖춘 13세 미소년이라면 뱀부나이트로 뽑힐 가능성이 다분했다.

그러자 백성들 사이에서 조심스레 의혹이 제기되었다.

'설마 미혼이신 일레나 여왕님께서 미소년들로부터 즐거움을 찾으시는 것인가? 개인적인 욕구를 은밀하게 해소하기 위해서?'

일단 의혹의 불씨는 지펴졌다.

헌데 이에 대한 여왕의 대응은 형편없었다. 의혹의 불씨를 끄기는커녕 외려 기름을 들이부었다.

일레나는 바깥나들이를 하거나 신하들을 알현할 때는 철저하게 제1근위대에게 호위를 맡겼다.

왕궁 핵심 건물도 제1근위대가 경비를 서도록 지시했다. 제1근위대는 우수한 실력자들로 구성된 유서 깊은 진짜 왕실기사단이었다.

반면 제2근위대인 뱀부나이트는 여왕의 침소와 휴게실, 서재, 욕실 등의 사적인 공간에만 배치해 놓았다. 그것도 몸에 착 달라붙는 민망한 복장으로.

'대체 뱀부나이트들은 그런 망측한 옷을 입고 무슨 일을 할까?'

이런 어리석은 질문을 하는 사람은 아무도 없었다.

보지 않아도 훤했다. 듣지 않아도 알 수 있었다. 일레나 여왕은 70여 명의 신체 건강한 미소년들을 뽑아서 왕궁 깊숙한 곳에 숨겨 둔 상태였다.

그것만으로도 부족해서 매년 뱀부나이트의 규모를 키워나가는 중이었다. 여왕 스스로 차마 입에 담지 못할 망신을 자초한 셈이다.

시간이 갈수록 지저분한 소문이 나돌았다.

선술집이 늘어선 술도가나 벌목장, 항구, 광산 등의 거친 지역에선 일레나 여왕님이 딱딱하고 굵은 막대기를 선호해서 뱀부(Bamboo; 대나무)나이트라는 이름을 하사했을 거라며 추접한 농담들을 지껄였다.

성품이 점잖은 사람들도 뱀부나이트라면 얼굴부터 찌푸렸다. 존경하는 여왕님의 치부여서 드러내놓고 비난하지는 못했지만 속으론 뱀부나이트가 못마땅했다.

좀 더 꼬장꼬장한 금욕주의자들은 '뱀부'라는 단어를 입에 담는 것조차 싫어했다. 어쩌다 그 단어를 듣기라도 하면 당장 우물로 달려가 귀부터 씻었다.

도나우 지방의 영주 로페 데 도나우 후작도 이런 부류에 속했다.

도나우 일족의 5대째 상속자인 이 명문귀족은 성정이 꼿꼿하고 자존심이 강했다. 후작이라는 높은 지위에도 불구하고 옷을 단 세 벌만 가졌을 정도로 검소했으며, 음담패설을 싫어하고 사치와 향락을 멀리했다.

또한 귀족들과 어울려서 파티를 즐기는 것보다 병사들과 숙식을 함께하며 전쟁터에 나서는 것을 더 선호했다.

술도 거의 마시지 않았다. 어쩌다 마시더라도 절대 취하는 법이 없었다.

그 결과 로페의 절친한 친구들은 그에게 '도나우의 수도승'이라는 별칭을 붙여주었다.

도나우의 수도승이라!

정말 맞춤옷처럼 딱 맞는 별명이었다.

실제로 로페는 수도승과 비교해도 될 만큼 철저한 금욕주의자였다. 그러니 음탕한 뱀부나이트와는 완전 상극인 셈이었다.

깊은 시름에 잠겨 있던 빈 남작은 로페의 이런 성품을 떠올렸다.

"그래. 로페 후작님을 찾아가자. 그분이라면 내 아들 바하문트를 구해 주실 게야."

빈은 손에 들고 있던 칙서를 탁자 위에 내던지며 자리를 박찼다. 그리곤 겨우 생각해낸 희망의 실오라기를 놓치지 않으려는 듯 발걸음을 서둘렀다.

빈이 자리를 뜬 뒤,

휘이잉—

열린 창문을 통해 한 줄기 바람이 들어왔다. 바람은 탁자 위를 스치고 지나가며 칙서 겉장을 들췄다.

그 속엔 다음과 같은 내용이 붉은 잉크로 쓰여 있었다.

칙령 번호 : 10-01-0014
영명하신 일레나 여왕폐하를 대신하여
우리 왕궁시중부에서는 다음과 같은 칙령을 내리니,
아래의 소년은 금년 1월이 끝나기 전에 왕궁에 들어와
뱀부나이트 선발심사를 받으라.

대상자 : 빈 로 도나우 남작의 아들 바하문트
나이 : 금년 13세
목적: 뱀부나이트 선발심사 참석

위 사항은 여왕폐하의 지엄하신 칙령에 근거하여
작성되었으니 고의로 어길 시 일가 전체에
엄중한 처벌이 있으리라.

일레나 10년 1월 9일
—왕궁시중부—

 오늘 아침, 이 칙서를 읽은 뒤부터 빈 남작은 깊은 고뇌에 빠졌다. 아들이 뱀부나이트로 뽑힌다는 것은 정말 치명적인 일이었기 때문이다.
 빈은 곰곰이 자식의 미래를 점쳤다.
 "명예를 더럽히는 것이 문제가 아니다. 나는 뱀부나이트가 세상 사람들의 손가락질을 받기 때문에 꺼리는 것이 아니야. 거기 뽑혔다가는 우리 바하문트의 목숨이 위태로울 것 같아서 걱정하는 거지."
 확실히 빈은 머리 회전이 빨랐다. 와인과 홍차의 사재기를 통해 큰 부를 축적한 사람답게 앞일을 예측하는 능력이 탁월했다.
 빈의 판단에 따르면, 뱀부나이트는 절벽 위 외나무다리를 건너는 것처럼 목숨이 위험했다.

왜 아니겠는가. 언젠가는 일레나 여왕도 뱀부나이트에 관한 추한 소문을 견디지 못할 것이다.

그러면 어떻게 할까? 아마도 자신의 치부를 숨기기 위해 뱀부나이트를 모조리 죽여 없앨 가능성이 높다.

게다가 굳이 여왕이 아니더라도 뱀부나이트의 적은 많았다.

우선 중신들 대다수가 뱀부나이트를 싫어했다. 민심도 뱀부나이트를 거부했다. 장차 일레나의 뒤를 이어 왕위를 물려받을지 모르는 노폭 공작도 왕실의 수치인 뱀부나이트를 그냥 내버려 둘 것 같지 않았다.

결국 뱀부나이트들은 세상의 손가락질을 받다가 비참하게 죽을 터! 그런데 하나뿐인 아들이 그 처참한 길을 걸어가게 생겼다.

"바하문트를 죽게 만들 수는 없지."

빈은 서둘러 마차를 준비했다. 한편으론 시녀들을 부려서 아들을 데려오고 짐을 꾸리라고 명했다.

그날 오후.

마차 한 대가 빈의 대저택을 출발했다. 빈은 마부를 재촉해서 로페 후작의 영지로 달려갔다.

빈과 바하문트 부자의 집은 수도 중심부의 부유한 동네에 위치했다. 거기서 도나우 영지까지는 마차로 꼬박 엿새가 걸렸다.

빈은 긴 여행기간 동안 아들을 설득했다.

"바하문트, 지금부터 애비가 하는 말을 똑똑히 새겨들어라. 로페 후작님을 뵙거든 냉큼 무릎을 꿇고 기사후보생이 되고 싶다고 아뢰어야 해."

"저보고 기사가 되라고요? 전에는 기사들이 허울만 좋고 실속은 없다고 하셨잖아요."

바하문트는 입술을 삐쭉 내밀며 대꾸했다.

빈은 딱딱하게 굳은 얼굴로 고개를 가로저었다.

"그때완 상황이 바뀌었다. 오늘 아침, 왕궁시중부에서 너를 뱀부나이트 후보생으로 뽑았다는 칙서가 왔어. 이달 말까지 왕궁에 입궐해서 정식 뱀부나이트가 될 시험을 치르라는 거야."

"진짜요?"

"그래. 일단 그 시험을 치러서 정식으로 뱀부나이트가 되면 빼도 박도 못한다. 목숨이 위태로워지기 전에 얼른 수를 내야 돼."

빈은 뱀부나이트의 불안한 미래를 조목조목 설명했다.

어린 바하문트도 뱀부나이트가 무엇인지는 알고 있었다. 사람들이 음탕하다고 손가락질하는 왕실 제2근위대가 아닌가. 그렇지 않아도 뱀부나이트에 대한 이미지가 나빴는데, 부친의 설명을 듣고 나니 더 싫었다.

"그래서 로페 후작님을 찾아가는 건가요?"

"맞다. 한시라도 빨리 그분께 가서 네 이름을 기사후보생에 올려야 한다. 그게 유일한 살 길이야."

"그런데요, 로페 후작님이 그렇게 힘이 센가요?"

"무슨 말이냐?"

"로페 후작님이 여왕폐하의 칙서를 무시할 수 있을 만큼 힘이 세냐고요."

빈은 쓴웃음을 지으며 고개를 가로저었다.

"아니다. 비록 후작이 높은 지위기는 하지만 감히 여왕폐하의 칙서를 거부할 순 없다. 차라리 왕궁의 요직을 차지한 백작들이라면 시중부를 압박해서 칙서의 내용을 고칠 수 있을지 모르지. 하지만 변방의 후작이 무슨 힘으로 그런 일을 하겠느냐."

"그런데 왜 로페 후작님을 찾아가나요? 차라리 힘 센 백작들에게 돈을 먹이는 편이 낫잖아요."

"허, 권력자들에게 뇌물을 먹이자고?"

빈은 기가 막힌다는 표정으로 아들을 바라보았다.

바하문트의 나이 이제 겨우 13살이었다. 하지만 그는 정치판을 누비는 귀족들 뺨치게 영특했다.

좋게 말하면 머리 회전이 빠른 것이고, 나쁘게 말하면 소년답지 않게 되바라졌다.

빈은 아들의 이런 실용적인 면이 마음에 들었다. 세상살이에 대한 적응이 빠른 바하문트라면 그가 평생 벌어놓은 재산을 더 크게 일굴 거라고 굳게 믿었다. 허나 어린 나이에 뇌물

을 언급하는 점은 마뜩치 않았다.

그래도 별수 없었다. 좋건 싫건 바하문트는 하나뿐인 자식이었다. 그것도 어미 없이 혼자서 키운 자식이라 더없이 애틋하고 소중했다.

빈은 바하문트의 영활한 눈망울을 내려다보면서 속으로 혀를 찼다.

'누굴 탓하겠나. 다 나를 보고 배운 것인데. 쯧쯧.'

바하문트가 아비를 멀뚱멀뚱 쳐다보며 다시 물었다.

"왜 말이 없으세요? 변방의 후작에게 기대느니 중앙의 실권자에게 선을 대는 편이 현명할 듯싶은데요. 제 말이 틀렸나요?"

"틀렸다. 현재 그 어떤 중앙귀족도 왕궁시중부의 수석시중 네스토의 권력을 넘어서지 못한다. 아무도 네스토의 뜻을 거스르려 들지 않을 거야."

"그건 저도 알아요. 요샌 네스토가 대세잖아요. 그렇다고 로페 후작님께 기댄다는 것도 웃겨요. 그분은 권력과는 거리가 먼 변방 사람인데 어찌 네스토의 뜻을 거스르겠어요?"

빈이 자신 있게 답했다.

"대신 그분께는 명분이 있지."

"명분이라고요?"

"그래, 명분! 지금 그분이 계신 도나우 영지는 바바로스 인들의 침략에 맞서 치열한 전투를 벌이는 중이다. 그러니 제아무리 시중부의 권력이 막강하다고 해도 도나우 영지의 기사후보생을 빼앗아 가지는 못할 게다."

"아하!"

바하문트는 비로소 수긍했다. 하지만 곧 얼굴을 일그러뜨리며 빽 소리를 질렀다.

"아버지!"

빈이 귀청 떨어지겠다는 표정으로 꾸짖었다.

"이 녀석이 왜 갑자기 소리를 지르고 그래?"

"도나우 영지는 허구한 날 전쟁 중이라면서요?"

"맞다."

"아버지, 그럼 지금 하나뿐인 아들을 전쟁터에 밀어넣으려는 거예요? 이건 늑대를 피하려다가 사자 아가리에 머리를 들이미는 격이잖아요. 도나우에서 기사후보생이 되느니 차라리 뱀부나이트가 되는 편이 안전하겠어요."

바하문트의 뺨이 복어 배처럼 부풀어올랐다.

빈은 아들의 뺨을 쓰다듬으며 걱정 말라는 듯 웃었다.

"아들. 그렇게 아비를 못 믿느냐? 내가 설마 너를 위험한 전쟁터에 내보낼까?"

"그럼, 무슨 뾰족한 수가 있으세요?"

빈이 목소리를 낮추며 속삭였다.

"있고말고. 로페 후작님은 우리와 피가 섞인 친척 아니냐. 내가 그분께 잘 말씀드려서 너를 내성 안 안전한 곳에서만 머물도록 해 주마."

"아하!"

바하문트는 또다시 무릎을 쳤다. 내성 안전한 곳에서 지내는 거라면 안심이었다.

"그러니 눈 딱 감고 거기서 4, 5년만 보내라. 그럼 뱀부나이트에 들어가지 않고 버틸 수 있을 게다."

"네. 아버지, 사랑해요."

바하문트는 다행이다 싶은 표정으로 아버지의 목을 끌어안았다.

"나도 널 사랑한다."

빈도 아들을 마주 끌어안으며 등을 툭툭 두드렸다.


Chapter 2

결론적으로 빈과 바하문트의 계획은 반만 들어맞았다.

처음에 로페 후작은 빈의 예상대로 행동했다. 뱀부나이트라는 단어를 듣자마자 얼굴을 붉히며 펄쩍 뛰었다.

"말도 안 되지. 우리 도나우 일족이 뱀부나이트가 되다니! 그건 말도 안 돼."

빈이 손바닥을 쓱쓱 비비며 아뢰었다.

"해서 드리는 말씀입니다. 제 아들 바하문트를 후작님께서 꼭 좀 거둬주십시오. 도나우 영지에서 군복무를 수행 중이라고 하면 왕궁시중부에서도 더 이상 뱀부나이트로 징집하지 못할 것입니다."

"암, 그렇고말고. 내가 자네와 자네 아들의 명예를 지킴세."

로페는 선뜻 승낙했다.

빈은 황공한 표정으로 그 앞에 머리를 조아렸다.

"과연 후작님이십니다. 아둔한 저는 비로소 '데'가 나무의 뿌리이고 '로'가 가지라는 말을 실감했습니다. 나무의 뿌리가 가지를 지탱하는 것처럼 후작님께서 저희 가족을 보살펴 주시니 정말 감격할 따름입니다."

빈의 말은 기름통에 빠진 뱀장어처럼 매끄러웠다. 겉으로는 로페를 한껏 치켜세우면서 속으로는 그가 자신들을 지켜줄 의무가 있는 것처럼 만들었다. 뭐, 그렇다고 아주 얼토당토않은 이야기는 아니었다.

로페의 정식 이름은 로페 데 도나우였다.

이 이름을 풀이하면 도나우의 로페, 혹은 도나우를 지키는 로페라는 뜻이었다. 도나우 가문의 적통이라는 의미기도 했다.

한편 빈의 정식 이름은 빈 로 도나우였다. 이는 도나우로부터 나온 빈, 도나우 일족에서 출발한 빈이라는 의미를 가졌다.

즉, 로페가 가문의 직계 귀족이라면 빈과 바하문트는 먼 방계였다.

하지만 빈은 조금도 꿀리지 않았다. 비록 방계에 불과하고 작위도 남작에 그쳤지만 그는 언제나 당당했다.

불알 두 쪽 차고 태어나 오로지 자신의 능력으로 엄청난 부를 축적했으니 남부러울 것 없었다. 오히려 마음속으로는 변방을 지키는 로페보다 수도에서 떵떵거리며 사는 자신이 더 낫다고 생각했다.

자신감이 교만으로 변했다. 빈은 은근히 로페를 얕보았다.

'이제 되었다. 이런 고지식한 시골 노친네 구워삶는 거야 식은 수프 먹기지. 하하.'

허나, 빈의 생각은 틀렸다. 로페는 그리 만만한 사람이 아니었다. 평생 전쟁터를 누빈 장수답게 상대의 얼굴만 보고도 그 속내를 꿰뚫었다.

로페는 대뜸 바하문트에게 손짓했다.

"어디 보자. 네가 바하문트냐? 이리 가까이 와 봐라."

"네, 후작님."

바하문트가 싹싹하게 답하며 냉큼 대령했다.

로페는 바하문트의 몸을 샅샅이 훑어보았다.

"눈빛이 좋다. 어린 소년답지 않게 날카롭구나."

로페는 이렇게 중얼거리면서 바하문트를 좀 더 자세히 살폈다. 먼저 손바닥으로 어깨뼈를 탁탁 두드리고, 배를 주먹으로 가볍게 툭툭 쳐 보고, 손으로 입을 벌려 이빨을 보고 입 냄새를 맡았다. 그리곤 다시 한 번 칭찬했다.

"훌륭한 몸이다. 열세 살이라고는 믿어지지 않을 만큼 키가 훤칠하구나. 어깨뼈가 아직 떡 벌어지지 않았으니 앞으로도 계속 키가 클 테고, 배가 단단하고 매끈하니 몸이 가벼울 테고, 이빨이 튼튼하고 입 냄새가 역하지 않으니 아무거나 잘 먹고 잘 소화시키겠다. 나는 네가 마음에 든다."

"감사합니다, 후작님."

"못난 아들을 그리 잘 봐주시다니, 정말 광영입니다."

빈과 바하문트 부자가 동시에 감사를 표했다.

허나 로페의 묘한 표정 때문에 뒤끝이 개운하지 않았다. 특히 선천적으로 육감이 발달한 바하문트는 무언가 불길함을 느꼈다.

'이거 은근히 켕기네. 마치 나를 병영에서 사용할 말 고르듯 하잖아. 갑자기 왜 이러지?'

아니나 다를까, 로페는 마른하늘에 날벼락 떨어지는 소리를 내뱉었다.

"난 몸이 가볍고 아무거나 잘 먹는 사람이 좋다. 그래야 전쟁터 최전방에서도 쉬이 지치지 않고 버틸 수 있거든."

빈의 눈이 크게 흔들렸다.

"자, 잠깐! 후작님, 지금 뭐라고 하셨습니까? 전쟁터라니요? 그것도 최전방이라니요?"

"왜? 뭐가 이상한가? 내 밑에서 기사후보생을 하려면 당연히 전쟁터를 누벼야지. 그런 과정 없이 어찌 훌륭한 기사가 될

꼬?"

"후작님, 제 아들은 이제 불과 13살입니다. 못난 아비를 둔 탓에 아직 제대로 된 검술도 배우지 못했습니다. 그러니 우선 이 아이를 곁에 두시고 목검을 잡는 법부터 차근차근 가르치십시오. 전쟁터에 내보내는 것은 많이 이른 듯합니다."

빈이 당황스러운 감정을 감추며 공손히 아뢰었다.

그러자 로페는 의뭉스레 맞받아쳤다.

"암. 안 그래도 그럴 생각이야. 내 이 아이를 가까이 두고 가르침세."

"허면 최전방에는 내보내지 않으시는 거지요?"

빈이 다짐을 받으려는 듯 물었다.

순간, 로페는 안색을 싹 바꾸며 갑자기 손바닥으로 탁자를 내리쳤다.

탕!

탁자가 부러질 듯 뒤흔들렸다. 이어서 포효하는 사자의 호통이 터져 나왔다.

"빈 남작! 지금 대체 무슨 소리를 하는 건가? 내가 최전방에 나가는데 바하문트도 당연히 나를 따라 그곳으로 가야지. 설마 자네는 나를 뒤꽁무니에 숨어서 부하들만 희생시키는 졸장이라고 여겼나?"

빈이 찔끔 놀라 목을 움츠렸다.

"그럴 리가 있겠습니까?"

"그게 아니라면, 설마 자네, 바하문트가 여기 성 안에서 요령이나 피우며 시간 때우기를 바라는 건 아니겠지? 감히 여왕 폐하의 칙령을 거역하기 위해서 나를 이용한 게야?"

"그, 그건……."

완전히 정곡을 찔렸다. 빈은 식은땀을 흘리며 말을 더듬었다.

로페가 버럭 소리를 질렀다.

"만약 그런 불순한 의도로 찾아왔다면 당장 내 눈앞에서 꺼지게! 내 친히 여왕폐하께 장계를 올려 자네 부자의 불측한 마음을 고할 것이야!"

"아, 아닙니다!"

빈은 다급히 손사래를 쳤다. 여왕폐하께 장계가 올라갔다간 큰일 난다. 정신이 번쩍 들었다. 숨이 막혔다.

상대가 움츠려들자 로페는 한 술 더 떴다. 아예 기선을 제압하려는 듯 웃통까지 벗어던졌다. 가슴과 배, 어깨를 훑고 지나간 수십 개의 흉터가 드러났다.

"빈 남작, 이 흉터를 똑바로 보아라. 이것이 바로 로페 데 도나우를 증명하는 상징이다. 나는 번쩍거리는 훈장보다 최전방에서 싸우다가 생긴 흉터가 더 자랑스럽다. 그러니 내 앞에서 요령 피우면서 시간이나 때우려고 들지 마라."

로페의 강한 기세에 눌려 빈은 찍소리도 못했다. 그저 고개를 푹 숙이며 스스로를 자책했다.

'이런 염병할. 후작의 별명이 도나우의 수도승이라더니, 그게 틀린 말이 아니었구나! 정말 앞뒤가 꽉 막혔어. 그나저나 이걸 어쩐다? 바하문트 말마따나 늑대를 피하려다 사자굴에 들어온 꼴이 아닌가.'

빈은 하나뿐인 아들이 전쟁터에 나갔다가 잘못 될까봐 가슴이 떨렸다. 이럴 줄 알았다면 절대 여기로 오지 않았을 것이다.

그렇다고 이제 와서 발을 빼기도 힘들었다. 로페 성격에 그걸 용납할 것 같지 않았다.

빈이 우물쭈물하는 사이 로페가 선수를 쳤다.

"말귀를 알아들었으면 자네는 이제 그만 수도로 돌아가. 바하문트는 내가 잘 거둬서 훌륭한 기사로 만들 테니 걱정 말고."

"저……"

빈이 무슨 말을 더 하려고 했다. 최후의 수단으로 돈이라도 잔뜩 찔러줄 요량이었다. 한창 전쟁 중이라면 군자금이 필요할 테니까.

하지만 그보다 먼저 로페의 희끗희끗한 눈썹이 바싹 일어났다. 빈이 더 이상 구질구질한 변명을 늘어놓으면 크게 호통을 칠 생각이었다.

한 술 더 떠서 만약 상대가 뇌물을 먹이려 들면 정신 번쩍 들도록 매질을 해서 보내겠다고 마음먹었다. 도나우의 수도승이라는 별명이 괜히 붙은 것이 아니었다.

눈치 빠른 바하문트가 한 발 앞서 아비를 말렸다.

"아버지, 제 걱정은 마세요. 저는 다 컸어요. 로페 후작님 아래서 많은 것을 배우고 훌륭한 기사가 될 테니 안심하시라고요."

바하문트의 어른스런 태도가 로페를 흡족하게 만들었다. 그래서 바하문트가 먼 길 떠나는 아비를 배웅하겠다고 하자 순순히 허락했다.

도나우 성을 떠나기 전, 빈은 아들의 두 손을 꽉 잡았다. 그리곤 걱정스런 눈으로 아들을 더듬었다.

"아들아, 애비가 면목이 없구나. 이럴 줄 알았으면 너를 여기 데려오는 것이 아닌데……."

바하문트가 퉁명스레 쏘아붙였다.

"알면 되었어요. 하여간 아버지 때문에 내 인생이 꼬였다고요."

빈은 예상치 못한 아들의 반응에 당황했다.

"너, 너! 아까 후작님 앞에선 괜찮다고 그랬잖아. 열심히 배워서 훌륭한 기사가 되겠다며?"

"그거야 거기서 아버지가 쓸데없는 말을 늘어놓으시면 앞으로 제가 더 괴로워질 것 같아서 한 소리였죠. 차라리 뱀부나이트나 될 걸, 이게 뭐예요?"

말은 퉁명스러웠지만 바하문트의 얼굴엔 아버지를 걱정하

는 기색이 역력했다. 아까 전에 나섰던 것도 모두 부친을 보호하기 위해서였다.

빈도 그 사실을 눈치챘다. 빈은 아들을 와락 끌어안으며 눈을 감았다.

바하문트는 그날 저녁부터 도나우의 기사후보생이 되었다.

기사후보생이라면 종자보다는 위, 그리고 기사보다는 아래 서열이다.

따라서 종자처럼 기초체력을 다지는 훈련보다는 중급 수준의 검술과 창술을 익히고 병법을 배우는 것이 보편적이었다.

하지만 로페는 그리 녹록하게 가르치지 않았다.

로페는 기교보다는 힘을 선호했다. 현란한 검술보다는 검에 실린 파괴력이 우선이라고 믿었다.

확실히 전쟁터에서는 로페의 지론이 옳았다.

물론 일 대 일 대결이라면 기술도 체력 못지않게 중요하다. 허나 적군과 아군이 뒤섞인 전쟁터에서 살아남으려면 끈질긴 지구력과 체력, 힘, 그리고 깡다구가 우선이다. 기술이나 기교는 그 다음이었다.

"남자는 힘이다. 그 힘은 배꼽 아래 하체에서 나온다. 하체가 부실한 건 남자도 아니야. 그러니 너는 오늘부터 매일같이 아성(Keep)을 올라라. 하루 오십 번이다."

"오십 번 말입니까?"

바하문트가 하얗게 질린 얼굴로 되물었다.

바하문트의 눈에 비친 아성은 까마득하게 높았다. 계단이 적어도 100개는 넘을 듯했다. 그걸 50번이나 왕복하려면 하루가 꼬박 걸릴 터.

로페가 고개를 끄덕이며 덧붙였다.

"그렇다. 단, 아성에서 내려올 때는 쪼그려 뛰기를 해라."

하얗게 질렸던 바하문트의 얼굴이 이번엔 새까맣게 죽었다. 머릿속에서 웽 소리가 울렸다.

그러나 로페의 명령을 거부할 수는 없었다. 바하문트는 죽어라 수련을 시작했다.

계단을 오르는 것은 참으로 힘들고 지루했다.

하물며 쪼그려 뛰기로 계단을 내려오는 것은 말할 것도 없었다. 더욱 힘들고 위험해서 조금만 긴장을 풀면 우당탕 굴러 떨어지기 일쑤였다.

첫날은 하루 종일 노력해도 오십 번을 못 채웠다. 고작 스물네 번 왕복했을 뿐이다.

둘째 날은 다리에 알이 배겨서 스무 번을 간신히 왕복했다.

목표를 채우지 못하자 로페는 엄하게 꾸짖었다. 매질을 한 것은 아니지만 송곳처럼 가슴을 후벼 파는 꾸중이 바하문트의 자존심을 긁었다.

바하문트는 입술을 꽉 깨물었다. 죽었다 생각하고 매일같이 아성 계단을 오르내렸다.

그때마다 꽉 다문 입술 위로 굵은 눈물이 뚝뚝 떨어졌다. 나중에는 땀방울과 눈물방울과 콧물이 엉망으로 뒤섞였다.

한 보름쯤 지났다. 바하문트의 얼굴은 온통 시퍼런 멍투성이였다. 계단에서 하도 구르다보니 맨살이 남아날 리 없었다.

대신 그렇게 고생한 덕분에 볼록했던 배가 쏙 들어갔다. 뱃가죽 속에선 근육 윤곽이 은은하게 드러났다. 말랑말랑하던 허벅지와 종아리도 어느새 단단한 근육으로 탈바꿈했다.

이건 그냥 무식하기만 한 근육이 아니었다. 폭이 좁은 계단을 쪼그려 뛰기로 내려오다 보니 다리근육을 세밀하게 컨트롤해야 했다. 덕분에 민첩성도 높아졌다.

다시 한 달이 지났다.

이날 바하문트는 처음으로 아성 오십 번 왕복을 채웠다. 생각보다 훨씬 진도가 빨랐다. 로페가 처음 예측했던 것보다도 몇 배나 시간을 단축했다.

사실 바하문트처럼 호화롭게 자란 소년에겐 이런 강도 높은 훈련이 무리였다. 자칫 인체에 과부하가 걸려서 인대가 끊어지고 근육이 파열되기 일쑤니까.

헌데 결과는 예상 밖이었다. 바하문트는 놀라우리만치 잘 적응했다.

그래도 로페는 칭찬하지 않았다. 칭찬하기는커녕 오히려 훈련 강도를 높였다.

"오늘부터는 하루에 칠십 번 왕복한다."

칠십 번 왕복이라니!

바하문트는 기가 막혔다.

그러나 포기하고 주저앉지 않았다. 외려 독기를 품고 악착같이 계단을 오르내렸다.

이렇게 죽을 고생을 하면서 차츰 바하문트의 숨어 있던 본성이 고개를 들었다. 고된 훈련을 받기 전까지는 약삭빠르고 꾀 많은 성격인 줄만 알았는데, 알고 보니 끈기가 대단했다. 악착같은 독기도 장난이 아니었다. 바하문트 스스로도 꽤나 놀랐다.

끈기와 오기, 그리고 독기에 요령이 더해졌다.

이제 바하문트는 계단을 오르내리는 요령까지 익혔다. 그 덕분에 왕복 회수를 오십 번에서 칠십 번으로 늘리는 일이 그렇게 어렵지만은 않았다.

대신 잠자는 시간은 좀 줄여야 했다.

바하문트가 칠십 번을 해내자 로페는 좀 더 수치를 올렸다.

"오늘부터는 하루에 백 번 왕복한다."

단숨에 삼십 번이나 늘리다니, 로페도 참 지독했다.

바하문트의 눈에서 퍼런 광채가 솟았다. 당장에라도 훈련을 때려치고 싶었다.

하지만 로페의 손아귀를 벗어나기엔 너무 늦었다. 후작의 말 한 마디면 바하문트와 빈은 여왕폐하의 칙서를 거역한 역적으로 몰려 참수형을 당할지 모른다. 실제로도 로페는 그런

뉘앙스를 풍기며 은근히 바하문트를 협박했다.

바하문트는 살모사의 독기를 품었다. 네가 이기나 내가 이기나 해 보자는 듯 잠자는 시간을 극단적으로 줄였다.

하긴, 하루에 백 번이나 왕복하려면 그 수밖에 없었다.

계단을 오르면서 깜빡깜빡 졸기도 했는데, 나중엔 이것도 요령이 되었다.

쪼그려 뛰기로 계단을 내려올 때는 정신 바짝 차리고, 대신 올라갈 때 조금씩 눈을 붙였다. 깜빡 조는 와중에도 허벅지 근육은 기계적으로 움직여 계단을 탔다.

그렇게 두 달이 지났다. 바하문트의 몸에선 군살이 쫙 빠졌다. 잘 발달한 하체는 성년 병사와 비교해도 하등 뒤질 것 없었다. 동년배 소년 가운데는 단연 압권이었다.

바하문트가 잘 따라오자 로페는 새로운 수련으로 넘어갔다. 하체를 완성했으니 이젠 상체를 만들 차례였다.

"검술이건 창술이건 바탕에 필요한 힘은 딱 두 가지다. 안으로 끌어당기는 힘, 밖으로 미는 힘. 이제부터 너는 이 두 가지 힘을 낼 수 있는 팔 근육을 키워야 한다."

기사훈련장에는 커다란 참나무가 있었다. 로페는 참나무 가지를 두 팔로 잡고 힘껏 잡아당겨 턱걸이를 하라고 시켰다.

목표는 하루 백 개.

턱걸이를 마친 뒤엔 채석장으로 가서 커다란 돌 굴리는 일을 시켰다. 로페의 설명에 따르면 턱걸이는 당기는 힘을 키우고 돌 굴리기는 미는 힘을 키우는 훈련이란다.

하지만 바하문트는 개소리라고 치부했다. 로페가 그저 일을 부려먹기 위해 꾸며낸 이야기라고 되뇌었다. 그렇게라도 적의를 불태우지 않고선 도저히 이 강도 높은 훈련을 견딜 수 없었다.

하체와 상체 훈련을 동시에 하면서 공부도 겸했다. 로페는 바하문트를 위해 바바로스 포로를 붙여주었다.

"바바로스 놈들이 사용하는 언어를 배워라. 그놈들의 습관이나 풍습도 익혀라. 적과 싸우려면 먼저 적에 대해 잘 알아야 한다."

로페의 말은 그럴 듯하게 들렸다. 바하문트는 군소리 못하고 공부까지 해야 했다.

낮에는 훈련에 매진하고 밤에는 바바로스 언어 공부에 전념했다.

다시 석 달이 지났다.

그 즈음 바하문트는 처음으로 목검을 쥐었다. 그런 다음 로페가 휘두른 목검에 된통 두들겨 맞았다.

로페는 말로 검술을 가르치지 않았다. 검이 뻗는 길을 친절하게 설명한 적도 없었다. 오로지 몸으로 가르쳤다.

바하문트는 어쩔 수 없이 온몸으로 검을 배웠다.

머리통이 깨지도록 맞은 결과, 로페의 상단치기를 어느 정도 막을 수 있었다.

갈비뼈가 으스러지도록 맞은 결과, 옆구리로 파고드는 공격을 막을 타이밍을 잡아냈다.

먹은 것을 몽땅 게워내기를 수백 차례, 드디어 로페의 찌르기를 피했다.

그렇게 시간이 흘러 늦여름이 되었다.

더위가 한 풀 꺾이고 9월이 되자 도나우 지방에 적색 모래바람이 불어왔다.

바바로스 땅에서 출발한 적색 모래바람이 온 하늘을 뿌옇게 만들었다. 그리고 이맘때만 되면 어김없이 바바로스인들이 쳐들어왔다.

어느새 영지 사람들의 얼굴에 웃음기가 사라졌다. 최근 9개월간 조용했던 도나우 성에 어두운 그림자가 드리웠다.

*Chapter 1*

집무실 안이다.

촛불이 일렁거렸다. 불빛 주변으로 십여 명의 사람이 모였다.

그들은 도나우의 기사들과 인근 귀족들이었다. 로페도 직접 회의에 참석했다.

먼저 부관이 안건을 꺼냈다.

"바바로스로 염탐을 보냈던 척후병이 돌아왔습니다."

"놈들의 동태는 어떻던가?"

로페의 질문에 기사는 얼굴을 붉히며 흥분한 목소리로 보고했다.

"아니나 다를까, 그놈들은 우리 영지를 노략질하려고 군대를 집결 중이었습니다. 척후병의 첩보에 따르면 현재까지 모인 적 기마병이 얼추 2백여 기, 보병이 2천5백 정도라고 합니다."

로페의 눈동자가 살짝 흔들렸다. 로페는 손으로 턱살을 조몰락거리면서 말을 흐렸다.

"기병 2백에 보병 2천5백이라. 예년보다 현저히 규모가 줄었군."

기사 한 명이 자신의 의견을 말했다.

"정식으로 편성된 군대는 아닐 것입니다. 모래바람이 불자 식량이 동이 난 바바로스 유목민들이 우리의 곡식을 노리고 국경선 근처에 집결한 것 같습니다."

이번에 침공할 적은 바바로스 정규군이 아니라 유목민들이라는 의견이었다. 여타 기사들은 한결 밝은 표정으로 수군거렸다.

"정규군이 아니라면 한시름 덜었군."

"다행이야. 이번엔 별 피해 없이 놈들을 물리칠 수 있겠어."

로페가 수군거림을 끊고 질문을 던졌다.

"혹시 그 소문이 사실일까?"

부관이 차분한 말투로 되물었다.

"얼마 전 바바로스 권력 핵심부에 변고가 발생했다는 소문 말입니까?"

"그래. 바로 그 소문 말이야."

"아무래도 헛소문은 아닌 듯합니다. 최근 9개월간 바바로스 야만인들이 쥐 죽은 듯 조용하지 않았습니까? 그놈들은 결코 그렇게 조용할 놈들이 아닙니다. 저들 지휘부에 뭔가 내분이 발생한 게 분명합니다."

"음."

로페는 가만히 고개를 끄덕였다.

확실히 올해는 조용했다. 작년만 해도 바바로스 인들이 봄에 여섯 차례나 침공했었고, 여름엔 1만 명에 달하는 병력을 모아 대규모 전쟁을 일으켰었다.

그런데 올해는 그냥 넘어갔다. 바바로스 상층부에 무슨 변고가 있는 게 확실했다.

톡 톡 톡.

로페는 손가락으로 관자놀이를 두드렸다. 이것은 그가 무언가 깊은 생각을 할 때마다 나오는 버릇이었다. 부관을 비롯한 귀족들과 기사들은 영주의 상념을 방해하지 않고 조용히 기다렸다.

로페의 머릿속에서 생각이 자라났다. 막연하던 것이 모양을 갖추고 틀을 잡았다. 로페는 구체화된 생각을 잘 정리한 다음 안건으로 내어놓았다.

"소문이 사실이건 아니건, 올해 바바로스 군은 눈에 띄게 약해졌어. 내 말이 맞지?"

"그렇습니다. 놈들의 전력이 사상 유래가 없을 정도로 약화된 것 같습니다."

"그렇다면 이번 기회에 우리가 본때를 보여주자."

로페의 눈빛이 강하게 뻗었다. 방 안을 밝히는 촛불보다 그의 눈빛이 더 강렬했다.

부관이 깜짝 놀랐다. 기사들도 두 눈을 휘둥그레 떴다.

"본때라고요? 어떻게 말입니까?"

"바바로스 유목민들이 완전히 집결하기 전에 우리가 먼저 선제공격하자는 거지. 국경선을 넘어 놈들을 박살낸 다음 위로 쭉 치고 올라가는 거다."

"네에?"

사람들의 눈이 램프 뚜껑만큼 커졌다.

역발상이다. 로페의 의견은 지극히 파격적이었다. 아주 쉽고 간단한 생각이었지만 이 자리에 있는 그 어떤 기사도 생각하지 못했다.

왜냐고?

나이드 왕국은 여태까지 단 한 차례도 선공을 취한 적이 없었기 때문이다. 바바로스 인들이 쳐들어오면 사력을 다해 몰아내기만 했을 뿐, 먼저 전쟁을 일으킬 생각도 못했다.

고기를 먹어본 적이 없는 사람은 고기 맛을 알지 못하듯이, 나이드 인은 하도 수비적으로 살다 보니 먼저 공격하는 것이 어색했다.

로페가 사람들을 둘러보며 어깨를 으쓱했다.

"안 될 것 있나? 바바로스 놈들은 허구한 날 우리를 괴롭히는데, 우리라고 놈들 땅에 쳐들어가지 말라는 법 없잖아."

듣고 보니 옳은 말이었다. 못할 것도 없었다. 척후병을 계속 보낸 덕분에 바바로스 국경선 너머 지리도 익숙했다. 바바로스어나 놈들의 풍습, 습관도 훤했다. 더구나 올해 바바로스 전력은 최고로 약한 상태였다.

"못할 것 없지요."

부관이 조심스레 고개를 주억거렸다. 호전적인 기사 몇 명은 크게 고개를 끄덕이며 로페의 의견에 동의했다.

물론 몇몇 조심성 많은 귀족들은 속으로 은근히 걱정했다. 허나 그들도 겉으로는 반대하지는 않았다. 나이드 역사상 최초가 될 역공은 이렇게 결정났다.

다음날.

새벽부터 도나우 성 전체가 들썩였다. 대장장이들은 교대로 24시간 불을 밝혔다. 목수들도 24시간 무기를 가다듬었다. 마구간지기들은 말 상태를 매일같이 점검했고, 아낙네들은 헤진 군복을 꿰매고 털모자를 수선했다.

전쟁준비는 남녀노소를 가리지 않았다. 성 안에 팽팽한 긴장이 감돌았다.

로페는 수시로 기사들을 불러 모아 전력을 점검했는데, 때로는 부관과 머리를 맞대고, 또 때로는 혼자서 지도 위에 공격

경로를 그리며 치밀한 전략을 세웠다. 척후병의 보고도 끊임없이 체크했다.

하지만 로페가 무엇보다 신경 쓴 것은 기습 날짜를 정하는 일이었다. 선제공격을 감행할 날짜를 잡는 일이야말로 가장 중요하고 가장 어려웠다.

공격을 너무 서두르면 역효과가 날 수 있기 때문이다. 그렇다고 날짜를 너무 미루면 적에게 의도를 간파당할까 우려되었다.

로페는 심사숙고 끝에 8월 31일을 점찍었다. 그런 다음 전군에 명령을 하달했다.

"병력을 셋으로 나눈다. 도나우 기사단은 전날 미리 국경선 근처로 가서 기습공격을 준비하라. 너희가 공격의 핵 역할을 해 줘야 한다."

"넷."

도나우 영지 소속 기사들은 검을 뽑아 손잡이를 가슴에 붙이며 우렁차게 답했다.

로페가 부관에게 고개를 돌렸다.

"부관은 제2대를 이끌고 31일 아침에 출발한다. 적에게 들키지 않도록 국경선 왼쪽 숲에서 매복하고 있으라."

"명에 따르겠습니다."

로페가 마지막 명령을 내렸다.

"마지막으로 내가 제3대를 이끌겠다. 나는 31일 오후에 몰래 성을 빠져 나가 놈들 정면으로 진격할 것이다. 적당한 때가 되면 불꽃을 쏘아서 공격 신호를 내릴 테니, 신호를 놓치지 말고 세 방향에서 동시에 공격하라."

"넷!"

부관과 귀족, 기사들이 입을 모아 합창했다. 전쟁이 코앞으로 다가왔다.

"으헉!"

바하문트는 헛바람 소리를 내며 잠에서 깼다. 온몸이 땀으로 흥건했다.

악몽을 꾼 탓이다. 그것도 아주 지독한 악몽.

꿈에서 바하문트는 바바로스 인들에 둘러싸여 혼자서 싸웠다.

그가 서 있던 곳은 오목한 구덩이였는데, 구덩이 위에서 무시무시한 야만인들이 괴성을 지르며 달려들었다. 핏빛 하늘에선 번개가 쾅쾅 내리쳤다.

어디를 둘러보아도 도망칠 곳이 없었다. 야만인 한 명이 바하문트의 머리통을 꽉 움켜쥐었다. 이어서 녹슨 도끼날이 어깻죽지를 내리찍었다.

피가 튀었다.

헌데 뼈가 드러난 어깨에선 아무런 감각도 느껴지지 않았다.

배에 칼이 콱 쑤셔 박혔다. 칼은 내장을 지나 등으로 푹 튀어나왔다. 피가 콸콸 쏟아졌다. 하지만 여전히 감각이 없었다.

피가 낭자하게 흐르는데 아픈 것을 못 느끼다니!

그래서 더 무서웠다. 바하문트는 손을 허우적거리며 비명을 질렀다. 그러다가 잠에서 깼다.

허름한 방이었다. 천장은 2.5미터 높이였고, 중간쯤에 좁은 창문 하나가 뚫렸다. 창이 하나밖에 없어서 방 안이 어둑어둑했다.

과거 바하문트는 대저택에서 안락하게 생활해 왔기에 이런 허름한 방에 적응하는데 시간이 걸렸다.

9개월 동안 살아서 이제 좀 익숙해지긴 했지만, 바하문트는 여전히 이 방이 마음에 들지 않았다. 절로 불평이 나왔다.

"제기랄, 방이 후져서 꿈자리가 뒤숭숭한가?"

말은 이렇게 했다. 허나 악몽을 꾼 게 방 탓이라고 믿지는 않는다. 바하문트는 소름 돋은 팔뚝을 손으로 쓱쓱 문지르며 가만히 악몽을 되새겼다.

"난 신기하게도 꿈이 잘 맞아. 어째 조만간 나쁜 일이 벌어질 것 같아."

심란한 마음을 달래고자 목검을 손에 잡았다. 단단한 나무 손잡이를 손으로 감싸자 마음이 편했다.

참 대단한 변화였다. 검을 쥐면 마음이 편해지다니! 바하문트 스스로도 믿어지지 않았다. 이건 9개월 전만 해도 꿈도 꾸

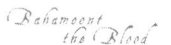
82 흡혈왕 바하문트

지 못했던 일이다.

"지금 내 모습을 아버지가 보셨다면 엄청 놀라셨을걸? 그러고 보면 습관이란 것이 참 무서워. 몇 개월 동안 죽어라고 검을 휘둘렀더니 어느새 이렇게 익숙해졌네."

바하문트는 나직이 뇌까리면서 방 중앙에 섰다.

먼저 허리를 꼿꼿이 세웠다. 목검을 둥글게 말아 쥐고 가볍게 앞에 들었다. 시선은 뭉툭한 검끝에 고정했다.

"스으읍."

새벽 공기가 코를 통해 폐로 빨려 들어갔다. 근섬유 한 올 한 올이 모두 깨어나는 느낌이 바하문트를 황홀하게 만들었다.

쫘악—

바하문트의 의식은 순식간에 이상한 세계로 진입했다. 그곳에서 바하문트는 한 사람의 관찰자가 되었다.

유체이탈이라도 한 듯 의식이 육체를 떠났다. 깃털처럼 가벼워진 바하문트의 상념은 방 안 높이 올라가 위에서 바닥을 관조했다.

검이 보였다. 검을 쥔 소년이 보였다. 바로 바하문트 본인이었다.

바하문트의 의식은 스스로의 몸을 샅샅이 살폈다.

검을 쥔 자세, 시선과 어깨선, 발 벌어진 정도, 발의 방향, 허리의 각도.

로페의 자세와 한 치도 다르지 않았다. 만족스러웠다.

이어서 바하문트의 의식이 천장에서 뚝 떨어졌다. 그리곤 쏜살같이 제 몸속으로 파고들었다.

팽팽하게 당겨진 허벅지 근육, 적당히 힘이 들어간 배 근육, 부드럽게 힘이 풀린 어깨 근육까지, 모두 살폈다. 모든 것이 이상적이었다.

상체는 최대한 힘을 뺐다. 몸의 중심이 완벽히 하체로 넘어왔다. 이 상태라면 언제든지 원하는 곳으로 몸을 날릴 수 있다. 채찍처럼 빠르고 날카롭게 검을 휘두를 수 있다.

파앗!

의식적으로 한 행동인지 아니면 무의식인지 알 수 없었다. 한동안 육체를 들여다보던 바하문트의 의식이 어느새 육신에 깃들었다.

그 순간 신체 모든 근육이 완벽하게 조화를 이루며 움직였다. 다리 근육이 땅을 박차는 시간과 어깨 근육이 뒤로 살짝 열린 찰나가 완전히 일치했다. 안구의 근육이 목표를 포착하는 시간과 팔 근육이 목검을 휘두른 시간도 완벽히 하나가 되었다.

바하문트가 휘두른 목검은 공기를 가로지르지 않았다. 대신 공기의 틈새로 파고들었다. 그 덕분에 공기저항을 받지 않았다.

저항이 없으니 힘의 손실이 없을 수밖에. 바하문트의 근육이 발산한 힘은 100퍼센트 검끝에 실렸다.

서걱!

침대 위, 베개 한 귀퉁이가 잘려나갔다. 흐늘흐늘한 천이 뭉툭한 목검에 잘려 바닥에 떨어졌다.

목검으로 천을 베는 놀라운 검술!

몇 달 전 로페가 시범삼아 보여줬던 것과 똑같다.

로페는 이 검술을 바하문트에게 가르치려고 보여준 것이 아니다. 그저 검술의 높고 높은 경지를 엿보게 해서 바하문트를 자극하려 했을 뿐이다.

그런데 바하문트는 어느새 로페의 검을 흡수해서 완벽히 자신의 것으로 만들었다.

솔직히 바하문트도 목검으로 천 자르기가 될 줄 몰랐다. 그저 심란한 마음을 달래기 위해 한 번 해 보았을 뿐인데 보란듯이 성공했다.

"후우우……"

바하문트는 입술을 살짝 벌려 폐에 담았던 숨을 내뱉었다. 베개의 잘린 면을 살피는 바하문트의 눈동자는 창공으로 날아오르는 젊은 독수리의 그것마냥 신나고 날카로웠다.

악몽을 꾸었지만 이젠 괜찮았다. 불안했던 감정은 햇살에 녹는 안개처럼 사라졌다. 검에 대한 성취감이 바하문트에게 자신감을 불어넣었다.

13살의 가을.

바하문트는 자신이 무술에 대한 천부적인 재능을 타고났음을 깨달았다.

## Chapter 2

적색 모래바람이 해를 가렸다. 대낮임에도 불구하고 시야가 맑지 않았다. 로페를 올려다보는 바하문트의 낯빛도 뿌연 공기만큼이나 찌푸려져 있었다.

"전쟁이 벌어질 거라고 하셨습니까?"

"그렇다."

"저도 그 전쟁에 나가야 합니까?"

"나는 나간다."

"저도 나가야 된다는 말씀이시군요."

"긴 말 할 필요 있느냐? 넌 내 밑에서 배우는 기사후보생이니 당연히 따라가야지."

로페의 응답은 단호했다.

바하문트는 볼에 바람을 불어넣어 불룩하게 만들었다. 감히 징집명령에 반발하지는 않았지만 대놓고 못마땅하다는 마음을 드러냈다.

'빌어먹을. 밤새 꿈자리가 뒤숭숭하더니, 전쟁터에 끌려가려고 그랬었구나.'

바하문트가 불편한 심기를 내비치자 로페가 슬쩍 한 번 떠봤다.

"왜, 전쟁터에 나가기 싫으냐?"

바하문트는 잠시 머뭇거리다가 솔직히 말했다.

"네. 싫습니다."

"이유가 뭐냐? 싸우는 것이 두렵기 때문이냐?"

"네."

바하문트는 진심으로 전쟁이 두려웠다. 싸우는 것도 두렵고 죽는 것도 두려웠지만, 무엇보다 피를 보는 것이 무서웠다.

시뻘건 피! 뜨거운 선혈!

상상만 해도 호흡이 가빴다. 심장박동이 두 배로 빨라졌다.

헌데 전쟁터로 나가면 그 낭자하게 흐르는 피바다를 어찌 헤쳐 나간단 말인가. 눈앞이 캄캄했다.

바하문트의 속도 모르고 로페는 짐짓 역정을 냈다.

"바하문트, 열세 살이면 다 컸다. 계집애처럼 엄살 부리지 말고 마음 단단히 먹어. 전쟁터를 겪지 않고 어찌 기사가 되겠느냐?"

'쳇! 누가 기사가 되고 싶대요?'

이런 말이 바하문트의 목구멍까지 치밀었다.

허나 억지로 되삼키며 고개만 숙였다. 그 와중에도 입술이 불룩 튀어나와 바하문트의 불만스러운 마음을 나타냈다.

툴툴거리는 태도가 마음에 들지 않았던지 로페가 약간 언성을 높였다.

"바하문트, 왜 대답이 없어?"

"알겠습니다. 후작님을 쫓아 전쟁터에 나가겠습니다."

바하문트는 마지못해 풀이 죽은 목소리로 대답했다.

로페는 기다렸다는 듯이 손가락으로 대장간 방향을 가리켰다.

"좋다. 그럼 당장 대장간으로 가서 무기와 방어구를 내달라고 해라. 내 너를 위해서 진검과 방패를 만들라고 지시해 놓았다."

'성격도 급하시지. 어느새 무기와 방어구까지 준비해 놓았담.'

바하문트는 입술을 꼭 깨물었다.


8월 31일 밤 9시.

8시 무렵에 해가 졌다. 9시가 되자 사방이 캄캄했다.

로페는 땅바닥에 납죽 엎드리고는 저 멀리 보이는 불빛을 노려보았다.

아른거리는 불빛 주위로 바바로스 군막이 보였다. 군막 주변엔 가죽 옷을 입은 바바로스 인들이 서성거렸다. 로페의 군대가 코앞까지 쳐들어왔을 줄은 꿈에도 모르는 듯, 야만인들의 경계는 느슨했다.

로페는 적 군막부터 세심하게 살폈다.

군막은 온통 하얀색 일색이었다. 기다란 나무막대 세 개를 삼발이처럼 세워서 뼈대를 만들고 그 위에 하얀 말가죽을 두른 형태였는데, 색이 하얀 덕분에 어두운 밤에도 비교적 눈에 잘 띄었다.

로페는 나직이 중얼거렸다.

"유목민들의 군막이 확실하군. 저놈들은 바바로스 정규군이 아니라 어중이떠중이 유목민들이야."

적이 급조된 유목민뿐이라면 대승을 거둘 자신이 있었다. 유목민은 말은 기가 막히게 잘 타지만 무술은 한 단계 떨어진다. 기습공격을 당하면 말에 올라타 보지도 못하고 당황해서 지리멸렬할 것이다.

로페는 승리를 자신하며 몸을 살짝 일으켰다.

그렇다고 완전히 일어서지는 않았다. 먹이를 노리는 살쾡이처럼 꾸부정한 자세를 유지한 채 적진을 향해 빠르게 접근했다.

로페의 뒤를 따라 도나우 병사들도 살금살금 진격했다. 그보다 약간 뒤에선 말고삐를 움켜쥔 종자들이 뒤따랐다.

바하문트는 종자들과 행동을 함께했다. 로페의 애마를 직접 끌고 조심조심 적진을 향해 다가섰다. 적에게 들키지 않도록 나뭇가지로 말을 위장하는 것도 잊지 않았다.

종자들 틈에 섞였지만 바하문트는 종자가 아니었다. 그는 기사후보생이었다. 전쟁이 벌어지면 앞장서서 싸워야 했다.

따라서 무장에도 신경을 썼다. 바하문트는 시퍼렇게 날이 벼려진 진검을 한 손에 움켜쥐었다. 대장간에서 막 나온 따끈따끈한 새 검이었다.

등에는 몸통을 전부 가릴 크기의 방패를 멨다. 얇은 철판에 가죽을 덧댄 방패여서 가볍고 튼튼했다.

몸을 보호하기 위해 질긴 가죽 옷을 걸쳤고, 머리엔 털모자를 썼다.

이렇듯 기습공격하기에 적합한 무장을 하고 적진을 향해 한 발 한 발 내디뎠다.

쿵쾅 쿵쾅!

바하문트의 가슴은 마구 두방망이질쳤다. 침이 바싹 말라 입이 탔다. 중간에 옆구리에 찬 수통을 꺼내 몇 번이고 목을 축였다.

물기를 입 안에 머금었는데도 갈증이 가시질 않았다. 하긴, 열세 살짜리 소년이 난생 처음 전쟁터에 나왔는데 떨리지 않는다면 그게 이상하다.

바하문트를 비롯한 모든 병사들이 바싹 긴장한 가운데, 적 병영과의 거리는 점점 좁혀졌다. 눈대중으로 볼 때 150미터도 채 남지 않았다.

슥—

로페가 조용히 손을 들었다.

녹색 풀과 나뭇가지로 위장한 병사들은 그 자리에 우뚝 멈췄다. 자세도 낮췄다. 이내 벌레소리가 잦아들었다.

로페가 까딱까딱 손짓을 했다.

무기와 갑옷을 들쳐 멘 종자들이 앞으로 기어 나왔다. 그들은 각자 모시는 귀족들에게 갑옷을 입혀주고 무기를 들려주었다. 이어서 말까지 대령했다.

귀족들은 중무장 차림으로 말 등에 올랐다.

로페도 말안장에 안착했다. 다른 귀족들은 종자의 등과 어깨를 밟고 부축을 받아 말에 탔지만, 로페는 바하문트의 도움 없이 가뿐하게 말 위로 뛰어올랐다. 20킬로그램이 넘는 무거운 철갑옷을 입고도 몸이 가벼운 듯했다.

철컥!

로페가 투구를 내려쓰면서 스산하게 명했다.

"자, 이제 시작이다. 불꽃을 쏘아 올려 신호를 보내라. 젖 먹던 힘을 다해 고함을 지르며 진격하라."

궁수들이 하늘로 화살을 쏘았다.

퍼엉! 펑! 펑!

화살에 매단 불통 세 개가 20미터 상공에서 폭발하면서 환한 불꽃이 터졌다. 그 순간을 기다려 로페가 우렁차게 외쳤다.

"가자!"

두두두—

로페의 말이 콧김을 내뿜으며 힘차게 내달렸다. 사방으로 흙이 튀었다.

"끼랴!"

귀족들도 서둘러 말을 몰아 로페의 뒤를 쫓았다.

마지막으로 병사들이 목에 핏대를 세우며 기합을 내질렀다.

"와아아아—!"

우렁찬 기합소리가 두려움을 쫓아냈다. 바로 옆에서 발을 구르며 진격하는 동료들을 보자 전쟁에 대한 공포도 한결 누그러졌다.

로페가 이끄는 도나우 군 병사들은 괴성을 지르며 단숨에 150미터를 달렸다.

파도가 후려쳤다. 로페가 이끄는 병력은 사나운 파도가 되어 적진 정면을 강타했다.

우지끈!

깃대가 요란한 소리를 내며 꺾였다. 바바로스의 상징인 레드 드래곤 깃발은 바닥에 넘어진 채 말발굽에 짓밟혔다.

"적이닷!"

여우가죽으로 만든 털모자를 깊게 눌러쓴 바바로스 경계병이 로페를 손가락질하며 경고했다.

그 순간, 로페는 말 달리는 속도를 그대로 유지한 채 말 옆구리에서 창을 뽑았다. 90센티미터 길이의 짧은 단창인데, 앞이 무겁고 창대가 낭창낭창해서 던지기에 좋았다. 그는 창 밑동에 손가락 두 개를 걸고 앞으로 휙 뿌렸다.

휘익, 뻭!

로페의 손을 떠난 창이 곧장 날아가 바바로스 경계병의 이마를 뚫었다. 이마 한복판에 피꽃이 피었다.

"이랴!"

로페는 좀 더 힘차게 박차를 가했다.

두두두두—

말이 허연 거품을 물며 무섭게 내달렸고, 그 위에서 로페는 투창을 하나 더 뽑았다.

휘익, 뻑!

이번에도 두개골 바스러지는 소리가 났다. 로페의 창은 또 다른 바바로스 인의 이마를 그대로 뚫어 버리며 허연 뇌수를 터뜨렸다.

그 뒤를 이어 귀족들이 짓쳐들어와 바바로스 군막을 말발굽으로 짓이겼다.

히이잉—

군막이 쓰러졌다. 줄이 끊겼다. 당황한 바바로스 인들은 줄에 휘감겨 버둥거렸다.

로페가 그 위를 짓밟고 검을 휘둘렀다.

"으아악!"

"적이다. 적이 쳐들어왔다."

말 울음소리와 비명소리, 고함소리가 뒤섞여서 순식간에 아수라장을 연출했다.

거기에 도나우 군 병사들까지 덮쳐들자 아수라장은 아예 지옥으로 변했다.

"이 더러운 바바로스 놈들."

"죽어랏."

병사들은 창으로 바바로스 인들의 가슴을 찔렀다. 석궁을 코앞에서 쏴서 적들의 얼굴을 날려 버렸다. 그동안 당했던 노략질에 대한 분풀이라도 하듯 다들 살기를 내뿜었다. 뜨거운 숨소리와 비릿한 피 냄새가 공기를 후끈 달궜다.

그 무렵, 바바로스 군대의 우두머리는 가장 큰 군막에 들어앉아 허리가 가느다란 여자 둘을 옆에 끼고 꿩고기를 뜯던 중이었다. 그러다가 소란스러운 소동에 놀라 도끼를 움켜쥐고 밖으로 나왔다.

"이게 다 뭐야?"

우두머리의 눈에 비친 세상은 온통 피로 물들어 있었다. 피투성이가 된 부하 한 명이 우당탕 나뒹굴며 그의 발치로 기어들어왔다. 뒤이어 도나우 군 병사가 쫓아오며 창으로 부하의 등짝을 찔렀다.

"크악!"

바로 앞에서 부하가 죽었다. 우두머리의 눈이 뒤집혔다.

"이 새끼가 감히 누구 앞에서!"

부왕—!

우두머리는 무려 15킬로그램이나 되는 육중한 도끼를 수평으로 휘둘러서 도나우 병사의 몸통을 찍었다.

병사가 다급히 방패로 막았지만 소용없었다. 묵직한 도끼는 가죽 방패를 짓이기고 갈비뼈를 으스르뜨리며 파고들더니 단숨에 몸뚱어리까지 두 쪽 내었다.

푸확—

병사의 피가 분수처럼 솟구쳐 바바로스 우두머리의 몸을 때렸다. 적의 피를 뒤집어쓰자 혈관 속의 피가 들끓었다. 우두머리는 시커먼 가시 수염을 흔들며 괴성을 질렀다.

"말을 가져와라. 내 말을 가져와! 오늘 나이드 놈들을 모조리 찢어 죽일 테다."


## Chapter 3

시간이 갈수록 전투의 열기는 더 뜨거워졌다.

로페가 이끄는 부대가 바바로스 진영 정면을 급습한 직후, 부관이 이끄는 2차 부대가 상대의 허리를 찔러왔다. 송곳 형태로 달려든 부관의 병력은 바바로스 인들이 가장 소중히 여기는 마구간을 강타했다.

"바바로스 놈들이 말을 타게 해서는 안 된다. 말꼬리에 불을 질러 사방으로 내쫓아라."

부관은 정확하게 공격의 맥을 짚었다. 적이 반격할 수단을 미리 차단하는 것이야말로 승리를 굳히는 지름길이다.

병사들은 나무수액을 묻힌 막대기에 불을 붙여 마구간 안에 집어던졌다.

건초에 불이 붙었다. 말꼬리에도 불똥이 튀었다.

히이이잉!

히이잉!

놀란 말들은 마구간 안에서 마구 날뛰었다. 그때를 노려 도나우 병사들이 마구간 문을 활짝 열었다.

두두두두—

바바로스 군마들이 뿌연 흙먼지를 일으키며 밖으로 내달렸다. 말들은 군막을 짓밟아 넘어뜨렸다. 혼란이 가중되었다.

말을 타려고 달려오던 바바로스 인들이 성난 말 떼에 휩쓸렸다. 꼬리에 불이 붙은 말들은 주인의 명령도 듣지 않았다. 그저 보이는 대로 걷어차고 걸리는 대로 들이받았다.

말발굽에 채여 가슴이 으스러진 바바로스 병사 한 명이 핏물을 뿜으며 나뒹굴었다.

"죽엇!"

도나우 병사가 그 위를 타고 앉아 목에 검을 쑤셔 박았다. 확인사살이었다.

바바로스 병사들은 당황했다. 의외의 기습에 놀라 우왕좌왕했고, 제때 전열을 가다듬지 못해 피해를 누적시켰고, 말까지 잃어 반격할 기회를 놓쳤다.

완전히 사기가 꺾였다. 겁을 집어먹은 바바로스 병사들은 무기를 내던지며 정신없이 도망쳤다.

 허나, 패배자들에게 탈출구는 없었다. 어느새 도나우 기사단이 등장해 퇴로를 끊었다. 바바로스 인들은 꼼짝 못하고 포위당했다.

 우두두두—

 철갑옷으로 중무장한 도나우 기사단이 직선으로 말을 내달렸다.

 기사단의 말발굽 소리는 범상치 않았다. 지축 울리는 소리부터 공포 그 자체였다. 그리고 바바로스 인들이 아차 하는 사이 어느새 코앞으로 들이닥쳤다.

 퍼퍼퍽!

 가죽 부대 터지는 소리가 났다. 가죽 안에 물을 가득 담아 놓고 몽둥이로 힘차게 내리쳐서 터뜨리면 아마 이런 소리가 날 것이다.

 가죽이 터지면서 물이 사방으로 튀어나가는 모습도 비슷했다. 단, 이번에 튄 것은 물이 아니라 피였다.

 기사단과 정면충돌한 바바로스 인들은 피부와 살이 터지고 뼈가 부러졌으며, 온몸의 피를 사방으로 쏟아내며 죽었다.

 차지(Charge) 공격!

 도나우 기사단이 자랑하는 육탄돌격이 당황한 바바로스 인들을 절망으로 몰아넣었다.

 우두두두—

기사단이 한 차례 더 무위를 뽐냈다. 바바로스 인들이 밀집한 곳을 향해 쏜살같이 말을 달려 들이받았다.

퍼퍼퍽!

이번에도 가죽 부대 터지는 소리가 났다.

차지에 당해 몸이 으스러진 자, 말발굽 안으로 빨려 들어가 어육으로 흩어진 자, 충돌의 여파로 멀리 튕겨나가 온몸의 뼈가 으스러진 자, 창에 찔려 내장을 쏟는 자.

참혹했다. 끔찍했다.

허나 도나우 기사단은 눈곱만큼의 동정심도 갖지 않았다. 그동안 당했던 원한을 풀려는 듯 가열차게 몰아붙였다.

겁을 집어먹은 바바로스 인들은 사방으로 뿔뿔이 흩어졌다. 어떻게든 탈출해 보려는 의도였다.

하지만 로페는 패잔병들을 순순히 보내주지 않았다.

"막아라! 놈들을 일체 동정하지 말라. 처참하게 도륙하고 몽땅 몰살시켜라. 저놈들을 놓아 주면 내년에 다시 쳐들어와서 우리의 누이를 강간하고 부모 형제를 죽일 것이니라!"

맞는 말이다.

잠시 마음이 약해졌던 도나우 병사들은 눈에서 불을 뿜었다. 과거 바바로스 인들의 노략질 때문에 겪었던 가슴앓이와 원한이 한꺼번에 되살아났다.

"놈들을 죽여랏!"

"이놈들, 절대 도망치지 못한다!"

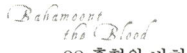

병사들은 손을 뻗어 도망치는 바바로스 인들을 붙잡았다. 한 사람의 병사가 적의 머리끄덩이를 잡아채서 땅바닥에 쓰러뜨리면 동료 병사들이 창을 곧추세우고 달려들어 배를 찔렀다.

다시 그 위에 여러 명의 병사들이 올라타서 검으로 쑤시고, 돌로 내리찍고, 주먹으로 때렸다.

"크악!"

"사, 살려줘!"

바바로스 인들은 처참하게 죽었다.

전쟁터에서 살인자와 영웅은 다르지 않았다. 폭력으로 무장하고 살기가 넘치는 사람들이 곧 영웅이 되었다. 전쟁영웅들은 적을 죽이고 동료를 구했다.

시간이 좀 더 흐르자 승패는 완전히 결정났다. 로페가 이끄는 도나우 군의 대승이다.

그런데도 피는 그칠 줄 몰랐다. 살아서 도망치려는 자와 악착같이 죽이려는 자의 싸움은 전쟁보다 더 지독했다. 더 많은 양의 피가 흘러 땅을 적셨다.

그날, 도나우 군은 악마가 되었다. 그들이 내뿜는 원한의 불길은 수십 킬로미터나 치솟아 하늘에 닿았다. 복수의 일념이 땅속으로 스며들어 지옥을 자극했다.

자욱한 피보라 속에서 바하문트도 처녀(Virgin)를 잃었다.

전쟁에 익숙한 도나우 병사들은 첫 살인을 처녀를 잃는다고 표현했다.

또한 열 명을 죽일 때까지는 새댁, 오십 명을 해치울 때까지는 농염한 유부녀, 백 명 넘게 전과를 올린 살인귀들은 음탕한 과부라고 불렸다.

여자들이 들으면 질색할 음담패설이지만 병사들에겐 즐거운 농담에 불과했다.

왜 그런 말이 있지 않던가. 악마와 싸우는 자, 싸우는 동안에 점점 악마가 되어 버린다고.

도나우 병사들도 마찬가지였다. 거칠고 포악한 바바로스 인들과 수십 년을 싸워오면서 그들도 바바로스 병사들만큼이나 난폭하고 거칠고 사납게 변했다.

어쨌거나 바하문트도 이번 전투를 통해 처음으로 사람 목숨을 빼앗았다.

원해서 한 일은 아니었다. 죽지 않으려고 발악을 하다 보니 저절로 그렇게 되었다.

당시 바바로스 무리의 우두머리는 도끼를 횡횡 휘두르며 탈출로를 뚫던 중이었다. 그러다가 바하문트를 발견하자 대뜸 방향을 틀어 달려들었다.

"요놈!"

우두머리 입에서 호랑이 소리가 나왔다. 아마도 그는 바하문트를 만만히 여겼던 것 같았다. 어린 소년이니 쉽게 해치우고 돌파할 수 있다고 판단했겠지.

적장이 달려드는 순간, 바하문트는 눈을 꽉 감았다.

로페에게 받았던 고된 훈련은 모두 잊었다. 잠시 동안이지만 머릿속이 텅 비고 백지장처럼 하얗게 변했다.

와락!

적장은 솥뚜껑처럼 커다란 손으로 바하문트의 목덜미를 낚아챘다. 그리곤 부웅 치켜들어 멀리 내던져 버리려 했다.

그러다가 마음을 바꿨다. 바하문트를 내던지지 않고 그대로 몸 앞으로 끌어당겼다. 그에 앞서 바하문트의 팔목을 비틀어서 검을 빼앗는 것도 잊지 않았다.

바하문트의 역할은 인간 방패였다. 정말 아차 하는 사이에 방패 대용품으로 전락했다.

적장은 한 손에는 15킬로그램짜리 육중한 도끼를 쥐고 붕붕 휘둘렀다. 다른 손엔 바하문트를 들고 몸통을 가렸다.

적장을 창으로 찌르려던 병사들이 멈칫했다. 적을 공격하려면 먼저 어린 바하문트의 몸을 꿰뚫어야 하니 망설여질 수밖에.

"비켜라. 죽고 싶지 않으면 비켜."

적장은 악을 쓰면서 무기를 휘둘렀다. 묵직한 도끼를 어찌나 빨리 휘두르던지 가까이 접근만 해도 강한 풍압에 살이 떨렸다.

도나우 병사들은 그래도 굴복하지 않고 가까이 접근했다. 살금살금 다가서서 적 우두머리의 뒤통수를 노리기도 하고,

멀리서 돌멩이를 던지기도 했다.

그때마다 적장은 바하문트를 휘둘러서 제 몸뚱어리를 보호했다.

아군 병사가 던진 돌에 맞아 바하문트의 머리가 터졌다. 뜨끈한 피가 흘러 얼굴을 적시고 입술 사이로 스며들었다.

가까이서 풍기는 적장의 역한 입냄새가 바하문트의 코를 비틀었다. 평생에 단 한 번, 오직 결혼식을 올릴 때만 몸을 씻는다는 바바로스 사람들. 그 악명을 이제야 실감했다.

하지만 지금 냄새가 문제가 아니었다. 누렇게 썩은 적장의 이빨을 보자 바하문트는 가슴이 덜컥 내려앉았다.

바바로스 인들은 가뭄이 심하면 어린아이를 잡아먹기도 한다고 들었다. 그 소문을 곧이곧대로 믿는 것은 아니지만, 이대로 끌려가면 듬성듬성 빠진 저 누런 이빨에 뜯어 먹힐지 모른다는 절박한 위기감이 생겼다.

게다가 적장이 휘두르는 대로 이리저리 흔들리다보니 너무 어지러웠다. 이리 휙, 저리 휙, 한 번 끌려다닐 때마다 하늘과 땅이 빙글빙글 돌았다. 바하문트는 이빨을 꽉 깨물었다.

뿌드득!

'이대로 죽을 순 없다.'

죽을 위기가 닥치자 가장 먼저 떠오른 사람은 아버지가 아니라 로페 후작이었다.

로페 때문에 전쟁터에 끌려나왔고, 그 결과 이 꼴이 되었다고 생각하니 울화가 골수까지 뻗었다. 그 원수를 갚기도 전에 개죽음을 당할 순 없었다.

"우아아아! 로페, 이 개새끼야."

홧김에 욕을 했다. 그것도 감히 하늘같은 영주에게 못할 말을 퍼부었다.

욕을 하자 가슴속에 맺혔던 것이 울컥 치밀었다. 심장 저 밑바닥이 뜨끈했다.

적장을 포위한 채 창으로 위협하던 병사들이 움찔 놀랐다. 포로로 잡힌 바하문트가 뜬금없이 영주님을 욕하니 기겁할 수밖에.

적장도 두 눈을 부릅뜨고 바하문트를 내려다보았다. 그는 나이드어에 익숙했기에 방금 이 꼬맹이가 누구를 욕했는지 다 알아들었다.

"크하하, 너희 영주더러 개새끼라고? 이제 보니 내가 미친 꼬맹이를 포로로 잡았구나."

적장은 시커먼 수염을 흔들며 크게 웃었다.

그렇게 잠깐 방심한 순간, 바하문트의 발이 비상하는 매처럼 날렵하게 하늘로 솟았다.

바하문트는 양손으로 적장의 팔목을 붙잡고 몸을 빙글 돌려 거꾸로 섰다. 그런 다음 두 발로 적장의 팔뚝 위쪽을 휘감았다.

꽤나 복잡한 동작이었다. 발동작과 상체의 움직임이 한꺼번에 물 흐르듯이 이루어져서 아름다웠다.

바하문트가 거꾸로 매달린 채 온몸의 체중을 실어 몸을 흔들자 거구의 적장도 중심을 잃고 휘청거렸다.

"어랏?"

깜짝 놀란 적장이 자세를 바로잡았다.

그 사이 바하문트는 살 기회를 잡았다. 목덜미를 움켜쥔 적장 손아귀에 힘이 조금 빠졌다고 느낀 순간, 바하문트는 머리를 크게 뒤로 젖혔다가 와락 달려들며 적의 손등을 깨물었다.

"크악!"

적장이 비명을 질렀다. 저도 모르게 손을 뿌리치며 쥐새끼 같은 소년을 바닥에 패대기쳤다.

덕분에 바하문트는 상대의 손아귀에서 벗어났다. 비록 땅바닥에 머리부터 떨어지는 바람에 이마에 크게 혹이 났고 얼굴도 잔뜩 긁혔고 코도 아팠지만, 그래도 이게 어딘가. 일단 적의 손을 벗어났다는 사실이 중요했다.

바하문트는 다람쥐처럼 빠르게 몸을 세우며 숨을 훅 들이켰다.

한편 손등을 깨물린 적장은 화가 머리 꼭대기까지 났다.

"요 쥐방울만한 녀석이!"

적장은 누런 이빨을 드러내며 쏜살같이 바하문트에게 달려들었다.

부왕—

바하문트의 머리통을 향해 곧장 도끼가 떨어졌다.

이번엔 바하문트도 당황하지 않았다. 눈을 깜박이지 않고 끝까지 적의 공격을 지켜보았다. 그리곤 재빨리 오른쪽으로 몸을 날려 도끼날을 피했다.

적장의 반응도 만만치 않았다.

"어딜!"

바하문트가 피하자 그럴 줄 알았다는 듯이 공격방향을 틀었다. 수직으로 내리찍다 말고 그대로 수평으로 도끼를 휘둘러 바하문트를 후려쳤다.

말은 쉽다. 허나 결코 쉬운 동작은 아니었다. 있는 힘을 다해 내리찍던 도끼의 방향을 90도로 꺾는다는 것이 어찌 쉬우랴.

빠악!

의외의 공격에 바하문트는 속수무책으로 당했다. 도끼날 옆면에 얻어맞아 뒤로 세 바퀴나 구르며 나동그라졌다. 입술 사이로 선홍빛 핏물을 뿜었다. 갈비뼈가 욱신거렸다.

바하문트가 쓰러지자 적장이 다시 달려들었다.

도나우 병사들이 적장의 앞을 가로막았다. 병사들은 창으로 찌르고 검을 휘두르며 상대를 위협했다.

허나 분노한 적장의 상대는 되지 못했다.

"이놈들이 감힛!"

적장은 커다란 손을 뻗어 병사들이 찌른 창대 네 개를 한꺼번에 움켜잡았다. 그리곤 와락 잡아끌면서 도끼를 수평으로 휘둘렀다.

어찌나 빠르던지 도끼 형상이 제대로 보이지 않았다. 그렇게 빠르고 육중한 도끼는 도나우 병사 네 명의 목을 한꺼번에 수평으로 쪼갰다.

네 개의 목이 동시에 잘려나가면서 피가 분수처럼 솟았다. 적장은 피분수를 흠뻑 뒤집어 쓴 채 악귀처럼 포효했다.

"내 앞을 막지 마라. 다 죽여 버린다!"

불처럼 뜨거운 기세다. 도나우 병사들은 질린 표정으로 뒷걸음질쳤다. 포위망이 슬쩍 열렸다.

적장은 그 틈을 놓치지 않았다. 도끼를 쥐고 흔들어서 도나우 병사들을 물리치더니 느슨해진 포위망 틈새로 잽싸게 파고들었다.

그때였다.

"어딜 도망가?"

빠악!

바하문트가 냅다 던진 돌멩이가 적장의 뒤통수를 때렸다. 뜨끈한 피가 흘러 머리카락과 뒤엉켰다.

적장이 시뻘겋게 충혈된 눈으로 뒤를 돌아보았다. 아까 전의 그 맹랑한 꼬마였다.

"이 새끼가 정말!"

화가 폭발했다. 속된 말로 꼭지가 돌아버린 적장은 탈출마

저 포기한 채 바하문트를 덮쳤다.


## Chapter 4

 적장의 손에서 하얀 빛이 폭발했다. 도끼 휘두르는 속도가 한층 빨라져서 이젠 형체도 보이지 않았다. 도끼 대신 하얀 빛만 보였다.
 그 섬뜩한 빛이 바하문트를 후려쳤다.
 콰앙!
 방금 전까지 바하문트가 서 있던 자리가 움푹 팼다.
 바하문트는 겁이 덜컥 났다.
 '내가 미쳤지. 저 불곰 같은 야만인을 왜 건드렸을까. 그냥 가게 내버려 둘걸.'
 후회해도 이미 늦었다. 눈이 뒤집힌 적장은 집요하게 바하문트만 노렸다.
 중간에 다른 병사들이 끼어들어도 거들떠보지 않았다. 그저 도끼로 창대를 자르고 어깨로 들이받아 밀친 다음 악착같이 바하문트만 뒤쫓았다.
 바하문트는 기를 쓰고 피했다. 민첩해진 근육이 그의 목숨을 살렸다.
 아성 계단을 오르내리며 키운 지구력도 도움이 되었다. 그리고 로페와 대련을 하면서 눈이 빨라진 덕분에 적장의 도끼를 잘 피할 수 있었다.

바하문트가 잘 피하면 피할수록 적장은 더 크게 화를 냈다.

"크아아, 이 쥐새끼 같은 놈! 내 오늘 네 머리통을 씹어 먹지 않으면 인간이 아니다."

적장의 얼굴이 잘 익은 대추마냥 벌겋게 달아올랐다. 근육은 풍선처럼 부풀었다. 피부 위로 혈관이 징그럽게 도드라져 올랐다.

적장이 한 번 도끼를 휘두를 때마다 땅이 푹푹 팼다. 한 번 주먹을 후려칠 때마다 군막이 무너져 내렸다.

바하문트는 땀범벅이 되어 간신히 피했다. 그 와중에 긁히고, 부딪치고, 찔려서 몸 곳곳에 상처가 났다.

상처들이 욱신거리고 쑤셨지만 그래도 멈출 수 없었다. 잠시라도 멈췄다간 그대로 도끼날에 찍혀 두개골이 두 쪽 날 테니까.

숨이 턱까지 차올랐다.

"헉, 헉! 이 미친 바바로스 놈."

바하문트는 악착같이 따라붙는 적장에게 욕을 퍼부었다. 그러면서 손에 잡히는 대로 돌멩이도 던지고 흙도 던지고 창도 던지고 수통도 던졌다.

그래도 적장과의 거리는 점점 좁혀들었다.

바하문트가 검을 주워들고 덤벼보았지만 소용없었다. 바하

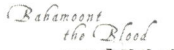

문트가 휘두른 검은 적장의 도끼와 맞부딪치자마자 땡그랑 소리를 내면서 두 동강 났다. 몇 차례 그런 일을 겪자 맞서 싸울 엄두가 나질 않았다.

그렇게 25분간을 도망 다녔다. 바하문트는 25분이 아니라 250분쯤 되는 것으로 느꼈다.

하지만 결국 끝낼 때가 왔다. 아슬아슬하게 도끼를 피해서 도망치던 바하문트가 그만 군막 줄에 걸려 나동그라진 것이다. 그 위에 군막이 겹쳐 쓰러지면서 발목에 줄이 엉켰다.

"으아악!"

바하문트를 입을 딱 벌리며 괴성을 질렀다. 바로 뒤에서 적장이 쫓아오는데 이게 웬 난리란 말인가! 그는 미친 듯이 발버둥을 치며 엉킨 줄을 풀려고 애썼다. 손으로는 천막을 휘저어 벗어나려고 시도했다.

허나 너무 늦었다. 어느새 적장은 코앞까지 다가와서 바하문트를 내려다보았다.

"흐흐, 요놈의 앙실방실한 쥐새끼. 이제 꼼짝 없이 걸렸구나."

적장은 군막과 뒤엉켜 버둥거리는 바하문트를 비웃으며 도끼를 번쩍 들었다. 쩍 벌어진 그의 입술 사이로 듬성듬성 누런 이빨이 드러났다. 적장의 손 위에선 도끼날이 시퍼런 빛을 내뿜었다.

바하문트의 안색은 새하얗게 질렸다. 머릿속이 텅 비고 아무 생각도 나지 않았다.

 누구라도 그런 상황에 놓이면 눈을 질끈 감으며 고개를 돌릴 것이다. 허나 바하문트는 그 와중에도 끝까지 포기하지 않았다. 머릿속은 텅 비었지만 무의식적으로 손을 휘저었다.

 손에 꼬챙이처럼 뾰족한 부지깽이가 잡혔다.

 길이는 약 80센티미터. 바바로스 인들이 화로에 불을 지피고 고기를 구울 때 사용하는 간단한 도구였다.

 문제는 화롯불이 아직 꺼지지 않았다는 점이다. 군막이 쓰러져서 보이진 않지만 그 속에서 화롯불은 여전히 뜨거운 불씨를 품고 있었다. 화로에 반쯤 파묻힌 부지깽이도 벌겋게 달구어졌다.

 그 뜨거운 부지깽이를 움켜줬으니 어디 손이 남아나겠나.

 치이익!

 바하문트의 손바닥은 순식간에 익어 버렸다. 살이 부지깽이에 달라붙어 고기 타는 냄새가 났다.

 헌데 바하문트는 뜨거움을 못 느꼈다. 머리가 텅 비고 뇌가 제 역할을 못하면서 감각도 잃었다. 뜨거운지 차가운지, 아픈지 안 아픈지도 모르고 무의식적으로 부지깽이를 휘둘렀다.

 뾰족하고 뜨거운 부지깽이가 군막을 찢고 튀어나와 적장의 정강이를 쑤셨다.

 푸욱!

 치이이익—

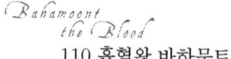

"크아악!"

세 가지 소리가 동시에 터졌다.

첫 번째는 뾰족한 쇠꼬챙이가 살을 꿰뚫는 소리, 두 번째는 벌겋게 달궈진 고온의 쇠꼬챙이에 살이 타는 소리, 마지막은 적장의 비명소리!

어찌나 고통스러웠던지 적장은 이빨을 꽉 깨물었다. 도끼로 바하문트를 내리찍는 것도 잊어버렸다.

바하문트는 부지깽이를 뒤로 뽑았다. 그리곤 이번엔 상대의 발등에 내리찍었다.

날카로운 부지깽이는 적장의 발을 완전히 관통해서 땅에 푹 박혔다. 또 한 번 비명이 터졌다.

"크앗!"

날카로운 비명소리가 바하문트의 정신을 깨웠다. 바하문트는 허겁지겁 엉킨 줄을 풀고 몸을 일으켰다.

그 사이 적장은 고통에 겨워 신음하며 발등에 박힌 부지깽이를 잡아 뽑았다. 피투성이가 된 시뻘건 쇠꼬챙이가 와락 딸려 나왔다.

적장은 이빨을 꽉 물고 바하문트를 노려보았다. 그의 두 눈이 마귀의 눈처럼 살벌했다.

적장을 노려보는 바하문트의 눈에도 독기가 서렸다. 바하문트는 바닥에 쓰러진 바바로스 인의 등에서 검을 잡아 뽑았다. 그리곤 검끝을 적장에게 겨누며 미간을 가늘게 좁혔다.

적장과의 일 대 일 대치상태.

바하문트의 의식은 하늘로 솟구쳤다. 그 높은 하늘에서 지상의 전투를 낱낱이 살폈다. 특히 적장의 움직임을 빠짐없이 관조했다.

적장의 왼쪽 다리 근육이 슬쩍 부풀었다.

왼발에 힘을 줬다는 것은 몸을 오른쪽으로 날리려는 의도다. 바하문트의 몸 왼편이 위험하다는 신호기도 하다.

그 사실을 깨닫기도 전에 바하문트의 몸이 빙글 돌았다. 머리를 축으로 왼쪽으로 반 바퀴 돌면서 몸을 뒤로 뺐다.

아니나 다를까, 적장은 오른쪽 사선으로 몸을 날려 바하문트의 심장을 찍었다. 그런데 바하문트가 기가 막히게 반응해서 몸을 빼는 바람에 빈 허공만 훑었다.

'이놈!'

순간적으로 적장의 가슴이 서늘하게 식었다. 회심의 공격이 실패하자 머리카락 끝이 쭈뼛 섰다. 바하문트를 얕잡아보았던 마음은 싹 사라졌다.

허나 너무 늦었다.

바하문트는 이미 애송이 티를 벗었다. 지금까지는 난생 처음 겪는 전투에 놀라 허둥거렸지만, 이젠 바뀌었다.

침착하게 적의 공격을 흘려버린 것이 그 첫 번째 증거였다. 그리고 곧이어 두 번째 증거가 드러났다.

슈왁!

바하문트의 검이 공간 틈새로 파고들었다. 공기를 옆으로 밀어내면서 공간을 가른 것이 아니라, 이미 존재하는 틈새에 검날을 기막히게 밀어넣었다.

그래서 공기저항을 받지 않았다. 공기도 흔들리지 않았다.

이게 무서웠다. 상대가 검을 휘두르면 공기가 흔들린다. 싸움에 익숙한 자들은 이걸 미리 느끼고 방어를 한다.

헌데 방금 전 바하문트가 휘두른 검은 공기에 영향을 주지 않았다. 따라서 적장도 바하문트의 공격을 눈치채지 못했다.

그가 눈치챘을 때, 바하문트의 검은 이미 그의 옆구리로 파고든 뒤였다. 그것도 가죽 옷을 연결하는 이음새 사이로 기막히게 파고들었다.

"크헉!"

적장은 두 눈을 부릅떴다. 허리가 뜨끔해지자 다리에 맥이 풀렸다. 거구가 흔들렸다.

바하문트는 검을 회수했다가 다시 하향 45도 각도로 내리그었다.

써걱!

이번엔 적장의 오른쪽 허벅지에서 핏줄기가 튀었다. 무릎 바로 위, 뼈와 뼈를 연결하는 힘줄이 끊겼다. 가죽 옷이 보호하는 부위 바로 아래였다.

적장의 오른쪽 다리가 반으로 접혔다. 한쪽 무릎을 꿇은 자세로 쓰러진 것이다.

그 순간, 바하문트는 양손으로 검 손잡이를 꽉 움켜쥐었다. 허리를 잔뜩 비틀어서 검을 아래로 숨겼다.

그런 다음 용수철이 튀어오르는 것처럼 풀쩍 뛰어오르며 검을 위로 쳐올렸다.

바하문트의 검이 새하얀 빛에 휩싸였다. 검 휘두르는 속도가 정상 수준을 넘어섰다는 뜻이다.

"이야아!"

소년과 거인의 싸움을 지켜보던 병사들은 일제히 탄성을 흘렸다.

이어서,

푹!

바하문트의 검이 적장의 턱 아래로부터 파고들어 목을 뚫고 혀를 관통했다. 그런 뒤 재차 힘을 받아 입천장마저 뚫어 버리고 적장의 뇌 속으로 파고들었다.

"컥!"

적장이 외마디 소리를 지르며 허우적거렸다. 턱 밑으로 피를 줄줄 흘리며, 애병인 도끼마저 내팽개친 채 바하문트를 향해 손을 내저었다.

끝까지 바하문트를 공격하려는 의도는 아니었다. 이건 살려달라는 애걸이었다. 물에 빠진 사람이 지푸라기라도 잡으려는 본능이었다.

"으읏!"

바하문트 질겁하며 뒤로 물러났다. 이미 검은 손에서 놓은 상태였다. 거의 무의식 상태로 싸웠는데, 이제야 정신이 번쩍 들었다.

눈앞에서 허우적거리며 피를 쏟는 적장을 보자 심장이 터질 듯 뛰었다. 두 손에 부들부들 경련이 일었다.

싸우는 동안엔 의식이 몽롱했었다. 그러나 느낌은 아직까지 생생했다.

적의 살을 베는 느낌! 적의 피부를 뚫고 힘줄을 자르는 느낌! 뾰족한 무기로 적의 뼈를 쑤시는 그 더러운 기분!

"으아아악—!"

바하문트는 피범벅이 된 손으로 제 머리카락을 움켜쥐며 악을 썼다.

그 사이 적장은 두 눈을 부릅뜬 채 바하문트를 바라보았다. 그리곤 천천히 앞으로 고꾸라졌다. 검을 턱에 박아 넣은 자세 그대로.

쿠웅!

지축이 둔중하게 울렸다. 같은 시간, 바하문트 마음 깊은 곳에서 무언가가 툭 끊겼다.

전투는 끝났다.

바하문트는 두꺼운 털가죽을 몸에 칭칭 감은 채 몸을 웅크렸다. 그런데도 추웠다. 머리가 멍하고 온몸이 덜덜 떨렸다.

로페는 바하문트에게 대접을 하나 건넸다.

"이걸 마셔라. 좀 나아질 게다."

대접 안에서 호박빛깔 영롱한 액체가 찰랑거렸다. 그 위로 바하문트의 일그러진 얼굴이 얼비쳤다.

로페가 바하문트의 등을 툭툭 두드리며 다시 말했다.

"어서 쭉 들이키라니까."

바하문트는 로페가 준 액체를 꾸역꾸역 마셨다.

액체는 불이었다. 차가운 물이 아니라 뜨거운 불이었다. 입 안이 화끈 달아오르더니, 이내 목젖과 식도를 이글이글 태우며 위로 넘어갔다.

순간, 머리가 핑 돌았다. 바하문트는 가물거리는 눈의 초점을 간신히 맞추며 로페를 쳐다보았다.

로페가 빙그레 웃었다.

"바바로스 인들이 마시는 술이다. 위를 녹일 만큼 강렬하지."

"그러 거 왜 내게 주셔스미까?"

바하문트의 혀는 이미 꼬일 대로 꼬였다. 짐작컨대 로페에게 그런 걸 왜 내게 주셨냐고 묻는 듯했다.

로페가 느물느물 웃으면서 화제를 바꿨다.

"바하문트. 너, 오늘 첫 경험을 했다며? 그것도 아주 강렬하게."

희롱하는 듯한 말투가 기분 나빴다. 바하문트는 휘청거리는 몸을 애써 바로잡으며 로페를 노려보았다.

그러나 로페는 흐느적거리는 웃음을 거두지 않았다.

"방금 술을 내린 것은 그에 대한 상이다. 원래 첫 경험을 한 날엔 기분이 싱숭생숭한 법이야. 잠도 오지 않지. 그래서 독한 술이 필요하다. 한 잔 더 쭉 들이켠 다음, 잠을 푹 자라. 그러면 기분이 한결 나아질 게다."

로페는 독주를 한 잔 더 따라서 바하문트에게 권했다.

확실히 틀린 말은 아니었다. 독주를 한 잔 들이켰더니 손의 떨림이 멎었다.

마음의 고통도 잠시 잊었다. 바하문트는 로페가 준 대접을 받아 쭉 들이마셨다.

꿀꺽꿀꺽.

목구멍을 타고 뜨거운 불이 한 차례 더 넘어갔다. 뱃속까지 화끈거렸다. 하지만 아직 정신을 잃을 정도는 아니었다.

"후자님, 하자만 더 주시브시오."

바하문트가 혀 꼬인 소리로 술을 더 청했다.

로페와 기사들이 껄껄 웃었다.

"허허, 이 녀석 물건인걸! 바바로스 술은 워낙 독해서 나도 한 잔 마시면 뻗는데, 그 독한 걸 두 대접이나 마시고도 아직 견디네?"

"자, 이번엔 내가 주마."

이번엔 부관이 대접에 술을 부어서 바하문트에게 주었다.

바하문트는 세 번째 잔을 마셨다.

네 번째도, 다섯 번째도, 그리고 여섯 번째 잔도 마셨다.

로페와 기사들의 눈이 휘둥그레졌다. 그들이 놀라는 모습을 보자 배배 꼬였던 마음이 좀 풀렸다.

"개쉐이들. 킥킥킥."

바하문트는 기사들을 손가락으로 가리키며 술주정을 부렸다. 그리곤 그대로 쓰러져 흙바닥에 얼굴을 처박았다.

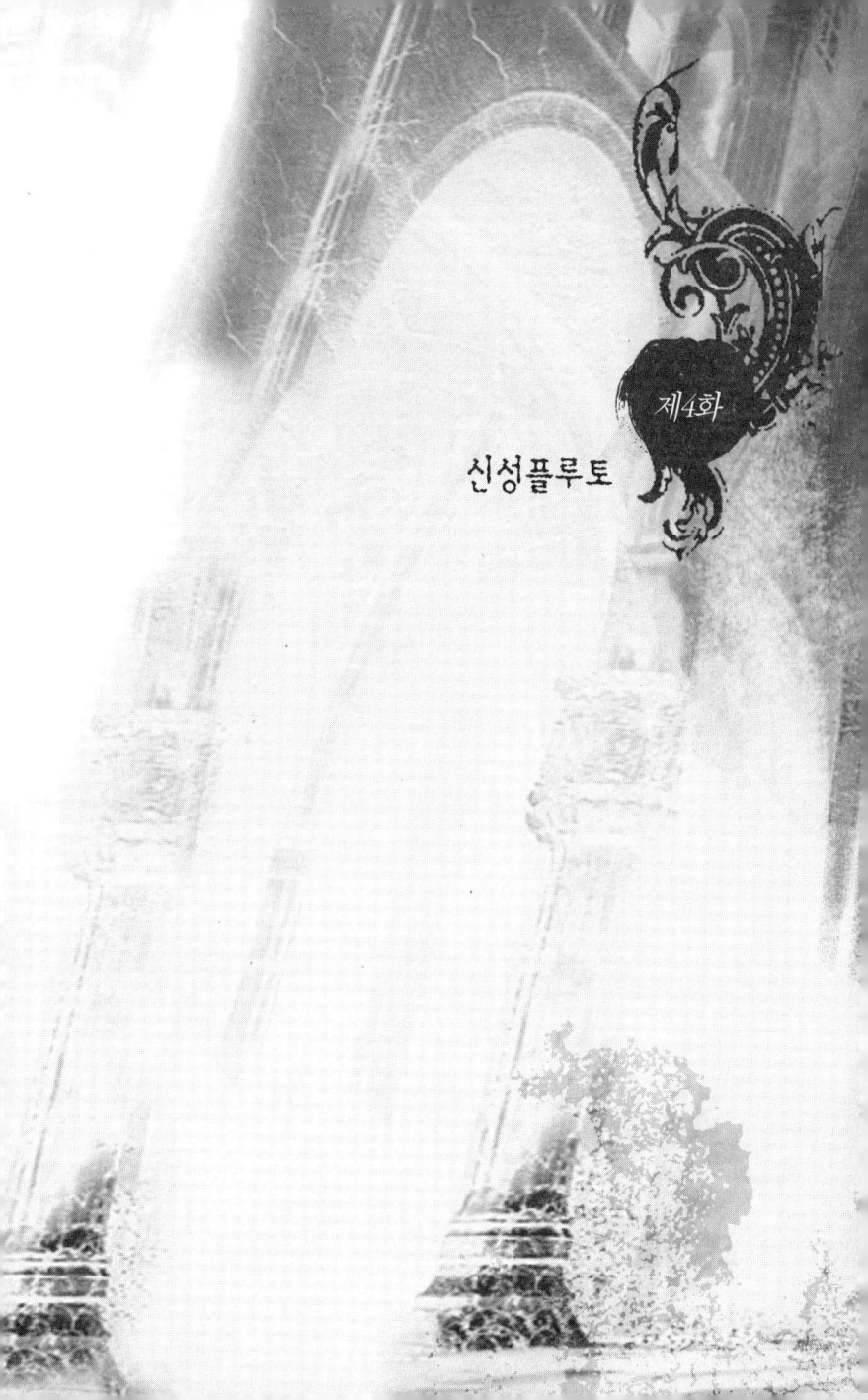

*Chapter 1*

로페가 이끄는 도나우 군은 연일 승승장구했다.

공격 첫날엔 침략을 준비 중이던 바바로스 인들을 급습해서 전멸시켰다. 둘째 날엔 바바로스 땅 40킬로미터 지점까지 진격했다.

로페는 그곳에서 하루를 머물며 병사들을 쉬게 했다.

휴식을 취하는 동안 로페는 장계를 적어 나이드 왕궁으로 보냈다. 로페가 올린 장계에는 첫 전투에서 거둔 대단한 성과와, 용맹스럽게 싸운 귀족과 기사, 그리고 병사들의 노고가 자세히 적혀 있었다.

오후가 되자 영지에서 보낸 추가보급품이 도착했다. 로페는 보급품을 기사와 병사들에게 골고루 나눠주었다.

넷째 날에는 다시 전쟁이 발발했다.

이것도 그다지 어려운 전쟁은 아니었다. 바바로스 부족과 맞부딪쳐서 잠시 교전이 벌어졌는데, 적들의 전력이 보잘것없어 쉽게 승리를 거뒀다. 물론 적은 전멸시켰다.

이번엔 전리품도 많이 얻었다. 로페는 각종 패물과 무기, 포로로 잡은 바바로스 여인들을 마차에 실어 도나우 영지로 보냈다.

다섯째 날엔 하루 쉬었다.

엿새째가 되자 다시 행군을 시작했다.

일곱째 날에도 걸었고, 여덟째 날에도 계속 걸었다.

아흐레가 되자 세 번째 전투가 벌어졌다.

이번 적도 바바로스 정규군은 아니었다. 그저 부족민 연합에 불과하기에 전투력이 그다지 높지 않았다. 당연히 도나우 군의 상대가 되지 못했다.

로페는 병사들을 이끌고 바바로스 진영 한복판을 돌파했다. 그 사이 기사단이 좌우로 흩어졌다가 빙 우회해서 적의 측면을 공략했다.

삼면에서 공격을 받은 적은 힘없이 무너졌다.

적은 전멸, 도나우 군은 사상자 150여 명.

또다시 대승을 거뒀다.

로페는 두 번째 장계를 적어 일레나 여왕에게 보냈다. 그리고 군막을 치고 며칠간 휴식을 취하면서 병사들의 노고를 달랬다. 부족한 보급품도 새로 채웠다.

다음 네 번째 전투는 강어귀에서 발발했다. 이건 도나우 군이 다시 북상을 시작한 지 사흘 만에 벌어진 일이었다. 마침 폭이 좁은 강을 만나 도하하는 중이었는데 말을 탄 바바로스 기병들이 나타나 뒤를 급습했다.

로페는 목청을 높여 부하들을 다독였다.

"당황하지 마라. 병사들은 강 건너는 일에만 집중하라. 기사단이 적 기병을 전담해서 싸워라!"

"넷!"

말고삐를 잡고 강을 건너던 기사들이 물살을 헤치며 되돌아 나왔다.

기사들은 물에 젖어 몸이 무거운데도 불구하고 날렵하게 말 위에 올라탔다. 평소 얼마나 체력 훈련을 열심히 받았는지 여실히 드러나는 순간이었다.

기사들은 투구를 눌러쓰며 우렁차게 기합을 넣었다.

"끼랴!"

히이이잉!

말들이 앞발을 들고 힘차게 울음을 토했다. 말발굽 사이로 하얀 물보라가 일어났다. 도나우 기사단은 강기슭을 향해 내달려 바바로스 기병과 정면으로 부딪쳤다.

콰직!

폭음이 터졌다.

뼈 부러지는 소리가 폭음에 뒤섞였다. 하얀 물보라가 하늘 높이 튀었고, 그 사이로 목뼈가 꺾여 고꾸라지는 바바로스 인들이 보였다.

바바로스 기병은 애초부터 도나우 기사단의 상대가 아니었다. 철갑으로 중무장한 기사단이다. 가죽 옷만 입고선 그 상대가 될 수 없었다.

적들도 바보가 아니라면 그 사실을 잘 알 텐데, 이렇게 무리해서 부딪치는 것을 보면 어지간히 당황한 것 같았다.

하긴, 언제 바바로스 인들이 침략을 받아본 적이 있던가. 그들은 남을 침략하고 노략질하는 일에만 익숙했지 이렇게 제 땅 안에서 싸운 것은 처음이었다. 바바로스 땅이 워낙 척박해서 아무도 노리지 않았기 때문이다.

기사단이 적 기병을 와해시키는 동안, 도나우 병사들은 강을 거의 다 건넜다. 로페가 주의를 환기시켰다.

"강을 완전히 건널 때까진 방심하지 마라. 강 건너편에도 또 다른 매복이 있을지 모른다."

과연 로페는 노련했다. 적들의 속내를 훤히 꿰뚫어 보았다.

도나우 병사들이 건너편 기슭에 거의 도달했을 즈음, 갑자기 커다란 함성이 터졌다.

"크아아아—!"

강어귀의 숲에서 무수히 많은 바바로스 인들이 격한 괴성을 지르며 달려나왔다.

로페가 재빨리 지휘했다.

"보급부대는 제자리에 멈춰서 보급품을 보호하라! 척후부대와 창수들이 앞으로 나가 적과 맞서 싸우라! 강에서 싸우면 불리하다. 서둘러서 강기슭을 확보해야 한다."

도나우 병사들은 일사분란하게 명령에 따랐다. 보급부대는 강물 한가운데 멈춰서 보급품이 떠내려가지 않도록 주의했다.

그 사이 척후부대가 검을 뽑아들고 강물을 헤치며 뛰쳐나갔다. 뒤이어 창수들이 기합을 지르며 치달렸다.

첨벙첨벙 소리와 함께 물보라가 1미터 높이로 튀었다. 병사들은 허벅지까지 오는 물살을 오로지 다리 힘으로 헤쳤다.

부왁!

선두에 선 척후병이 휘두른 검이 바바로스 인의 얼굴을 세로로 내리그었다. 물보라 사이로 붉은 핏물이 터졌다.

그게 신호였다. 강물을 막 건너온 도나우 병사들과, 강물로 막 뛰어든 바바로스 인들이 한 무더기로 뒤엉켰다. 전투 중 가장 참혹하고 치열하다는 백병전이 시작되었다.

"죽엇!"

도나우 병사가 내뻗은 창이 바바로스 인의 목젖을 뚫었다.

바바로스 인이 풀스윙한 해머가 도나우 병사의 투구를 박살내고 두개골을 산산이 부쉈다.

병사가 쏜 석궁이 바바로스 인의 눈알을 꿰뚫었다.

바바로스 인이 휘두른 플레일(Flail; 도리깨)이 병사의 가슴을 으스러뜨리며 깊이 파고들었다.

서로 한 방씩 주고받았다. 강물이 피로 물들었다.

하얀 물보라 대신 벌건 물보라가 일었다. 악 쓰는 소리가 물소리에 뒤섞여 어지러웠다. 비명소리가 그 속에 파묻혔다.

바하문트는 현기증을 느꼈다. 바로 코앞에서 물보라가 치솟았다.

물보라 사이로 입을 쫙 벌린 사람들이 악귀처럼 고함쳤다. 눈앞에서 머리통이 터지고, 그 흩어지는 처참한 잔재를 강물이 휩쓸어 갔다.

이건 지옥이다. 이런 게 바로 지옥이다.

두근거리는 심장은 목구멍을 역류해서 입 밖으로 튀어나올 것 같았고, 눈에 압력이 더해져서 눈알이 툭 빠질 듯했다. 바하문트의 얼굴이 기괴하게 뒤틀렸다.

"이게 뭐야? 내가 왜 이런 지옥에 있어야 해?"

바하문트는 두 손을 부르르 떨며 하늘을 향해 악을 썼다.

그 순간, 바바로스 병사 두 명이 바하문트를 향해 달려들었다.

한쪽 눈에 화살이 박힌 바바로스 병사는 괴성을 지르며 바하문트에게 도끼를 휘둘렀다. 또 다른 바바로스 병사는 뺨이 찢어져 너덜거리는 채 두 팔을 쫙 벌리고 달려들었다.

바하문트의 눈이 뒤집혔다. 꽉 다문 잇새로 뜨거운 신음이 터졌다.

"크하!"

폐에서 더운 공기가 빠져 나왔다.

근육이 팽팽히 섰다. 바하문트는 서슬 퍼런 검날을 휘둘렀다. 바하문트의 검이 강물 속으로부터 튀어나와 바바로스 병사의 팔목을 베었다.

"으악, 내 팔!"

막 도끼를 휘두르던 바바로스 병사가 비명을 지르며 잘린 팔목을 감쌌다.

바하문트는 발로 상대의 가슴팍을 걷어찼다. 그리곤 허공에서 검을 빙글 돌려서 적의 목젖을 가로로 베었다.

사악—

섬뜩한 소리가 났다. 핏물이 쫙 뿜어져 바하문트의 얼굴을 때렸다.

바하문트가 수평으로 휘두른 검은 눈에 보이지 않을 만큼 빠르고 강했다. 하긴, 목검으로 천을 자르는 실력이다. 진검으로 살을 베지 못할 리 없었다.

피를 뒤집어 쓴 바하문트는 재빨리 다리를 굽혀 강물에 얼굴을 처박았다. 눈에 튄 핏물이 흐르는 강물에 씻겨 내려갔다.

그 사이 또 다른 바바로스 인이 달려들었다.

"크헝!"

적은 생김새뿐 아니라 목소리까지도 불곰을 닮았다.

바하문트는 비스듬하게 검을 휘둘러 강물 아래 잠긴 상대의 다리를 베었다.

검이 물속에 파고드는데도 물보라가 치솟지 않았다. 물보라는커녕 파문도 일지 않았다. 바하문트의 검이 그만큼 쾌속하다는 뜻이었다.

바하문트는 물을 가르면서 검을 휘두르지 않았다. 물이 흐르는 틈새로 정확하게 검날을 밀어넣었고, 그 연장선상에서 적의 허벅지 근육을 잘랐다.

"아악!"

다리가 잘린 바바로스 병사는 짧게 비명을 지르며 물속으로 미끄러졌다.

한 번 빨려 들어가면 끝이다. 물이 깊지는 않지만 거센 물살에 휩쓸려서 계속 허우적거리다가 죽는다.

바하문트는 곧 죽을 상대는 거들떠보지 않았다. 쓰러진 상대의 몸을 밟고 풀쩍 뛰어서 타넘었다. 그리곤 성난 표범처럼 또 다른 적을 향해 달려들었다.

검을 휘둘렀다. 휘두르고 또 휘둘렀다.

얼마나 많은 적을 해치웠는지 알 수 없었다. 바하문트는 굳이 숫자를 세지 않았다. 그저 적이 앞에 보이면 무조건 베었다. 피가 역겹다는 생각도 잊고, 동정심도 모두 버리고, 기계처럼 검을 놀렸다.

그러면서 속으론 딴 생각을 했다.

며칠 전, 코뼈가 굽은 병사 한 명이 바하문트에게 제 어깨를 보여주었다. 그의 어깨엔 시뻘건 작대기 문신이 가득했다.

병사는 바바로스 한 놈을 해치울 때마다 수를 셈한다고 으스댔다.

전투가 끝나면 그날 해치운 적의 머릿수대로 어깨에 문신을 새긴다나 뭐라나. 문신의 숫자가 곧 그가 지금까지 죽인 사람의 수라는 뜻이다.

그때 바하문트는 병사의 번들거리는 눈동자를 보며 치밀어 오르는 구역질을 간신히 되삼켰었다.

'지금 내 눈도 그때 그 병사의 눈과 다름없겠지?'

바하문트는 괴로웠다. 자신이 그 병사처럼 변질될까봐 두려웠다.

'피는 마력을 가졌다. 피를 보면 몸이 짜릿하고 가슴이 두근거려. 이래선 안 된다. 이래선 마음의 중심을 잃고 악마가 될 것 같아.'

바하문트는 제정신을 지킬 방도를 강구했다.

'피에 취하지 않을 방도가 뭐가 있을까? 전투에는 참여하되 살육에 취하지 않을 방법을 찾아야 한다.'

바하문트는 적을 베어 넘기는 와중에 이런 것을 고민했다.

방법은 하나밖에 없었다.

마음의 격리!

바하문트는 애써 마음의 문을 닫았다. 의식도 닫고 감정도

닿았다. 무의식에 가까운 정신 상태를 유지한 채 무조건 검만 휘둘렀다.

그러자 오히려 가속도가 붙었다. 마음을 비우고 상대를 의식하지 않은 채 그저 짚으로 만든 허수아비 베듯 하니 한 명 거꾸러뜨리는 데 걸리는 시간이 눈에 띄게 단축되었다.

어느새 바하문트 주변엔 시뻘건 피의 강이 흘렀다. 그리고 바하문트 뒤에는 그의 검에 숨통이 끊긴 바바로스 병사 시체가 둥둥 떠서 흘러내려갔다.

조금 더 시간이 흘렀다. 이젠 바하문트가 세운 전공이 로페를 앞섰다.

그렇게 무섭게 날뛰는데 어찌 눈에 띄지 않을까. 도나우 병사들은 하나 둘 바하문트를 의식하기 시작했다. 기사들도 바하문트를 눈여겨보았다. 심지어 바바로스 병사들마저 질린 기색으로 바하문트를 피했다.


도나운 군은 또 이겼다. 강을 무사히 건넜을 뿐더러 바바로스 인들의 기습공격도 큰 피해 없이 막았다. 아군의 완벽한 승리였다.

그날 밤, 로페는 가장 먼저 바하문트에게 술을 권했다. 이건 먼저처럼 위로의 뜻이 담긴 술잔이 아니었다. 오늘 보여준 대활약에 놀랐다는 의미였다.

바하문트는 후작이 내린 독주를 말없이 받아마셨다. 뜨끈한 알코올 기운이 뱃속으로 들어오자 근육이 노곤하게 풀렸다.

로페의 뒤를 이어 귀족들이 술을 권했다.

바하문트는 사양하지 않고 넙죽넙죽 받아마셨다. 기사들이 따라준 잔도 싹 비웠다.

헌데 이게 어찌된 일인지 내리 여섯 잔을 들이켰는데도 취하지 않았다.

연거푸 세 잔을 더해 아홉 잔을 마시고, 잠시 숨을 돌렸다가 열 잔을 채웠는데도 눈이 말똥말똥했다.

로페가 혀를 내둘렀다.

"이거 완전 주당이군. 열세 살 소년이 술이 이렇게 셀 줄이야!"

"그러게 말입니다."

부관을 비롯한 귀족들과 기사들도 놀랍다는 눈으로 바하문트를 바라보았다.

사람들의 시선을 받는 것이 겸연쩍었던지 바하문트는 짐짓 고개를 뒤로 젖혔다. 그러자 새까만 밤하늘에 박혀 반짝이는 별무리가 눈에 들어왔다.

'아버지······.'

바하문트는 밤하늘에 부친의 얼굴을 겹쳐 그렸다. 지그시 눈을 감자 깃발 나부끼는 소리가 자장가처럼 귀를 간질였다.

신성플루토 131

## Chapter 2

저도 모르는 새 스르륵 잠이 들었다. 누군가 곯아떨어진 바하문트를 번쩍 안아서 침낭 속에 넣어 주었다. 어쩐지 로페 같았다.

바하문트는 이날도 어김없이 악몽을 꿨다. 꿈속에서 그는 쉴 새 없이 적에게 쫓겼다.

도와주는 사람은 아무도 없었다. 바하문트는 하늘과 땅 사이에 홀로 외톨이가 되었다. 마구 비명을 지르며 도망치다가 돌부리에 걸려 엎어지고, 비탈길에서 나뒹굴었다.

뒤를 쫓아오는 적은 그 끝을 헤아리지 못할 만큼 많았는데, 그래서 바하문트가 아무리 발버둥쳐도 결국 적에게 붙잡힐 수밖에 없었다.

일단 걸리면 끝이었다. 적들은 바하문트의 팔다리를 잡아 찢고 뾰족한 꼬챙이로 온몸을 난자했다. 꿈이지만 고통스런 감각이 생생했다.

"허억!"

바하문트는 진저리를 치면서 악몽에서 깼다. 그런 다음 주위를 두리번거렸다. 다행히 적은 어디에도 없었다.

'내가 또 악몽을 꿨구나.'

희미하게 동이 터 올 무렵이어서 세상은 아직 어두웠다. 바하문트는 식은땀에 흠뻑 젖은 침낭에서 몸을 빼내 모닥불가로갔다.

 따스한 불 앞에 앉자 기분이 조금 나아졌다. 바하문트는 두 손으로 무릎을 끌어안은 뒤 그 사이에 머리를 파묻었다. 그런 다음 그 불편하고 옹색한 자세로 입술을 잘근잘근 씹었다.

 '빌어먹을! 이대로 계속 전쟁에 끌려다니면 안 돼. 저 북쪽에서 무언가 섬뜩한 것이 나를 끌어당기는 느낌이야. 불길해. 아주 불길해.'

 바하문트는 꿈이 무언가를 경고하고 있다고 확신했다. 그것도 아주 심각한 경고 같았다.

 허나 악몽을 핑계로 전쟁에서 빠질 순 없었다.

 꿈자리가 뒤숭숭한 것이 전쟁터를 이탈할 이유는 될 수 없으니까. 로페 후작이 절대 들어줄 리 없으니까.


 로페가 이끄는 도나우 군은 쉬지 않고 북쪽으로 진군했다.

 강을 건너자 더 이상 앞을 막는 적도 없었다. 도나우 군은 바바로스 국경선을 넘은 지 한 달 만에 붉은 땅으로 접어들었다.

 붉은 땅은 진짜로 붉었다. 온통 시뻘건 흙으로 뒤덮여 세상을 붉게 만들었다.

 여기는 붉은 모래바람의 근원이 되는 삭막한 대지였다. 외지인에겐 단 한 번도 허락되지 않았던 곳이자 아직까지 아무도 침범하지 못했던 금지였다.

본진보다 3킬로미터 가량 앞서 가던 척후병이 되돌아와서 로페에게 보고했다.

"후작님, 앞에는 모래바람이 거세서 시야 확보가 어렵습니다."

로페는 눈살을 찌푸렸다.

로페의 눈에도 저 멀리서 불어오는 시뻘건 모래바람이 똑똑히 보였다. 저 속으로 군대를 들여보내는 것은 아무래도 좋은 생각은 아니었다. 하지만 이제 와서 되돌아가는 것도 내키지 않았다.

"이걸 어쩐다? 조금만 더 진격하면 바바로스 놈들의 근거지가 나올 텐데, 여기서 회군해야 한단 말인가?"

부관이 의견을 여쭸다.

"모래바람이 심하니 옆으로 우회하면 어떻겠습니까?"

로페는 고개를 가로저었다.

"붉은 땅은 광활하다. 저 넓은 지역을 빙 둘러서 가기란 불가능해."

"그렇다고 저 모래바람을 뚫고 진격하기는 힘들지 않겠습니까? 여기서부터는 지형도 익숙하지 않고 지도도 없습니다."

"그야 그렇지……."

로페는 아쉬운 표정으로 말꼬리를 길게 끌었다. 저 너머에 적 본거지가 있을 텐데, 여기서 발길을 되돌리려니 참 아쉬웠다.

그때였다.

두두두두—

붉은 모래바람을 뚫고 한 무리의 적들이 나타났다. 규모는 한 200여 기.

하얀 천을 얼굴에 칭칭 감은 바바로스 기병대는 뿌연 흙먼지 사이에서 툭 튀어나와 도나우 군을 급습했다.

"끼랴랴랴랏!"

적 기병이 괴성을 질렀다. 그들이 사용하는 무기는 독특했다. 4미터가 넘는 기다란 막대기 끝에 낫처럼 기다란 날을 매단 병장기였는데, 적들은 그 긴 무기를 능숙하게 휘둘러서 휴식 중이던 도나우 병사들의 목을 썽둥썽둥 베었다.

"적의 기습이닷!"

로페가 고함을 질렀다.

처척!

도나우 병사들이 일제히 방패를 들고 일어나며 창을 곧추세웠다. 기사들은 말 위에 올라타면서 곧바로 출전준비를 마쳤다. 잘 훈련된 군대답게 도나우 군의 반응은 빨랐다.

그러자 적들도 더 싸우지 못하고 다시 모래바람 안쪽으로 도망쳤다.

아군은 그 뒤를 쫓으려 했다.

로페가 재빨리 말렸다.

"정지! 병사들은 붉은 땅에 함부로 들어가지 마라. 기사들도 조심해서 얕게 추격하라."

막 적의 뒤를 쫓으려던 병사들이 그 자리에 멈췄다. 기사들도 붉은 땅 안쪽 300미터 지점까지만 추격하다가 말머리를 돌려 나왔다.

그때,

휘익, 휘이익—

붉은 모래바람 안쪽에서 낭창낭창한 창 백여 개가 반원을 그리며 날아왔다. 도나우 병사들 머리 위로 창이 떨어졌다.

퍼버버벅!

뾰족한 창날이 도나우 병사들의 몸을 뚫었다. 모래바람 안쪽에서 던진 창이어서 제대로 보이지도 않았다. 그러니 대응하기도 어려웠다.

"바바로스 놈들이 감힛!"

병사들은 동료가 당하자 울컥 화를 내었다.

로페도 화가 머리 꼭대기까지 났다. 하지만 지휘관답게 애써 냉정을 되찾으며 병사들을 뒤로 물렸다.

"병사들은 100보 뒤로 후퇴하라! 창이 닿지 않는 거리를 확보해야 한다. 기사들도 일단 뒤로 물러서!"

도나우 군이 뒤로 물러나자 바바로스 기병이 다시 달려나왔다. 적들은 모래바람 뒤에서 뛰쳐나와 후퇴하는 도나우 군을 덮쳤다.

일반적으로 사용하는 창의 길이는 3미터가 넘지 않았다. 도나우 병사들은 3미터라는 간격에 익숙했다.

그런데 느닷없이 4미터짜리 무기가 날아오자 당황했다.

바바로스 기병대가 휘두른 기다란 낫은 미처 거리를 확보하지 못한 도나우 병사의 방패를 찢고, 머리를 잘랐다. 뛰어난 무술 솜씨로 보건대 이들은 단순한 유목민 전사들이 아니었다. 바바로스 정규군임에 분명했다.

로페가 목청을 높였다.

"기사단, 출전!"

"이랴!"

기사들이 눈을 부라리며 달려나갔다. 그러자 바바로스 기병은 맞서 싸우지 않고 재빨리 도망쳤다.

바바로스의 말들은 나이드 말보다 덩치가 크고 빨랐다. 게다가 바바로스 기병대는 철갑으로 중무장한 도나우 기사단보다 무게가 훨씬 가벼웠다. 그러니 저들이 마음먹고 도망치면 따라잡을 수 없었다.

참으로 약오르는 일이었다. 기사들이 덤비면 쥐새끼처럼 도망친다.

기사들이 후퇴를 하면 어느새 다시 달려들어 철저하게 병사들만 노린다. 모래바람 안쪽에 진입했던 척후부대는 이미 놈들에게 당해서 전멸한 것 같았다.

로페는 어쩔 수 없이 군대를 더 뒤로 물렸다.

"다시 100보 후퇴. 모두들 뒤로 물러서라."

도나우 군이 좀 더 후퇴했다.

그 모습을 보자마자 바바로스 기병대가 모래바람 속에서 다시 기어 나왔다. 놈들은 아군과 일정한 거리를 두고 따라붙었다.

도나우 군이 좀 더 후퇴했다. 적들도 딱 그 거리만큼 전진했다.

후퇴하는 물소 떼를 먼발치에서 쫓는 하이에나의 모습이 저럴까? 얼굴에 문신을 한 야만인들의 모습은 참 스산했다.

저렇게 슬금슬금 쫓아오다가 언제 갑자기 달려들지 몰랐다. 도나우 군 병사들의 마음에 찬바람이 불었다.

로페는 부하들의 동요를 감지했다. 로페의 눈동자가 복잡하게 돌아갔다.

'지금까지 우리는 전승을 거두며 여기까지 올라왔다. 병사들의 사기도 최고였지. 그런데 지금은 아군의 사기가 한풀 꺾였다. 여기서 계속 후퇴만 하다가는 점점 더 사기가 엉망이 될 게야.'

병사들의 기세를 살리려면 싸워야 했다. 손해를 보는 한이 있더라도 싸워서 적 기병대를 물리쳐야 했다. 그래야 후퇴를 해도 안전할 테고.

마침내 로페는 공격을 결심했다. 일단 결심이 서자 망설이지 않았다. 벼락처럼 진군 명령을 내렸다.

"기사단, 출전! 전속력으로 놈들을 따라붙어라. 병사들도 일제히 진군하라. 끝까지 따라가서 저 더러운 바바로스 놈들의 목을 벤다."

"우와아아—!"

두두두두—

진군 명령에 가슴이 뜨거워진 기사들이 함성을 지르며 말에 박차를 가했다. 병사들도 창을 곧추세우며 힘차게 달려들었다.

깜짝 놀란 바바로스 기병대는 재빨리 말머리를 돌려 붉은 모래바람 안쪽으로 숨었다.

이젠 로페도 망설이지 않았다.

"망설이지 말고 진격하라. 다른 것은 보지 말고 적 기병들만 잡아 죽엿!"

실제로 로페는 선두에서 말을 달렸다. 기사들을 앞지르며 달려나와 가장 먼저 모래바람 안으로 파고들었다.

겉에서 볼 때는 꺼림칙했다. 하지만 막상 모래바람 안에 들어오자 별것 없었다. 그저 바람이 불어 붉은 흙이 휘날리는 것뿐이었다.

시야가 흐리긴 했지만 코앞에서 도망치는 적을 못 볼 정도는 아니었다.

"이놈!"

로페는 포효를 내지르며 달려들었다. 검을 휘둘러서 도망치는 적의 등을 베고 찌르고 쑤셨다. 바바로스 기병들이 꽥 소리를 지르며 말에서 굴러 떨어졌다. 그 꼴을 보자 속이 시원했다.

로페는 좀 더 목청을 돋웠다.

"진격하라! 모두 진격하라!"

단지 말뿐이 아니었다. 로페 스스로 적을 해치우는 일에 앞장섰다. 로페는 말 옆구리에 쟁여놓았던 투창을 뽑아서 도망치는 적을 향해 던졌다.

푸욱!

"으악!"

바바로스 기병 한 명이 등에 투창을 꽂은 채 말안장에서 굴러 떨어졌다.

로페는 그 위로 말을 몰아 떨어진 적을 말발굽으로 짓이겨 버렸다. 그리곤 새로 투창을 던져 또 한 명의 적을 잡았다.

순식간에 승기를 잡았다. 로페는 휘날리는 흙먼지 속에서 두 눈을 부라렸다.

"이왕 이렇게 된 것, 정면으로 돌파한다. 붉은 땅을 단숨에 건넌 다음, 바바로스 놈들의 숨통을 끊어 버리자!"

"우와아!"

기사들이 함성으로 호응했다. 도나우 기사들은 투구를 깊게 눌러쓴 채 적들을 향해 무섭게 짓쳐들었다.

기사를 태운 말들이 콧김을 뿜으며 힘차게 대지를 박찼다. 기사들이 간간히 던진 투창은 도망치는 바바로스 기병을 괴롭혔다.

기사들은 바바로스 인들을 직접 공격하지 않았다. 대신 철저하게 적의 말을 노렸다.

한 번 말이 쓰러지면 그걸로 끝이었다. 말에서 굴러 떨어진 자는 살아남지 못했다. 먼저 기사들의 말발굽에 짓밟히고, 뒤이어 달려든 도나우 병사들에게 잡혀 목줄이 끊겼다.

적진은 파도에 휩쓸린 모래성처럼 허물어졌다. 뒤를 쫓는 도나우 군의 사기가 하늘을 찔렀다.

"이 기회에 바바로스 놈들을 전멸시키자!"

"가자!"

병사들은 고래고래 고함을 지르며 붉은 땅 안으로 달려들었다. 저 멀리 앞서가는 기사단의 뒤꽁무니를 쫓아서 전력을 향해 뛰었다.

바하문트도 병사들 틈에 섞여서 힘차게 달렸다. 뜨거운 바람이 불어와 가슴을 화끈하게 데워놓았다. 피가 들끓었다.

그러나 바하문트의 피는 이내 차갑게 식었다.

콰아아앙!

갑작스레 굉음이 터졌다. 지축을 뒤흔든 굉음은 도나우 군의 영혼까지 한바탕 뒤집어놓았다. 실제로 몇몇 병사들은 땅의 울림에 놀라 뒤로 나동그라지며 엉덩방아를 찧었다.

콰아앙!

다시 폭음이 터졌다. 뿌연 흙먼지 안쪽에서 무언가 거대한 물체가 움직이는 것이 보였다.

'저게 뭐지?'

바하문트는 미간을 좁히며 저 멀리서 다가오는 물체를 응시했다.

콰아앙!

그러는 동안 또 폭음이 터졌다. 맨 앞에서 도망치던 바바로스 기병들이 순식간에 피를 뿌리며 하늘 높이 날아갔다.

뒤이어 무섭게 추격하던 도나우 기사단이 뿔뿔이 흩어지는 광경이 보였다. 말들은 비명을 지르며 네 다리를 하늘로 들고 쓰러졌다. 말 위에서 떨어진 기사들은 허둥거리며 앞뒤를 분간하지 못했다.

이윽고 붉은 모래먼지 사이로 허연 물체가 불쑥 나타났다. 뭉툭하고 허연 물체는 하늘에서 뚝 떨어지며 대지를 짓이겼다.

콰직!

물체에 짓밟힌 말 한 마리가 사방으로 피를 쏟았다. 말은 단숨에 납작한 포가 되었다. 말에 타고 있던 기사도 어육으로 변했다. 두터운 철갑이 종잇장처럼 짓눌렸는데 그 속에 든 사람이 견딜 리 없었다. 눈알이 툭 튀어나와 터지고 몸은 납작하게 눌려 포로 변했다.

"저, 저것!"

바하문트는 두 눈을 부릅떴다.

허연 물체의 정체는 발이었다. 거대한 발이 하늘에서 뚝 떨어져 도나우 기사를 짓이겼다. 뒤이어 흙먼지 뒤편에서 태엽을 감는 듯한 금속음이 울렸다.

끼라라락—

그러더니 이내 새하얀 창이 무섭게 회전하면서 뻗어 나왔다.

창의 길이는 얼추 10미터.

헌데 그 거대한 창 전체가 새하얀 빛무리에 휘감겼다. 덕분에 시각적으로 느끼는 창 길이는 무려 15미터가 훌쩍 넘었다.

15미터!

말이 좋아 15미터지, 실제 15미터는 엄청나게 길다. 한 번 푹 찌르면 기사 열 명도 꿰뚫을 수 있다.

바하문트의 눈앞에서 진짜로 그런 일이 벌어졌다. 흙먼지를 뚫고 불쑥 튀어나온 창은 단숨에 도나우 기사단 여덟 명의 가슴팍을 관통해 버렸다.

거기에 회전력까지 더해져서 죽은 이의 잔해가 사방으로 날아갔다. 기사 여덟이 비명 한 번 지르지 못하고 즉사한 것이다.

로페는 새하얗게 질린 얼굴로 비명을 질렀다.

"으악, 플루토다! 저건 플루토야!"

부관도 덩달아 악을 썼다.

"후퇴! 전원 후퇴하라. 모두 도망쳐!"

플루토는 악마의 병기다. 병사들이 아무리 많아도 이길 수 없다. 기사단이 떼거리로 덤벼도 단숨에 몰살당한다.

'무식하고 야만스런 바바로스 인들이 대체 어떻게 플루토를 보유했단 말인가? 문명이 발달한 우리 나이드도 아직 플루토가 없는데?'

로페는 정신없이 도망치는 와중에 이런 의문을 품었다. 허나 오래 생각할 시간은 없었다. 귓가에 날카로운 금속음이 울렸기 때문이다.

끼라라락—

공기를 찢어발기는 섬뜩한 소리였다. 로페의 폐부로 찬바람이 파고들었다. 정신이 번쩍 들었다.

로페는 즉시 말에서 뛰어내려 땅바닥에 몸을 내던졌다.

급하게 뛰어내리느라 착지도 제대로 못했다. 얼굴이 땅바닥에 긁혔다. 어깨뼈가 탈골됐고 갈비뼈도 으스러졌다.

허나 몸을 내던진 로페의 판단은 정확했다. 로페가 말에서 뛰어내린 직후, 강한 회오리바람과 함께 플루토의 창이 날아와 로페의 애마를 그대로 꿰뚫었다.

히이잉!

애마는 처절한 비명을 질렀다. 살점이 갈가리 찢어져 하늘 저 멀리 날아갔다.

후두둑.

죽은 애마의 잔해가 로페의 머리 위로 비처럼 쏟아졌다.

로페는 애마의 피를 흠뻑 뒤집어쓴 채 아득한 절망을 느꼈다.

승승장구하던 도나우 군은 붉은 땅에서 악마를 만났다.


*Chapter 3*

나이드 왕궁 밀실.

일레나 여왕은 수석시중 네스토와 마주 앉아 심각한 이야기를 나누고 있었다.

"말도 안 돼! 로페 후작은 모처럼 우리 나이드 인의 기개를 떨치고 있어요. 그런데 그런 충신에게 왜 후퇴하라는 칙령을 내려요? 오히려 이 기회에 바바로스의 야만인들을 따끔하게 혼내 줘야죠."

"아니 되옵니다. 여왕폐하, 한시가 급하오니 제발 신의 충언을 믿고 도나우 군을 되돌리소서. 로페가 강을 건너 붉은 땅으로 들어서면 큰일이 납니다."

"큰일이라고요? 글쎄, 무슨 큰일이 벌어진다는 겁니까? 답답하게 굴지 말고 이유를 설명해 보세요."

여왕의 재촉을 받은 네스토는 잠시 입술을 달싹이며 답을 망설였다. 그러다가 끝내 비밀을 털어놓았다.

"폐하, 바바로스 지역 붉은 땅에는 무서운 악마가 살고 있습니다. 신은 도나우 군이 그 악마와 마주칠까봐 두려워하는 것입니다."

"악마? 흥! 설마 그곳에 전설 속의 드래곤이라도 산답니까? 하긴, 바바로스 인들은 레드 드래곤을 신으로 떠받든다지요? 하지만 그건 미개인들의 신앙일 뿐이에요. 붉은 땅에 무슨 악마가 있다고 그래요?"

"여왕폐하, 신이 우려하는 것은 미신에 불과한 레드 드래곤이 아니옵니다. 신은 악마의 병기 플루토를 걱정하고 있사옵니다."

"플루토!"

일레나는 플루토라는 단어를 비명을 지르듯 내뱉었다. 일레나의 아름다운 눈망울이 크게 흔들렸다. 하지만 이내 머리를 흔들며 부정했다.

"아니야. 절대 그럴 리 없어. 우리 나이드 왕국도 플루토를 못 가졌어요. 그런데 미개한 바바로스 인들이 어찌 플루토를 보유했단 말이에요?"

"폐하, 야만스런 바바로스 인들이 무슨 지혜가 있어서 플루토를 만들었겠나이까. 붉은 땅에 있는 플루토는 바바로스의 것이 아닙니다."

"허면?"

"바로 루나 성국에서 배치한 신성플루토입니다. 회전창을 주무기로 사용하는 파괴적인 플루토지요."

"루나 성국이라고요?"

일레나는 이마를 찡그리며 찢어지는 목소리로 내뱉었다.

루나 성국이라면 루흘 연합국의 중추적 역할을 하는 곳이다. 루나는 무려 열여섯 기나 되는 강력한 신성플루토를 보유했다.

그런데 그곳에서 무슨 이유로 바바로스 지역에 플루토를 배치했단 말인가? 일레나는 하얗게 질린 얼굴로 캐물었다.

"수석시중, 이게 어떻게 된 일이에요? 루나 성국의 신성플루토가 왜 바바로스 권역에 있죠?"

네스토는 송구한 표정으로 머리를 조아렸다.

"황공하오나 그 이유는 신도 잘 모르옵니다."

"수석시중도 잘 모른다고요?"

"그러하옵니다. 다만 신이 아는 것은, 100년 전에도, 200년 전에도, 그리고 그보다 훨씬 이전부터 바바로스 권역에 루나 성국의 신성플루토가 배치되었다는 사실입니다. 그것도 꼭 두 기씩."

"두 기의 플루토!"

일레나는 손으로 머리를 짚으며 상체를 의자 깊숙이 파묻었다.

하나도 아니고, 무려 둘이나 되는 플루토를 어찌할 방법은 없었다. 명장 로페라고 해도 플루토와 싸우진 못할 것이다.

도나우 군이 붉은 땅에서 전멸당하기 전에 얼른 회군 명령을 내려야 한다.

네스토는 칙령을 재촉했다.

"여왕폐하, 어서 칙령을 내리소서. 로페가 장계를 올린 지 벌써 스무 날이 넘었습니다. 신이 짐작컨대 로페의 군대는 조만간 붉은 땅에 들어설 것 같습니다. 아니, 어쩌면 벌써 그 땅에 들어갔을지도 모릅니다. 일이 커지기 전에 서둘러 병력을 물려야 합니다."

일레나는 수심이 가득한 얼굴로 고개를 끄덕였다.

"알았어요. 수석시중이 짐의 이름으로 칙령을 보내세요. 가장 빠른 말을 동원해서 한시라도 빨리 도나우 군을 회군시켜요."

"네, 폐하. 서두르겠사옵니다."

네스토는 허리를 직각으로 굽히며 일레나의 명을 받들었다.

안타깝게도 일레나의 칙령은 한 발 늦었다. 네스토가 칙령을 작성하고 여왕의 문장을 찍어서 전령에게 전해 줄 무렵, 도나우 군은 이미 처참하게 흩어지는 중이었다.

끼라라락—

끔찍한 금속음이 또 울렸다. 이어서 새하얀 빛에 휩싸인 거대한 창이 소용돌이를 일으키면서 대지를 훑고 지나갔다.

빙글빙글 돌아가는 끔찍한 기세가 공기를 찢어놓았다. 거기에 스치기만 했는데도 땅이 푹푹 팼다. 도나우 기사 대여섯 명이 한꺼번에 몸이 뚫려 죽어나갔다.

새하얀 광휘에 휘감긴 신성플루토의 창은 기사들의 방패를 종잇장처럼 뚫었다. 갑옷을 나뭇잎 찢듯 파고들었다.

사람의 맨몸뚱이쯤이야 말할 것도 없었다. 회전하는 빛에 닿는 순간 살점이 흩어지고 뼈가 분해되었다.

게다가 속도는 어찌나 빠른지!

아무도 플루토의 공격이 언제 어떻게 날아오는지 보지 못했다. 금속음이 들린다 싶으면 어느새 동료가 죽어나갔다.

도나우 군은 완전 패닉 상태에 빠졌다.

"사, 살려줘!"

"악마의 병기다. 악마가 나타났다!"

병사들은 혼이 쏙 빠졌다. 마구잡이로 도망치다가 서로 다리가 걸려 넘어졌다. 플루토의 육중한 발소리에 놀라 나자빠진 병사도 다수였다. 엄격했던 군기도 이런 다급한 상황에선 도움이 되지 못했다.

콰앙! 쾅!

플루토는 악마처럼 날뛰었다. 커다란 발을 들어 땅바닥에 쓰러진 병사들을 무참히 짓밟았다.

6미터 크기의 방패를 휘두르고 그 두 배 길이의 회전창으로 마구 쑤셨다. 육중한 굉음이 울릴 때마다 핏물이 터졌다. 붉은 땅은 더욱 시뻘겋게 물들었다.

바하문트는 쿵쾅쿵쾅 뛰는 심장을 손으로 꽉 움켜쥐었다.

손으로 억누르지 않으면 이대로 심장이 터져 버릴 것 같았다.

정말 정신없이 달렸다. 죽은 동료의 시체에 발이 걸려 나뒹군 것도 수차례. 그때마다 바하문트는 흥건한 핏물에 얼굴을 처박아야 했다.

허나 얼굴에 묻은 피를 씻을 새도 없었다. 미친 듯이 다시 일어나 뛰었다. 뛰고 또 뛰었다. 심장이 터져 버릴 때까지, 젖 먹던 힘까지 쥐어짜서 달음박질쳤다.

뒤에서 플루토가 쫓아오는 소리가 들렸다. 발자국 소리가 워낙 묵직해서 거리를 가늠하기조차 어려웠다.

그렇다고 플루토가 어디쯤 쫓아오는지 뒤돌아볼 용기는 없었다. 바하문트는 입술을 꽉 깨물고 앞만 봤다. 온몸으로 바람을 가르며 정신없이 도망쳤다.

바하문트의 옆에선 수많은 도나우 병사들이 뛰고 있었다. 방향은 모두 같았다. 다들 얼이 빠진 표정으로 눈물 콧물을 쏟아내며 달리기에 주력했다.

그 순간,

끼라라락—

바하문트의 정면에서 섬뜩한 소리가 났다.

"으헛!"

바하문트는 저도 모르게 소리에 반응해서 몸을 뒤로 눕혔다. 반면 다른 병사들은 바하문트처럼 반응이 빠르지 못했다.

그 결과는 죽음이었다. 퍼버벅 소리가 나더니 병사 열댓 명이 한꺼번에 창에 꿰뚫렸다. 창이 찌르는 압력에 등이 터지고, 그 구멍으로 내장이 튀어나오고 뒤이어 허연 뼈가 박살나서 허공에 흩뿌려졌다.

'두 기다!'

바하문트는 깜짝 놀랐다. 플루토는 한 기가 아니라 두 기였다. 뒤에서 한 놈이 몰이를 하고, 앞에서 다른 플루토가 퇴로를 막았다.

공포에 질린 병사들은 아예 이성의 끈을 놓았다. 플루토가 앞과 뒤에서 동시에 다가오는데도 피할 생각을 못했다. 막다른 골목에서 고양이 두 마리에 포위당한 생쥐의 기분이 이럴까. 다들 얼이 빠져 그 자리에 주저앉았다.

플루토는 얼어붙은 병사들을 손쉽게 도륙했다. 발로 밟아서 죽이고 회전창을 휘둘러서 해치웠다.

그러는 사이 바하문트는 벌떡 일어났다.

짜악!

바하문트는 양손으로 제 뺨을 힘껏 후려쳐서 나약해지려는 마음을 다잡았다. 그런 다음 완만한 구릉을 끼고 그 아래로 몸을 내던졌다. 비탈길을 데굴데굴 굴러서 내려왔다. 피투성이인 채로 정신없이 달렸다.

저 멀리 희망이 보였다. 200여 미터 밖의 땅은 붉지 않았다. 조금만 더 뛰면 이 끔찍한 붉은 땅을 벗어날 수 있을 것 같았다.

신성플루토 151

"으헉, 으허헉."

숨소리가 거칠었다. 입에서 단내가 폴폴 났다. 바하문트는 피와 흙먼지로 범벅을 한 채 붉은 땅을 벗어났다.

무슨 이유인지는 모르겠지만, 플루토들은 더 이상 뒤를 쫓지 않았다. 놈들은 붉은 땅 안쪽에만 머물렀다.

붉은 땅을 벗어난 순간 바하문트는 목청을 쥐어짜서 크게 외쳤다.

"살았다!"

삶의 환희가 바하문트의 온몸을 적셨다.

허나, 좋아하긴 아직 일렀다. 붉은 땅 바깥에선 중무장한 바바로스 인들이 기다리고 있었다.

"이런!"

바하문트는 현기증을 느꼈다. 바바로스 놈들에게 당했다는 생각이 뇌리를 강타했다.

바바로스 기병대는 미끼였다. 도나우 군을 붉은 땅 안으로 유인하는 것이 놈들의 임무였을 것이다.

물론 그 와중에 바바로스 기병대도 플루토에게 박살났다. 난폭한 플루토는 바바로스건 도나우 군이건 가리지 않고 도륙했으니까.

허나 양측이 입은 피해의 정도는 하늘과 땅 차이였다. 바바로스 측은 고작 200여 기의 기병대를 잃은 것으로 끝났지만, 도나우 군은 그 두 배나 넘는 기사들이 죽었다. 게다가 사망한 병사들의 숫자까지 합치면 피해의 규모가 엄청났다.

도나우 군은 순식간에 초라하게 쪼그라들었다.

반면 붉은 땅 바깥에 포진한 바바로스 인들은 여전히 건재했다.

바하문트는 입술을 꽉 깨물었다. 뒤에서 로페의 뜨거운 신음소리가 들렸다.

"내가 속았구나!"

로페의 두 눈은 벌겋게 달아올라 있었다. 로페도 바하문트가 깨달은 것을 깨달았다. 미끼에 속아 병력의 태반을 잃었다는 자책감이 늙은 영주의 가슴을 억눌렀다.

허나 언제까지 자책만 하고 있을 수는 없었다. 바바로스 인들은 그럴 틈을 주지 않았다. 뿔 달린 투구를 쓴 적장이 굵은 목소리로 외쳤다.

"나이드 잔당들을 해치워라!"

"끼랴랴랴랴!"

온몸을 문신으로 도배한 바바로스 인들이 거친 괴성을 지르며 달려들었다. 그 수가 도나우 군 병력의 세 배가 넘었다.

로페는 울화통을 터뜨리며 마주 달려나갔다.

"오냐! 오너라, 이 야만인들아. 내 오늘 여기서 뼈를 묻으리라!"

로페의 검이 벼락처럼 움직였다. 로페의 검끝은 마치 살아있는 물고기처럼 공기를 타넘더니 단숨에 적병의 목젖을 잘랐다. 뒤이어 허공에서 크게 한 바퀴를 돌아서 또 다른 바바로스인의 배를 쑤셨다.

로페의 무력은 과연 발군이었다. 로페는 제대로 싸움을 할 줄 알았다. 야만인들이 휘두르는 육중한 도끼는 맞받아치지 않고 피하거나 검날로 미끄러뜨렸다.

그리곤 상대의 가슴팍 안쪽으로 파고들면서 목이나 관절, 무릎 등을 집중적으로 베었다. 가죽 갑옷으로 보호한 부위는 피하고 갑옷이 없는 곳만 노리겠다는 전략이었다.

적의 수가 아군보다 많을 때는 이렇게 싸워야 한다. 그래야 검날에 이가 빠지지 않고 체력소모도 적다.

"우리도 후작님을 따르자."

로페의 뒤를 쫓아 도나우 기사들도 무섭게 싸웠다. 플루토로부터 도망치느라 무거운 갑옷도 다 벗어던졌지만, 그래서 파괴력이 줄긴 했지만, 그래도 기사는 기사였다. 바바로스 정규군을 상대로 한 치도 밀리지 않고 용감하게 싸웠다.

부관도 죽을힘을 다해 검을 휘둘렀다. 닥치는 대로 검으로 찌르고, 쑤시고, 베고, 잘랐다.

그러다가 등에 한 칼 먹었다. 피가 확 튀었다. 등이 화끈했다.

"이 새끼가!"

부관은 악독한 살기를 내뿜으며 욕을 했다. 그리곤 등을 공격한 바바로스 인의 머리카락을 손으로 와락 움켜쥐며 상대의 입 속에 검을 박아 넣었다.

그러는 통에 어깨가 비었다. 부관의 빈 어깨를 향해 묵직한 쇠몽둥이가 날아왔다.

와직!

단숨에 어깨뼈가 으스러졌다. 부관은 입을 딱 벌리며 고통에 몸부림쳤다.

이어서 등판에 창날이 파고들었다. 뾰족한 창은 부관의 등을 뚫고 배로 튀어나왔다.

"커헉!"

부관은 화끈한 고통과 서늘한 금속의 감촉을 동시에 느꼈다. 눈앞 세상은 온통 시뻘겠다.

로페는 부관이 등에 창을 꽂고 쓰러지는 모습을 목격했다. 눈앞이 캄캄했다. 로페는 한창 싸우던 상대를 내팽개친 채 한달음에 부관에게 달려왔다.

"부관! 쓰러지면 안 돼! 정신 차려!"

로페가 절규했다.

바바로스 인들이 악착같이 달려들어 로페의 앞을 가로막았다.

"저리 비켜라. 부관! 부관!"

로페는 미친 사람처럼 검을 휘두르고 주먹질을 했다.

허나 바바로스 병사들은 쉽게 비키지 않았다. 한 명이 로페의 검에 쓰러지면 다시 두 명이 달려들었다. 로페가 둘을 죽이면 이번엔 네 명이 덤볐다.

이건 애초에 상대가 되지 않는 싸움이었다. 물론 개개인의 실력은 도나우 군이 우월했다.

허나 병력의 수가 세 배나 차이나면 도저히 이길 수 없었다. 특히 이렇게 뻥 뚫린 평지에서 싸우면 반드시 패할 터.

차츰 도나우 군의 수가 줄었다. 기사들도 하나 둘 체력이 다해 쓰러졌다. 병사들은 기사들보다 먼저 죽었다.

마침내 로페는 전쟁을 포기했다. 이젠 생존이 문제였다.

"으아아! 탈출로를 뚫어라. 모두 흩어져서 도망쳐!"

똘똘 뭉쳐서 싸우던 도나우 군이 사방으로 흩어졌다. 이제 도나우 군의 목표는 바바로스 인을 죽이는 것이 아니었다. 어떻게든 제 생명을 보호하는 것으로 바뀌었다.

제5화
고대 흉왕의 무덤

*Chapter 1*

"모두 흩어져서 탈출하라."

로페가 다시 한 번 악을 썼다. 그리곤 정면에서 덤벼드는 바바로스 인 한 명을 해치우고는 이어서 소리 질렀다.

"탈출한 자는 무조건 남쪽으로 달려라. 가서 나이드 왕국에 전하라. 우리의 용맹했던 전쟁을 사람들에게 알려야 한다."

기사들은 이빨을 꽉 깨물었다. 그리곤 제각기 탈출로를 뚫기 시작했다.

병사들은 기사의 활약에 기대어 각자 살길을 찾았다.

물론 탈출은 쉬운 일이 아니었다. 바바로스 인들은 도나우군 한 명마다 세 명, 네 명씩 달라붙었다. 힘이 세고 난폭한 바바로스 인을 뿌리친다는 게 결코 만만하지 않았다.

그나마 로페가 가장 먼저 길을 뚫었다. 로페는 단숨에 여섯 명의 바바로스 인을 죽이고 말을 빼앗아 달아났다.

뒤이어 기사들 일부가 로페와 비슷한 방법으로 말을 탈취해서 도망쳤다. 병사들 가운데 운이 좋은 사람 몇 명도 탈출에 성공한 듯 보였다.

헌데 바하문트는 운이 나빴다. 막 탈출하려는 찰나, 그의 주변으로 바바로스 추가병력이 우르르 몰려들었다.

바하문트는 죽어라 검을 휘둘러서 다시 네 명을 베었다. 그래도 주변엔 아직 적들이 득실거렸다.

다리가 풀렸다. 하늘이 노랬다. 저 멀리 도망치는 로페를 향해 소리쳤다.

"로페 후작님!"

바하문트의 목소리를 들었는지 로페가 말 위에서 고개를 돌렸다. 바바로스 인들에게 에워싸인 바하문트와 눈이 마주쳤다.

순간 로페의 몸이 움찔했다. 잠시 망설이는 듯.

허나 끝내 되돌아오지는 못했다. 로페를 에워싼 기사들이 어서 탈출하자고 재촉했다. 로페는 고개를 돌려 바하문트를 외면한 뒤 더욱 박차를 가했다.

바하문트의 얼굴이 일그러졌다. 배신감에 치가 떨렸다.

그래도 삶을 포기할 순 없었다.

"로페, 이 나쁜 늙은이! 나를 이 생지옥에 남겨두고 혼자 빠져 나가?"

저 멀리 도망치는 로페를 생각하자 어떻게든 살아야겠다는 의지가 샘솟았다.

바하문트는 날렵하게 몸을 날려 바바로스 인의 얼굴을 걷어 찼다. 그 반동으로 몸을 틀면서 좌측에 위치한 다른 바바로스 인의 목줄기를 끊었다.

진한 피가 튀었다.

'이게 적의 피일까, 아니면 내 피일까?'

아무려면 어떠랴. 바하문트는 살아야겠다는 일념으로 악귀가 되었다.

베고 또 베었다. 찌르고 또 찔렀다. 날아드는 무기를 정신없이 막았다. 틈만 나면 반격했다. 그 와중에 시뻘건 선혈을 흠뻑 뒤집어썼다.

몇 명을 베었는지 몰랐다.

그 즈음 검이 뚝 부러졌다.

바하문트는 부러진 검을 버렸다. 그리곤 죽은 동료의 시체로부터 검을 회수해서 그걸로 싸웠다. 나중엔 바바로스 인의 도끼를 빼앗아서 던졌다.

그렇게 치열하게 싸웠는데도 한 번 막힌 길은 뚫리지 않았다. 바바로스 추가병력이 계속해서 바하문트의 앞을 가로막았다. 아무리 죽여도 소용없었다. 여기서 탈출로를 뚫기란 불가능했다.

 바하문트는 재빨리 왼쪽과 오른쪽을 살폈다. 그곳들도 모두 막혀 있었다.

 마지막으로 뒤를 돌아보았다.

 다행히 뒤에는 바바로스 인들이 없었다. 허나 그쪽으로 가면 다시 붉은 땅으로 들어가야 했다.

 나아갈 곳은 모두 바바로스 인들에게 에워싸였고, 물러날 곳은 플루토가 버티고 있는 죽음의 땅이다.

 바하문트의 얼굴이 굳어졌다. 이제 결정을 내릴 시간이 왔다. 팔다리에 조금씩 경련이 이는 중이었다. 과도하게 싸운 탓에 몸에 힘이 다 빠졌다. 근육엔 젖산이 잔뜩 끼었다. 바하문트에겐 휴식이 필요했다.

 쉬지 않고 더 싸웠다가는 몸이 버티지 못하고 쓰러질 터.

 '바바로스에게 죽느냐, 아니면 플루토에게 죽느냐.'

 바하문트는 참담한 심정으로 최후의 결정을 내렸다. 플루토를 택하기로 했다.

 '난폭한 바바로스 인의 손에 잡혀서 온몸이 찢기느니 차라리 플루토의 창 한 방에 죽는 편이 낫다.'

 아무리 생각해 봐도 플루토에게 죽는 편이 덜 고통스러울 것 같았다.

 "물러나라."

 바하문트는 크게 검을 휘둘러서 덤벼드는 바바로스 인들을 뒤로 물렸다. 그리곤 몸을 훌쩍 뒤로 날려서 붉은 땅으로 들어갔다.

그 와중에도 바바로스 인들에게 욕을 퍼붓는 것을 잊지 않았다. 바하문트는 도나우 영지에서 배운 바바로스어를 머릿속에 떠올리며 더듬더듬 상대를 도발했다.

"누가 아비인지도 모르는 추잡한 바바로스 놈들아, 이 바하문트는 너희들 손에 죽지 않는다. 용기가 있으면 한 번 쫓아와 봐라."

"저 꼬맹이가 감힛!"

바바로스 인들의 얼굴이 흉악하게 일그러졌다. 어린 소년에게 동료들이 당한 것도 억울해 죽겠는데 거기에 더해서 욕까지 얻어먹다니.

그러나 아무도 바하문트의 뒤를 쫓지 못했다. 바바로스 인들은 세상 그 무엇보다 붉은 땅을 두려워했다.

휘이잉.

강한 모래바람이 불어와 바하문트의 몸뚱어리를 집어삼켰다.

붉은 땅에 다시 피의 꽃이 피었다.

바바로스 인에게 쫓겨 붉은 땅 안으로 되돌아온 도나우 병사들은 플루토의 무시무시한 공격을 받아 뼈도 추리지 못했다.

적군을 뒤쫓던 일부 바바로스 인들도 플루토의 회전창에 스쳐 산산조각 났다.

바하문트도 죽음의 구렁텅이에 스스로 기어 들어왔다. 그 속에서 허우적거리면서 악착같이 살 길을 찾았다.

바바로스 인들 앞에서는 너희들 손에 죽느니 플루토의 창에 죽겠노라고 호기 있게 외쳤었지만, 막상 죽기는 싫었다. 바하문트는 어떻게든 살아 보려고 모래구릉을 구르고 죽은 시체를 타넘었다.

그러다가 죽어 나자빠진 말의 시체를 보았다. 플루토에게 밟혀서 배가 터진 말이었다.

바하문트는 광기에 번들거리는 눈을 한 채 말의 창자를 잡아 뽑았다. 체격이 좋은 말이어서 그런지 내장을 모두 빼내자 안에 제법 넓은 공간이 생겼다.

다 큰 어른이라면 물론 그 안에 숨을 수 없을 테지. 허나 13세 소년이라면 비집고 들어갈 만했다.

바하문트는 말의 피를 흠뻑 뒤집어 쓴 채 말의 뱃속으로 들어갔다. 그 안에서 새우처럼 몸을 웅크리고는 두근거리는 심장을 꽉 억눌렀다.

으스러진 말의 뼈가 바하문트의 몸을 찔렀다. 말의 뱃속은 좁고 불편했다. 피비린내가 진동해서 머리도 어지러웠다.

그래도 죽는 것보단 나았다. 바하문트는 터져 나오려는 신음을 자제하며 숨을 죽였다.

가까운 곳에서 쿵쿵 발소리가 들렸다. 지축의 흔들림으로 봐서 플루토가 분명했다.

소리가 점점 가까이 다가왔다.

무서웠다. 떨렸다.

'제발 그냥 지나가라. 제발 그냥 지나가라. 제발!'

삶에 대한 강한 염원이 바하문트의 정신을 지배했다. 바하문트는 죽은 말의 핏물 속에서 삶에 대한 집착을 키워갔다.

쿵 쿵 쿵!

육중한 소리가 더 가까이 다가왔다.

바하문트는 저도 모르게 엄지손가락을 입 안에 넣고 빨았다. 두려움을 달래기 위한 무의식적인 행동이었는데, 그 모습이 자궁 속에 웅크린 태아의 자세와 흡사했다. 그렇게 손가락을 빨자 마음이 좀 안정되었다.

꿀꺽 꿀꺽.

손가락에 묻은 말의 피가 목구멍을 타고 바하문트의 위로 넘어왔다. 바하문트는 쉬지 않고 피를 마셨다.

피는 곧 삶이었다. 피가 곧 생명의 원천이었다. 몸 안팎이 진득하게 피에 젖자 두근거리던 심장이 온건하게 가라앉았다.

삶에 대한 집착에 진한 선혈이 엉켜들었다. 바하문트의 정신으로부터 사념이 자라났다. 무럭무럭 커진 사념은 주변을 서서히 물들였다.

끈적끈적하고, 음습하고, 질긴 사념은 마침내 붉은 땅 지하에 잠들어 있던 고대의 악마를 일깨웠다. 바하문트의 사념과 고대의 악마가 남긴 사념은 서로 파장을 맞추며 증폭을 거듭했다.

순간,

스르륵—

붉은 흙이 느릿느릿 흘렀다. 사막에서 모래가 흐르는 것처럼 흙은 지표면을 타고 조금씩 흘러서 안으로 침잠했다.

바하문트를 품은 말의 시체는 조금씩 흙 속으로 파고들었다. 1분에 5밀리미터씩. 흙은 바하문트를 땅속으로 인도했다.

동시에 땅속 깊은 곳에선 굳게 잠겨 있던 문이 열렸다.

흉왕의 무덤!

긴 시간을 뛰어넘어 열린 고대 흉왕의 옛 유적이 시커먼 아가리를 쩍 벌리고 바하문트를 반겼다.

붉은 땅은 지하도 붉었다. 알갱이가 고운 시뻘건 흙이 지하 수백 미터 깊이까지 가득했다.

스르르륵—

말의 시체는 흐르는 흙을 타고 지하 150미터 깊이로 내려왔다. 처음엔 1분에 5밀리미터씩 느리게 움직였지만, 나중엔 1초에 수십 센티미터씩 빠르게 흘렀다.

"으윽!"

말의 뱃속에서 바하문트는 답답한 신음을 흘렸다. 사방에서 꽉 조이는 압력 때문에 제대로 몸을 움직일 수 없었다. 숨도 쉬어지지 않았다.

그렇게 1분, 2분, 3분이 지났다. 마침내 바하문트가 숨을 더 참지 못할 즈음, 말의 시체는 흐르는 흙의 바닥에 닿았다.

쿠르릉.

요란한 소리가 나면서 커다란 돌바닥이 열렸다. 붉은 흙더미와 함께 말의 시체가 돌바닥 안쪽으로 쏟아졌.

말의 시체를 받아들이자 다시 돌바닥이 닫혔다. 위에서 보았을 때는 돌바닥이었지만, 안에서 보면 바닥이 아니라 천정이었다.

천정에서 뚝 떨어진 말의 시체는 털썩 소리를 내면서 바닥에 내팽개쳐졌다. 그 속에 숨어 있던 바하문트도 충격을 받았다.

"푸하—!"

바하문트는 크게 숨을 내쉬면서 말의 시체를 박차고 나왔다. 사방에서 꽉 조이던 흙이 사라지자 몸이 자유로웠다.

그러나 공기는 여전히 답답했다. 지하 깊은 곳에 위치한 밀폐된 공간이다 보니 산소의 농도가 지극히 낮았다. 바하문트가 몇 번 숨을 들이쉬었는데, 그것으로 산소공급이 끊겼다.

'대체 여기가 어디야? 누가 땅속에 이런 구조물을 만들어 놓았지?'

바하문트는 벽을 손으로 짚으면서 비틀비틀 앞으로 나갔다.

이 안에서 숨이 막혀 죽기는 싫었다. 어떻게든 저 앞으로 가야 살 수 있을 것 같았다.

그러나 막상 앞으로 가봤더니 별것 없었다. 꽉 막힌 벽이 전부였다.

'여기도 막혔잖아.'

바하문트의 눈이 절망스런 회색으로 물들었다.

이젠 되돌아갈 힘도 없었다. 그냥 이렇게 갇혀서 죽나보다 생각하니 새록새록 로페가 원망스러웠다.

'망할 늙은이. 친척이라는 것이 도움이 되기는커녕 해만 끼치는구나. 나를 그렇게 못살게 굴더니 결국 전쟁터까지 끌고 나왔겠다? 그 결과 이렇게 개죽음을 당하다니 너무나 분통하고 억울하다.'

억울했다. 죽기 싫었다. 분한 탓에 눈물이 흘렀다. 바하문트가 흘린 눈물은 핏자국과 흙먼지, 땟국과 뒤엉켜 검붉은 색으로 변했다.

바하문트는 등을 벽에 기댄 채 하염없이 울었다. 뚝뚝 떨어진 피눈물이 돌바닥에 흩뿌려 있던 뼛가루를 적셨다.

그것은 사람의 뼛가루였다. 얼마나 오래 전에 바스러졌는지 그 흔적조차 찾기 어려웠지만 오래된 옛사람의 뼛가루가 분명했다.

샤라랑—

바하문트의 피눈물을 머금은 가루는 은은한 홍색을 발했다.

홍색 빛무리가 반딧불처럼 일어나 바하문트의 몸을 휘감았다. 엉덩이와 다리에서 시작해서 몸뚱어리를 타고 점점 위로 올라왔다. 빛무리는 바하문트의 콧속으로 스며들었다.

허나 바하문트는 아무것도 못 느꼈다. 선홍의 빛무리가 몸을 에워싸는 것도 몰랐고, 그 빛이 몸 안으로 스며드는 것도 알지 못했다.

이윽고 바하문트의 몸속에서 놀라운 변화가 나타났.

먼저 목 뒤에 새로운 신경이 돋았다. 신경은 슬금슬금 뻗어나가 바하문트의 뇌와 교감을 시작했다.

자극을 받은 바하문트의 뇌세포가 올올이 일어났다. 뇌세포끼리 서로 전자를 주고받더니 온 뇌가 목 신경과 연결되었다.

이번엔 신경이 심장으로 뻗었다.

목뼈를 타고 척추로 내려온 굵은 신경다발은 이내 바하문트의 심장을 에워쌌다.

뇌와 심장을 연결하는 새로운 신경통로가 생겼다. 이건 신체를 움직이는 일반 신경통로보다 훨씬 굵고 튼튼했다.

그 와중에 새로운 신경이 또 뻗었다. 억센 나무뿌리가 척박한 땅을 뚫고 물줄기를 찾는 것처럼, 바하문트의 새 신경은 어깨와 팔뚝을 지나고 팔목을 넘어서 열 개 손가락 끝까지 뻗어나갔다.

갑자기 손끝이 간지러웠다.

긁적긁적.

바하문트는 무의식적으로 손을 긁었다.

허물이 후두둑 떨어졌다. 허연 허물은 바하문트의 손끝에서 시작해서 손바닥 전체로 번졌는데, 한 번 긁을 때마다 뚝뚝 떨어져서 분홍빛 새살이 드러났다.

조금 시간이 지나자 바하문트의 두 손은 어린아이의 그것처럼 매끄럽고 보드랍게 새로 태어났다.

매일같이 손을 가꾸는 왕녀의 손보다 더 매끄럽고, 만지면 녹을 것처럼 보드라웠다. 매끈한 손은 어둠 속에서 은은한 빛을 뿌렸다.

하지만 바하문트는 여전히 무지했다. 몸 안에서 일어난 변화를 알아차리기엔 그의 기력이 너무 쇠진한 상태였다. 그저 가늘게 숨을 몰아쉬며 죽을 때를 기다릴 뿐이었다.

축 늘어진 상태로 하루가 흘렀다.

바하문트는 아직 죽지 않았다. 산소도 다 떨어진 곳에서 아무것도 먹지 않은 채 하루를 버텼다니, 놀라운 일이었다.

손가락 하나 까딱하지 않고 다시 하루가 지났다.

바하문트의 입술이 바싹 메말랐다. 볼이 쑥 팼다. 배가 홀쭉하게 들어갔다. 하지만 여전히 죽지 않았다.

이 괴상한 장소에 떨어진 지 벌써 사흘이 지났다.

공기가 거의 없는 곳에서 72시간 넘게 버티다니! 그곳도 쫄쫄 굶은 채로.

하지만 정작 바하문트는 시간이 얼마나 흘렀는지도 알지 못

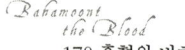

했다.

 이곳은 어두웠다. 해가 뜨고 지는 것을 보지 못하니 시간의 흐름에도 무감각해질 수밖에.

 나흘이 지나고 닷새가 지나고 엿새가 되었다.

 바하문트는 6일을 굶고도 버텼다. 몸은 점점 말라서 이젠 피부가 뼈에 달라붙었다. 눈도 퀭하니 들어갔다.


*Chapter 2*


 땅속에 갇힌 채 시간이 흘렀다. 바하문트는 꼼짝 않고 벽에 등을 기댄 채 무려 보름을 보냈다.

 숨도 거의 쉬지 않았다. 물도 먹지 않았다. 음식도 섭취하지 않았다. 버티려는 의지도 없이 그저 삶을 버텨냈다.

 바하문트 신체 내부의 수분은 거의 말랐는데, 그때문에 모습이 흡사 미이라처럼 변했다. 근육도 거의 상했다. 의식은 이미 가물가물했다.

 그렇게 다시 보름이 지났다.

 이제 바하문트는 완전 미이라가 되었다. 두 눈은 움푹 꺼져서 두개골 윤곽이 드러났고, 볼은 쑥 패서 이빨이 살거죽 위로 형상을 투영했다. 팔다리는 마른 가지보다 더 앙상했다.

 다음 단계는 숨이 넘어갈 차례였다. 바하문트의 목숨이 제 아무리 질기다고 해도 더 이상 버티긴 어려웠다.

그때였다.

사삭, 사사삭—

바하문트에게 전갈 네 마리가 접근했다.

몸길이는 12센티미터에서 15센티미터 사이. 붉은 땅에서 사는 전갈의 일종이었다. 이놈들은 지하 깊은 곳까지 헤집고 다닐 정도로 땅을 잘 팠다. 독성도 강했다.

전갈들은 바하문트 가까이 다가왔다. 이미 바싹 말라 가죽만 남은 바하문트를 뜯어먹으려는 듯했다.

그 즈음 바하문트는 시력을 상실했다. 청력도 가물가물했다. 전갈이 다가오는 것을 보지도 못했고 소리도 못 들었다.

헌데 손이 반응했다. 전갈이 일정한 범위 이내로 들어온 순간, 축 늘어진 바하문트의 손이 벼락처럼 뻗어서 전갈을 짚었다.

잡은 것이 아니다. 짚었다. 바하문트의 기다란 손가락은 한 번에 네 마리의 전갈을 위에서 찍어 눌렀다.

치지직—

깜짝 놀란 전갈은 냉큼 꼬리를 세워서 독을 쏘려 했다.

하지만 쏘지 못했다. 바하문트의 물컹하고 보들보들한 손끝에 닿는 순간 전갈들은 이상하게 힘을 잃었다. 체내의 힘이 상대의 손가락을 통해 쫙 빨려나가는 기분이었다.

전갈들이 비틀거렸다. 불그스름하던 껍질은 점점 잿빛으로

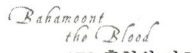

탈색했다.

기운이 빨려나간다. 정기가 빨려나간다. 독기가 빨려나간다.

20초가량 시간이 흐르자 전갈들은 다리를 놀릴 힘마저 잃었다.

독 오른 꼬리도 밑으로 축 늘어졌다. 그리고 얼마 후 네 마리 모두 가루가 되어 푸스스 뭉개졌다.

거꾸로 바하문트의 신체는 약간의 활력을 되찾았다. 깡말랐던 손끝에 도톰하게 살이 올랐다.

좁쌀만 한 덩어리들이 바하문트의 손과 팔의 통로를 타고 위쪽으로 스르륵 올라갔다.

이건 전갈로부터 갈취한 에너지였다.

에너지가 공급되자 완전 회색으로 죽었던 바하문트의 얼굴에 미약하나마 생기가 돌았다. 거의 멈췄던 심장도 미세하게 다시 뛰었다. 심장을 에워싼 신경다발들이 마사지하듯 심장을 자극한 결과였다.

바하문트의 입술이 살짝 열렸다.

—*하아아······.*

입술은 가뭄을 만난 밭처럼 메말라서 갈라져 있었는데, 그 틈으로 은은한 향기가 흘렀다.

아니, 이건 향기가 아니었다. 실제로 냄새가 나는 것이 아니니 굳이 향기라는 말로 표현하기 우스웠다.

그렇다고 소리라고 부르기도 묘했다. 음파가 퍼지는 것이 아니니 소리는 아니었다.

그저 유혹이라고 할 수밖에 없었다. 지금 바하문트의 입술 사이로 흘러나온 것은 냄새도 아니고 소리도 아니었다. 하지만 붉은 땅에 서식하는 전갈들을 유혹해서 잡아끌었다.

온 땅의 전갈들이 우르르 몰려왔다. 땅을 파고 속으로, 속으로 파고들어서 이 괴상한 유적에 접근했다.

가까이 올수록 유혹이 더 강했다. 전갈들은 홀린 듯이 다가와서 바하문트에게 몸을 내맡겼다.

바하문트가 의식하지 못하는 사이 손이 먼저 움직였다. 매끄러운 손끝은 전갈의 껍질을 부드럽게 매만졌다.

거기에 닿는 순간 전갈들은 힘을 잃었다.

쫘아악—

힘, 기력, 독기가 몽땅 바하문트에게 빨려 들어갔다.

바하문트와 접촉한 전갈은 불과 20여 초 만에 생기를 잃고 가루로 변했다.

반대로 바하문트는 그만큼 생기를 되찾았다. 앙상하던 손등에 다시 근육이 생겼다. 퀭하던 눈두덩에 약간 살이 올랐다.

전갈을 좀 더 많이 불러들였다. 그놈들과 접촉해서 생기를 흡수했다.

그렇게 빼앗은 생기가 바하문트를 살렸다. 팔 근육이 서서히 되살아났다. 가슴 근육이 차츰차츰 원상태로 돌아왔다. 복

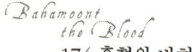

부 근육이, 허벅지가, 장딴지가, 심지어 발등까지도 옛 모습을 되찾았다.

푹 꺼졌던 뺨은 아직 되돌아오지 않았다. 몸도 예전보다 많이 말랐다. 허나 확실히 미이라 상태는 벗어났다. 혈색도 어느 정도 회복했다.

무엇보다 중요한 것은 바하문트의 심장이 다시 뛰기 시작했다는 점이었다. 힘겹게 허덕이던 심장은 이제 힘차게 펌프질하며 혈관에 피를 공급했다.

활동을 멈췄던 뇌세포가 다시 움직임을 보였다. 아무것도 보지 못하던 눈이 다시 사물을 분간하기 시작했다. 메말라서 터졌던 입술이 도톰하게 부풀었다.

바하문트가 되살아날 때까지 흡수한 전갈은 무려 수천 마리가 넘었다. 바하문트는 그 많은 생기를 흡수하고 나서야 비로소 정신을 차렸다.

하지만 정신을 차린 뒤에도 바하문트는 영문을 몰랐다. 바하문트가 흡수한 전갈들은 이미 가루로 변해 흩어진 뒤였다. 바닥엔 아무런 흔적도 남지 않았다. 그러니 그동안 여기서 무슨 일이 벌어졌는지 모를 수밖에.

"으응? 내가 왜 죽지 않았지?"

바하문트는 두 눈을 멀뚱멀뚱 뜨면서 고개를 갸웃거렸다. 아무리 주위를 둘러보아도 짐작 가는 바가 없었다. 수많은 전갈들을 희생시켜서 되살아났으리라고는 도저히 상상할 수 없었다.

"끙차."

바하문트는 다리에 힘을 줘서 몸을 세웠다.

한 달 만에 근육을 사용하려니 발이 저렸다. 제대로 서지 못하고 몸이 휘청거렸다.

탁 탁 탁.

몇 차례 발을 구르자 저린 것이 좀 풀렸다. 바하문트는 발목부터 시작해서 무릎, 허벅지, 허리, 팔목, 팔꿈치, 어깨 순서로 관절을 빙글빙글 움직여서 굳은 근육을 풀었다. 마지막으로 목을 빙빙 돌렸다.

처음엔 뼈에서 뿌드득 소리가 나고 아팠다. 허나 시간이 좀 지나자 괜찮았다.

기력을 차린 다음 바하문트는 이 괴상한 구조물 내부를 탐색했다. 밀폐된 벽을 따라 쭉 걸어보았다.

사방 어디에도 나갈 곳은 없었다. 대신 돌 틈 사이로 붉은 흙이 조금씩 유입되고 있다는 사실을 깨닫게 되었다.

흙과 함께 전갈도 몇 마리 들어오는 것을 보았다. 전갈이 징그러워서 바하문트는 멀찍이 피했다. 그리곤 걱정스레 중얼거렸다.

"이거 이렇게 흙이 밀려들어오면 조만간 저 흙에 깔려서 죽는 거 아닐까? 그 전에 여길 빠져 나가야 할 텐데……."

이곳을 빠져 나갈 방도를 고민했으나 뾰족한 수가 떠오르지 않았다. 바하문트는 입술을 질겅질겅 씹으며 벽을 좀 더 자세히 살폈다.

'누군가 땅속에 이런 구조물을 만들어 놓았다면 밖으로 나갈 장치도 함께 제작했을 거야. 그걸 찾아야 해.'

그럴 듯한 추리였다. 하지만 아무리 뒤져도 밖으로 나갈 장치나 출구는 발견하지 못했다. 게다가 시간이 꽤 촉박했다.

지금 이 순간에도 벽돌 틈새가 점점 벌어지는 중이었다. 점점 더 많은 양의 흙이 구조물 내부로 흘러들어왔다. 어느새 바하문트의 발목까지 흙이 쌓였다.

원래 이 구조물을 떠받치고 있던 것은 고대 흙왕이 남긴 기운이었다. 그 강한 기운이 벽돌을 지탱해서 150미터 높이의 흙이 짓누르는 압력을 버텼던 것이다.

헌데 지금은 그 기운이 몽땅 바하문트의 몸속에 들어갔다. 그러니 구조물이 허물어지는 것이 당연했다.

바하문트가 지켜보는 사이, 벽에서 벽돌 하나가 쑥 빠졌다. 그 구멍으로 시뻘건 흙이 폭포수처럼 쏟아져 들어왔다.

"이런 젠장. 일 터졌네."

바하문트는 얼굴을 찌푸렸다. 다급한 마음에 손으로라도 흙을 막고 어떻게든 붕괴속도를 늦추려 했다.

허나 손으로 막는다고 해결될 일이 아니었다. 벽돌 하나가 허물어지자 그와 맞물린 벽돌들이 우수수 떨어졌다. 넓어진 틈으로 점점 많은 양의 흙이 쏟아졌다. 바하문트의 얼굴도 시뻘건 흙으로 뒤덮였다.

 견디다 못해 아예 등으로 구멍을 틀어막았다. 하지만 그것도 한때뿐이었다. 짓누르는 압력이 너무 강해서 척추가 덜덜 떨렸다.

 "크윽! 안 돼. 이래서는 도저히 버틸 수 없어."

 이빨을 꽉 물고 머리를 쥐어짰다. 그러나 아무리 생각해도 이 꽉 막힌 곳에서 어떻게 살아나갈 수 있을지 방법이 떠오르지 않았다.

 마침내 흙의 압력이 바하문트의 힘을 넘어섰다. 바하문트가 고꾸라졌다.

 콰르르—

 벽돌이 한꺼번에 무너지면서 산사태처럼 흙더미가 쏟아졌다. 흙은 해일처럼 밀려들어 바하문트의 몸을 휩쓸었다.

 한 번 붕괴되기 시작하자 걷잡을 수 없었다. 구조물 전체가 크게 뒤틀리더니 여기저기서 구멍이 났다. 각 구멍마다 시뻘건 흙이 녹물처럼 흘러들었다.

 콰르르르—

 흙은 벽돌을 산산이 부쉈다. 낡은 구조물이 통째로 붕괴되었다. 바하문트는 입을 딱 벌리며 허우적거렸다.

 "으헙!"

 비명을 지르는 중에 흙이 입 속으로 파고들었다. 바하문트는 얼른 입을 다물고 손으로 코를 막았다. 그리곤 새우처럼 몸을 웅크렸다.

 몸을 작게 웅크리면 웅크릴수록 압력을 받는 면적이 줄어든다. 면적이 줄어들수록 더 큰 압력을 견딜 수 있다.

 바하문트는 본능적으로 힘을 다루는 법을 깨달았다. 최선을 다해 몸을 공처럼 말고 숨을 멈췄다.

 시뻘건 흙이 바하문트를 휩쓸어서 저 먼 땅속으로 처박았다.

 콰아앙!

 귓가에서 폭음이 터졌다. 구조물이 완전히 박살나면서 해체되는 소리였다. 바하문트는 흐르는 흙에 밀려 멀리멀리 떠내려가면서 그 소리를 들었다.

 세상이 깜깜했다.


 암흑 속에서 시간의 흐름은 느껴지지 않았다. 바하문트는 아득한 현기증을 느끼며 몸을 둥글게 말았다. 정신이 뿌옇게 흐려졌다.

 그러던 어느 한순간,

 —*바하문트야, 바하문트야.*

 누군가 애타게 부르는 소리가 들렸다. 귀에서 울린 소리가 아니라 마음속에서 울린 소리였다.

 '아버지? 아니면 어머니?'

 바하문트는 저도 모르게 아버지를 떠올렸다. 예전에 죽었다는 어머니도 생각났다. 그분들이 정신 차리라고 부르는 소리 같았다.

바하문트는 이빨을 꽉 물고 정신을 가다듬었다. 지하로 흐르던 흙은 어느 순간 다시 지상으로 솟구쳤다. 강하게 흐르는 지하수와 합류하면서 압력이 높아졌는데, 때마침 강도가 약한 지각을 만났다.

강한 흙의 압력은 단숨에 땅거죽을 깨부쉈다. 시뻘건 흙더미가 순식간에 위로 빨려 올라가며 폭발했다.

퍼엉!

멀쩡하던 땅이 갑자기 터지면서 시뻘건 흙더미가 솟구쳤다. 지하수와 뒤섞인 붉은 흙은 땅을 뚫고 무려 2미터 높이로 치솟았다.

"푸하—!"

지상으로 내동댕이쳐진 순간, 바하문트는 눈을 꽉 감고 손가락으로 귀를 막은 채 입을 쩍 벌렸다.

갑작스런 압력 변화에 고막이 터지지 않으려면 이렇게 해야만 했다.

누가 가르쳐 주지 않았는데도 바하문트는 본능적으로 몸을 살릴 수 있는 최적의 방법을 찾았다.

그렇게 몸을 웅크린 상태로 자유낙하해서 땅에 내동댕이쳐졌다.

"쿨럭!"

기침과 함께 바하문트의 입 속에서 붉은 흙이 튀어나왔다. 갑작스런 압력 변화와 충격에 몸의 뼈가 몽땅 으스러진 듯했다.

바하문트는 힘겨운 신음을 흘리면서 몸을 바로 눕혔다. 차가운 공기가 코끝을 스쳐지나갔다. 숨을 들이쉬자 상쾌한 산소가 폐 깊숙이 들어왔다.

시간은 밤.

어두운 하늘에 초승달이 떴고 별들이 총총 박혔다.

바하문트는 눈을 비비며 별을 바라보았다. 그리곤 왠지 모를 이질감을 느꼈다.

'내가 어떻게 살았지? 흙더미에 휘말려서 몇 시간이나 숨을 못 쉬었는데, 왜 죽지 않고 살았을까?'

죽지 않은 것이 신기했다. 여기가 어디인지보다 왜 살았는지가 더 궁금했다.

흙더미에 파묻히고도 산 것이 신기했고, 그 강한 압력을 몸이 견딘 것도 놀라웠고, 이렇게 기적적으로 땅을 뚫고 튀어나온 것은 아예 꿈만 같았다. 이게 어찌된 일인지 누군가를 붙잡고 묻고 싶었다.

하지만 답을 줄 사람은 아무도 없었다.

바하문트는 천천히 몸을 일으켰다. 가까운 곳에 조그마한 호수가 보였다.

'아마도 이곳이 호수 근처여서 지반이 물렀나 보다. 그러니

흙이 땅을 뚫고 튀어나왔겠지.'

이렇게 추측하면서 호수에 몸을 던졌다.

풍덩!

차가운 물이 몸뚱이를 에워쌌다. 정신이 번쩍 들었다. 몸에 달라붙어 있던 진득한 흙들이 물에 씻겨 내려갔다. 상쾌했다.

바하문트는 몸을 흔들어서 진흙을 털어냈다. 모처럼 얼굴도 씻었다. 그런 다음 다시 느릿느릿 호수 밖으로 기어 나왔다.

배에선 꼬르륵하고 요상한 소리가 났다. 먹을 것을 달라고 내장들이 아우성치는 것 같았다.

"일단 먹고 생각하자."

바하문트는 먹을 것부터 찾았다.

호수에서 잡은 개구리 한 마리, 정체가 불분명한 나무열매 한 줌. 우선 이런 것들을 뱃속에 쑤셔 넣었다.

맛?

지독히도 없었다. 개구리 다리를 날로 뜯어먹을 때는 구역질이 치밀었다. 하지만 살아야 한다는 일념으로 억지로 먹었다. 나무열매는 우라지게 썼다. 그래도 뱉지 않고 우적우적 씹어서 삼켰다.

배를 채우는 와중에 또 다른 의문이 생겼다.

"상한 개구리인가? 왜 이렇게 축 늘어졌지?"

잡기 전에는 팔짝팔짝 뛰던 개구리였다. 그런데 바하문트가 움켜쥔 순간 부르르 떨더니 축 늘어졌다. 그리곤 아예 기절한 것처럼 맥을 못 춘다.

"혹시 개구리들도 그런 습성이 있나? 적에게 잡히면 죽은 척하는 습성."

바하문트는 이렇게 오해했다. 그는 제 손이 생명체의 생기를 흡착한다는 사실을 아직 깨닫지 못했다.

## Chapter 3

바하문트는 멍한 표정으로 밤하늘을 응시했다. 그리곤 자책하는 투로 중얼거렸다.

"이게 북극성인가, 아니면 저게 북극성인가?"

낯선 지역에서 길을 잃었을 때 방향을 알려면 별을 봐야 한다. 헌데 바하문트는 평소 별자리 공부를 게을리 했었다. 아무리 하늘을 들여다봐도 어느 별이 북극성인지 찾지 못하니 어디로 갈지도 정할 수 없었다.

"꼭 별이 아니더라도 동서남북을 가늠할 방법이 또 있을 텐데……."

바하문트는 별 보기를 포기하고 다른 방도를 떠올렸다. 나무를 꺾어서 나이테를 보는 것도 좋은 수단이었다.

"그래. 나이테가 있었지!"

생각이 미치자 바로 나무를 꺾어서 나이테를 확인했다.

그런데 이론적으로 알고 있는 것과 실제는 달랐다. 나무의 단면을 검으로 매끈하게 베었으면 그래도 나을 텐데, 대충 손으로 부러뜨리니까 나이테가 듬성듬성한 부분과 촘촘한 쪽이 그렇게 쉽게 구분되지 않았다.

그래도 이 수밖에 없었다. 바하문트는 내리 네 개의 나무를 꺾은 다음, 비로소 남쪽이라고 짐작되는 방향을 가늠했다.

무턱대고 그 방향으로 걸었다. 신발이 없어서 발이 아팠다. 뾰족한 돌이 발바닥 안으로 파고들어 피가 흘렀다. 게다가 옷도 다 헤져서 추웠다.

"젠장, 사냥이라도 해야 가죽을 얻을 텐데, 사냥감이 하나도 없네."

황무지에는 먹을 것도 없고 입을 것도 없었다. 피곤했지만 잠을 잘 수도 없었다.

알몸뚱이로 맨땅에서 잤다가는 얼어 죽을 것 같아서였다. 차라리 쉬지 않고 걷는 편이 나았다.

바하문트는 밤새 걸었다. 걷는 동안에 동이 트고 날이 밝았다.

그 사이 쥐를 한 마리 잡아먹었다.

지지리도 운이 없던 쥐였다. 재수 없게도 바하문트의 발밑을 지나갔는데, 바하문트가 벼락처럼 허리를 숙이며 손으로 낚아채자 찍 소리를 내뱉으며 나동그라졌다. 바하문트는 와락 덮쳐서 쥐의 목을 비틀었다.

이곳 바바로스 황무지에 사는 쥐는 덩치가 컸다. 이 척박한 땅에서 무얼 먹고 그렇게 덩치를 키웠는지, 꼬리를 제외하고도 길이가 25센티미터나 되었다.

바하문트는 눈을 딱 감고 쥐고기를 날로 씹었다. 역하고 노린내가 났다. 먹는 내내 구역질이 났지만 뱉지 않고 악착같이 다 먹었다.

날고기를 먹었으니 배탈이 나고 기생충이 생기겠지. 허나 지금 배고픈 게 문제지 기생충이 문제가 아니었다.

고기를 다 먹은 뒤에는 쥐의 가죽을 둘로 찢어서 발바닥에 동여맸다. 가죽을 대니까 좀 걸을 만했다.

걷는 동안 다시 날이 밝았다. 해가 비추자 몸이 따뜻해서 좋았다.

하지만 좋은 것도 한때였다. 뜨거운 태양이 남쪽 하늘에 이르자 바하문트의 얼굴과 어깨, 등판이 벌겋게 익었다.

"제길, 햇살 한 번 무지하게 따갑군."

바하문트는 낮게 투덜거리며 태양을 향해 눈살을 찌푸렸다.

그런다고 없던 구름이 생기진 않았다. 태양은 오히려 더 성을 내면서 직사광선을 내리쬐었다.

바하문트는 말없이 터벅터벅 걸었다.

저녁 무렵이 되자 황무지를 거의 벗어났다. 오랜 행군은 바하문트를 지치게 만들었다. 다리는 퉁퉁 붓고 머리는 어질어질했다. 바하문트는 바위 그늘에 등을 기대며 처음으로 휴식다운 휴식을 취했다.

쉬니까 몸은 편했다. 헌데 마음은 괴로웠다.

불과 11개월 전까지만 해도 바하문트는 좋은 집에서 배 땅땅 두드리며 편하게 살았었다. 그런데 이렇게 황무지를 헤매는 처지가 되었다고 생각하자 갑자기 삶이 고달팠다. 더불어 아버지의 얼굴까지 떠오르자 더욱 서글펐다.

"빌어먹을 로페 후작! 내가 이 꼴이 된 건 모두 로페 그 영감탱이 때문이야."

바하문트는 혼자 도망친 로페에게 화를 퍼부었다. 괴롭고 힘든 처지를 로페 탓으로 돌리자 울화가 조금 풀렸다.

그렇게 신세한탄을 하는 사이 누군가 슬그머니 다가왔다.

바하문트는 섬뜩한 한기를 느끼곤 반사적으로 몸을 일으켰다. 주먹을 꽉 움켜쥐고 오른 다리를 뒤로 뺐다. 여차하면 발로 적의 머리를 타격할 요량이었다.

상대는 바바로스어로 바하문트에게 말을 걸었다.

"어어? 이봐, 꼬마. 그렇게 민감하게 반응하지 말라고."

바하문트는 눈매를 가늘게 좁히며 상대방을 훑어보았다.

키는 180센티미터 정도. 덩치가 크고 배가 불룩한 전형적인 바바로스 인이었다.

얼굴엔 가시처럼 뾰족뾰족 수염이 돋았다. 가슴에도 시커먼 털이 북슬북슬했다. 누런 이빨은 반쯤 썩어서 듬성듬성 빠졌다.

외모를 살핀 뒤엔 상대의 무기도 눈여겨보았다.

바바로스 인은 손에 작은 손도끼를 들고 있었다. 왼쪽 허리춤에도 손도끼 10여 개를 대롱대롱 매달았다. 오른쪽 허리엔 가죽 부대를 찼는데, 보아하니 그 안에 식량을 담아 두는 것 같았다.

'바바로스 정규군 복장은 아니야. 그렇다고 유목민도 아닌 것 같아. 그럼 그냥 떠돌이 사냥꾼인가?'

바하문트는 머리를 굴려 상대의 정체를 추측했다. 그리곤 어눌한 바바로스어로 물었다.

"뭐야? 왜 무기를 들고 살금살금 접근한 거지?"

바바로스 인은 손에 들고 있던 도끼를 내려다보면서 너털웃음을 흘렸다.

"으허허, 오해하지 마라. 이 손도끼는 그냥 습관처럼 쥐고 다니는 거다. 설마 너처럼 어린 꼬마를 공격하려고 무기를 들었겠냐? 으허허."

상대가 해명을 했지만 바하문트는 경계를 풀지 않았다. 서늘하게 노려보면서 주먹을 꽉 말아 쥐었다. 날카로운 살기가 뻗었다.

바바로스 인은 찔끔 놀랐다. 그리곤 바하문트를 안심시키려는 듯 손도끼를 바닥에 내려놓았다. 두 손바닥도 활짝 펼쳐 보였다.

"독 오른 살모사처럼 굴지 마라. 난 너랑 싸울 마음이 없다."

"진짜냐?"

"으허허, 꼬마야, 넌 속고만 살았냐? 너처럼 옷도 없는 빈털터리 꼬마를 왜 공격하겠냐? 뭐 빼앗을 거라도 있어야 공격하지."

바바로스 인의 말은 그럴 듯했다. 확실히 현재 바하문트는 거지꼴이었다. 빼앗을 것이 없다는 말이 이상하지 않았다.

바하문트는 살기를 누그러뜨렸다.

그러자 바바로스 인이 가죽 주머니를 뒤적였다.

"자, 이거라도 먹어라."

바바로스 인은 말린 새고기를 바하문트에게 주었다.

"이걸 왜?"

"보아하니 며칠 동안 쫄쫄 굶은 것 같은데, 아니냐?"

바하문트는 대답을 하지 않았다. 그래도 배고프다는 것이 뻔히 드러났다. 말린 고기를 보자마자 배에서 꼬르륵 소리가 났다.

바바로스 인이 껄껄 웃었다.

"거 봐. 네 녀석 배가 먹을 것을 달라고 아우성치잖아. 자, 사양하지 말고 받아라."

바하문트는 약간 망설이다 말린 고기를 받았다.

바바로스 인은 바하문트의 경계심을 풀어줄 겸 이야기를 풀어놓았다.

"한 달쯤 전에 나이드 왕국의 군대가 쳐들어 왔다지? 그때 부족을 잃고 고아가 된 소년들이 많다고 하더니, 너도 그중 하나인가 보구나."

바하문트는 조심스레 고개를 끄덕였다. 나이드 인이라고 밝히는 것보다 그냥 바바로스 고아인 척하는 편이 나을 것 같았다.

그러자 바바로스 인은 무릎을 쳤다.

"어허! 역시 내 짐작이 맞았구나. 전쟁고아였어. 불쌍하기도 하지."

상대가 친근하게 나오자 바하문트도 경계심을 풀었다. 바하문트는 눈에서 독기를 빼고 말린 고기를 크게 한 입 베어 물었다.

소금과 후추로 양념을 한 뒤 그늘에서 말린 고기였다. 비린 날고기와는 비교도 되지 않게 맛있었다. 바하문트는 허겁지겁 주린 배를 채웠다.

바바로스 인은 안쓰러운 표정으로 말린 고기를 하나 더 건넸다.

"쯧쯧, 오죽 배가 고팠으면 저럴까. 자, 하나 더 먹어라."

바하문트는 사양하지 않았다. 양손에 고기를 쥐고는 게걸스레 입에 쑤셔 넣었다. 바바로스 인이 준 물도 벌컥벌컥 마셨다.

배를 채우고 나자 갑자기 머리가 핑 돌았다.

휘청!

다리에 힘이 풀려 몸을 지탱하기 어려웠다. 하늘이 노랗게 변하고 주변 풍경이 빙글빙글 회전했다. 눈앞의 바바로스 인이 한 명이 아니라 두 명, 세 명으로 보였다.

바하문트는 스르륵 감기는 눈꺼풀을 억지로 치켜뜨면서 으르렁거렸다.

"약을 탔구나!"

바바로스 인은 누런 이빨을 히죽 드러내며 실실 웃었다.

"으헤헤. 잘 아네. 고기에 약을 듬뿍 쳤지. 물에도 약을 탔어. 그러니 어서 쓰러져라, 꼬마야."

"대체 왜 그랬지? 나한테는 빼앗을 것도 없느으으데?"

바하문트의 혀는 술에 만취한 사람처럼 꼬였다. 이미 온몸에 약기운이 퍼진 상태였다.

"으헤헤. 빼앗을 게 왜 없겠냐? 꼬마야, 너처럼 미끈한 미소년을 노예로 팔면 좋은 말 두 마리는 너끈히 받거든."

"뭐라고? 이 더러운 놈. 같은 동족을 노예로 팔겠다고?"

"꼬마야, 어쭙잖게 우리 바바로스 부족인 척할 것 없다. 우리들 중에는 너처럼 곱상하게 생긴 아이가 없거든. 우헤헤헤."

바바로스 인은 음흉한 미소를 흘리며 슬금슬금 다가왔다. 그의 눈알은 탐욕에 찌들어 번들거렸다.

'정신을 차려야 하는데……. 정신을 차려야 하는데.'

바하문트는 절박한 표정으로 상대를 노려보았다.

하지만 아무리 애를 써도 정신을 가다듬을 수 없었다. 오히려 어지러움을 참다못해 쿵 소리를 내면서 엉덩방아를 찧었다.

"옳거니."

바바로스 인은 바하문트가 쓰러지자마자 쾌재를 부르며 달려들었다. 그는 곰발바닥처럼 커다란 손으로 바하문트의 어깨를 잡았다. 그리곤 팔을 뒤로 꺾어서 비틀며 바하문트의 몸을 깔고 앉았다.

"이 개자식!"

바하문트는 이빨을 으드득 갈았다. 그러자 바바로스 인이 바하문트의 귓가에 구역질나는 입김을 불어넣으며 낄낄댔다.

"우헤헤, 내가 개자식인 줄 어떻게 알았냐? 좀만 기다려라. 네 녀석을 비싼 값에 팔아넘길 테니까. 늙은 부족장들 중에는 너처럼 미끈한 소년을 찾는 이들이 종종 있지. 우헤헤헤. 내가 오늘 횡재했구나."

'미소년을 찾는 늙은 부족장'이라는 말은 섬뜩했다. 바하문트는 저도 모르게 몸서리를 쳤다. 늙은 변태에게 팔려서 노예가 될 생각은 전혀 없었다. 이빨을 꽉 물고 죽을힘을 다해 발버둥쳤다.

허나 근육에 힘이 들어가지 않았다. 약에 취해 몸이 흐느적거렸다.

게다가 상대방의 완력은 보통이 아니었다. 그냥 손을 맞잡고 싸웠어도 바하문트가 힘에서 밀렸을 것이다. 그런데 약까지 먹었으니 상대가 안 될 수밖에.

마침내 바바로스 인은 바하문트의 오른쪽 손목에 가죽 끈을 감았다.

바하문트는 심장이 덜컥 내려앉았다. 이대로 두 손이 뒤로 묶이면 벗어나기 힘들 터.

"비켜! 이 개새끼야. 죽인다! 찢어 죽여 버린다!"

바하문트는 진저리를 치면서 욕을 퍼부었다. 두 눈은 벌겋게 달아올랐다.

"낄낄낄."

상대는 같잖다는 듯 웃었다.

그 간악한 웃음소리를 듣자 더욱 화가 났다. 방심하다 속았다는 생각이 들자 미칠 것 같았다. 바하문트는 마구 몸을 흔들면서 왼손을 뒤로 내저어 마구 할퀴었다.

벅벅벅.

바하문트의 손톱이 흙을 긁었다. 흙과 돌조각이 손톱 깊숙이 박혔다. 손끝에서 피가 났다. 그러다가 결국 상대의 팔뚝을 왼손으로 붙잡을 수 있었다.

"이이익!"

바하문트는 젖 먹던 힘까지 쥐어짜서 상대의 팔뚝을 비틀었다. 눈에 핏발이 돋았다.

바바로스 인은 입매를 고약하게 일그러뜨리며 바하문트를 비웃었다.

"낄낄낄. 용쓴다, 용 써. 암만 애써 봐라. 약에 취한 꼬맹이가 감히 내 팔뚝을 비틀 수 있을까?"

허나 바바로스 인의 웃음은 오래가지 않았다. 갑자기 팔에서 힘이 쫙 빠진 탓이었다.

황소처럼 억센 그의 팔이 이상하게도 녹은 양초처럼 흐느적거렸다. 바하문트의 매끄러운 손이 쥐고 흔드는 대로 팔뚝이 덜렁덜렁 흔들렸다.

바바로스 인은 두 눈을 부릅뜨며 소리쳤다.

"뭐, 뭐야? 내 팔이 왜 이래?"

상대가 당황하자 바하문트는 기운이 났다. 그는 혀를 꽉 깨물어서 가물거리는 정신을 다잡았다. 그리곤 있는 힘껏 상대의 팔뚝을 움켜잡았다.

쭈륵—

무언가 뜨거운 기운이 바하문트의 손끝으로 밀려들었다. 콩알 크기로 망울진 덩어리가 손을 타고 쑥 들어왔다. 덩어리는 바하문트의 손에서 시작해서 팔뚝, 어깨, 마지막으로 목까지 올라왔다.

덩어리 하나로 끝난 것이 아니었다. 조그만 에너지 덩어리들은 연이어서 바하문트의 몸속으로 빨려 들어왔다. 적에게 빼앗은 에너지가 바하문트에게 힘을 주었다. 몽롱하던 약기운이 서서히 풀렸다.

바하문트는 천천히 몸을 일으켰다. 왼손으로 적의 팔뚝을 붙잡은 채, 두 눈을 이글거리면서 서서히, 아주 서서히.

거꾸로 바바로스 인은 조금씩 땅바닥에 짜부라졌다.

이윽고 끔찍한 괴현상이 발생했다.

두툼하던 바바로스 인의 팔뚝이 점차 생기를 빼앗긴 채 퍽 퍽하게 메말랐다.

근육이 축소되고 힘줄이 가늘어졌다. 살이 쫙 빠졌다. 피부가 뼈에 달라붙어 앙상한 가지처럼 변했다.

바바로스 인은 공포를 견디지 못하고 괴성을 질렀다.

"으악, 내 팔! 내 팔!"

바하문트도 깜짝 놀랐다.

'지금 무슨 일이 벌어지고 있는 거지?'

바하문트는 영문을 몰랐다. 하지만 여기서 손을 놓을 생각은 없었다. 이 더러운 바바로스 놈을 이대로 말려 죽이겠다는 생각에 가슴이 들끓었다.

덥석.

바하문트는 오른손을 묶은 가죽 끈을 이빨로 풀었다. 그리곤 손을 쭉 뻗어 상대의 어깨를 움켜잡았다.

말랑말랑하고 매끄러운 바하문트의 손끝이 바바로스 인의 어깨에 닿았다. 그 순간,

쫘아악—

생기가 무섭게 빨려나왔다.

바바로스 인의 어깨는 순식간에 쪼그라들었다. 대신 바하문트의 오른손 손등과 팔에는 콩알 크기의 에너지 덩어리들이 쉬지 않고 유입되었다.

"으아아, 내 어깨!"

바바로스 인이 또다시 울부짖었다.

바하문트는 상대의 비명을 듣고도 동정심을 느끼지 않았다. 오히려 기이한 열기를 품은 눈으로 이 불쌍한 희생양을 굽어보았다.

그러는 동안에도 상대방의 생기는 계속 흘러들어왔다. 마치 가둬놓았던 봇물이 터진 듯했다. 바하문트의 손은 시간이 갈수록 점점 더 많은 양의 생기를 빨아들였다.

몸에 활력이 넘쳤다. 바하문트의 근육이 크게 부풀었다. 힘이 솟았다. 눈동자에선 휘황한 광채가 뿜어져 나왔다.

반대로 바바로스 인은 볼품없이 쪼그라들었다.

팔뚝과 어깨는 이미 미이라의 그것처럼 퍽퍽하게 메말랐다. 볼도 쑥 팼다. 출렁거리던 뱃살도 눈에 띄게 줄었다. 온몸의 근육이 오그라들었다.

살이 쫙 빠졌다. 심장이 울컥울컥 뛰었다. 눈은 생기를 잃고 회색 빛깔로 변했다. 머리카락과 수염도 푸석푸석하게 바뀌며 뭉텅이로 빠졌다. 입술이 쩍쩍 갈라졌다.

바바로스 인은 피 맺힌 입술을 애처롭게 달싹였다.

고대 흉왕의 무덤

"사, 살려줘······."

바하문트는 듣지 않았다. 귀를 막고 손아귀에 힘을 더했다.

쫘아아악—

생기를 빨아들이는 속도가 한층 올라갔다. 바하문트의 눈이 광기에 휩싸였다.

"제발 살려······."

바바로스 인이 또 애걸했다.

이미 바바로스 인의 팔뚝은 앙상하게 뼈만 남았다. 근육, 살, 핏줄, 모두 증발했다.

어깨도 뼈만 남았다. 가슴도, 목도, 얼굴도, 배도, 마지막으로 다리까지 모두 뼈와 피부만 남았다. 알맹이는 모두 바하문트에게 빼앗겼다.

흡수!

생기도, 기운도, 에너지도 모두 흡수당했다.

털썩!

마침내 바바로스 인이 고개를 떨어뜨렸다.

바하문트가 손을 놓아 주자 바싹 마른 시체가 땅에 나뒹굴었다.

뼛속 골수까지 빼앗긴 탓인지 뼈마저 와르르 부서졌다. 바람이 한 번 불고 지나가자 뼈의 흔적도 남지 않았다.

바하문트는 멍한 눈으로 제 손을 내려다보았다.

'이게 뭐야?'

휘이잉—

한 줄기 바람이 바하문트의 이마에 난 식은땀을 식혀주었다.

## Chapter 4

바하문트가 살아서 돌아왔다. 천 킬로미터가 넘는 거리를 홀로 횡단해서 도나우 영지로 복귀했다.

로페는 당장 달려나와 바하문트를 반겼다. 반갑고 또 기뻤다.

허나 바하문트는 로페를 반기지 않았다. 기이한 열기에 번들거리는 눈으로 물끄러미 올려다볼 뿐이었다.

로페는 할 말이 없었다. 바하문트의 산발한 머리와 푹 꺼진 볼, 퀭한 눈, 그리고 상처투성이 몸을 보자 차마 입이 열리지 않았다.

너덜거리는 옷과 동물가죽으로 동여맨 발, 그리고 뾰족한 쇠꼬챙이를 손에 쥔 모습을 보면 그동안 바하문트가 얼마나 고생했는지 여실히 알 수 있었다.

로페뿐이 아니었다. 바하문트의 사나운 행색에 압도당한 탓인지 모두들 침묵했다.

바하문트가 먼저 입을 열었다.

"물하고 먹을 것부터 주십시오."

바하문트의 목소리는 탁했다.

로페는 얼른 고개를 주억거렸다.

"오냐. 주고말고. 여봐라, 여기 음식을 내와라. 물도 가져와라."

하인들이 부랴부랴 물을 떠왔다. 하녀들은 빵과 고기를 내왔다.

바하문트는 빵 속에 고기를 끼워 넣은 다음 우적우적 씹었다. 물도 벌컥벌컥 마셨다. 배가 차자 몸이 훈훈했다.

로페는 바하문트가 끼니를 때우기를 기다렸다. 그리곤 바하문트의 어깨를 꽉 잡았다.

"바하문트야, 정말 잘 돌아왔다. 그간 얼마나 고생이 많았느냐?"

허나 바하문트의 반응은 곱지 않았다. 신경질적으로 어깨를 흔들어서 로페의 손을 떼어놓았다.

로페는 슬쩍 얼굴을 붉혔다. 손이 민망했다.

그 무례한 행동을 보고도 로페나 기사들은 바하문트를 나무라지 못했다. 바바로스 땅에 혼자 버려진 뒤 겪었을 고생을 생각하면 이 정도는 애교였다.

로페가 쓴웃음을 지으며 위로의 말을 던졌다.

"바하문트, 복귀하자마자 이런 말을 하기는 민망하다만…… 네게는 참 미안하게 되었다. 전쟁터에서 네가 보여줬던 활약을 생각하면 마땅히 큰 상을 내리고 기사의 작위를 내려야 할 것인데, 내 실수로 전쟁에서 패하는 바람에 아무런 공도 나눠주지 못하는구나."

어렵게 돌려서 말했지만 로페의 말뜻은 분명했다.

전쟁이 벌어지기 전, 바하문트의 지위는 기사후보생이었다.

헌데 바하문트는 전쟁 중에 많은 공을 세웠다. 평상시라면 기사가 되기에 충분할 전공이었다.

문제는 아군의 패배였다. 로페는 적의 유인책에 말려서 병력의 태반을 잃었다. 그 때문에 여왕폐하로부터 심한 문책까지 받았다.

개선행진도 취소되었다. 향후 2년 동안 부하들에게 기사의 작위를 내리는 권한도 금지당했다.

물론 전쟁 중에 바바로스 부족들로부터 전리품을 많이 빼앗긴 했다. 하지만 그 전리품으로는 당장 용병을 사서 부족한 병력을 메워야 했다.

로페는 고생한 부하들에게 공도 나눠주지 못하고 전리품도 하사하지 못했다. 바하문트에게도 아무런 혜택을 줄 수 없었다. 그게 못내 미안했다. 그래서 조심스레 바하문트의 눈치를 살폈다.

의외로 바하문트의 반응은 담담했다.

"괜찮습니다."

"괜찮다고?"

"네."

바하문트가 흔쾌히 괜찮다고 하자 로페는 더욱 미안했다. 그래서 새로운 제안을 했다.

"바하문트, 그럼 이렇게 하자. 내 밑에서 2년만 더 기사후보생으로 있거라. 그러면 내가 2년 뒤에 책임지고 너를 기사로 봉하마. 그리고 조금 더 전공을 세우면 여왕폐하께 장계를 올려서 너를 남작으로 만들어 주겠다."

2년 뒤라면 바하문트가 열다섯 살이다. 열다섯에 기사라면 굉장한 출세였다. 뱀부나이트를 제외하면 이렇게 어린 나이에 기사가 되기란 불가능했다.

게다가 로페는 몇 년 뒤에 바하문트에게 남작의 작위를 받게 해 주겠다고 약속했다. 이것은 더더욱 파격적인 대우였다.

허나 바하문트는 단칼에 거절했다.

"싫습니다."

"뭐? 싫다고?"

로페가 당황했다.

그래도 바하문트는 표정이 변하지 않았다.

"이만하면 기사후보생으로 배울 것은 다 배웠다고 생각합니다. 저는 수도에 계신 아버지께 돌아가겠습니다."

로페의 얼굴이 일그러졌다. 나약한 놈이라며 버럭 호통이라도 치고 싶은 눈치였다.

물론 실제로 호통을 치지는 못했다.

'바하문트의 말이 맞다. 나는 더 가르칠 것이 없다. 이 어린 소년을 적진 한복판에 남겨두고 도망친 주제에 무슨 자격으로 가르치고 꾸짖겠는가! 나보다 더 용감히 싸운 바하문트를 무슨 자격으로…….'

로페는 입술을 꾹 깨물었다.

바하문트와 로페 사이에 찬바람이 불었다.

바하문트가 집에 돌아오자 빈이 맨발로 달려나와 반겼다.

"어이구, 바하문트야!"

1년 가량 못 본 사이 빈의 얼굴은 크게 상해 있었다.

나중에 하녀들에게 전해 들은 바에 따르면, 빈 남작은 바하문트가 전쟁터에 나가서 죽었을 거라는 비보를 전해 듣고는 머리를 싸매고 앓아누웠었다고 했다.

당시 빈은 홍차 수입을 위해 남부의 자유무역동맹을 방문 중이었는데, 도나우 군이 바바로스 땅으로 진격했다는 소문을 듣자마자 모든 일을 내팽개치고 나이드로 돌아왔단다.

그리곤 바하문트의 무사귀환을 빌면서 매일 눈물을 흘렸다던가.

빈은 떨리는 손으로 아들의 얼굴을 더듬었다.

"이 녀석, 정말 많이 야위었구나. 누가 내 아들을 이렇게 만들었어? 누가!"

"아버지……."

바하문트도 아버지의 여윈 얼굴을 더듬고 싶었다.

허나 마음만 간절할 뿐, 실제론 손을 대지 못했다. 오히려 손을 뒤로 감추며 눈으로만 아버지의 홀쭉한 얼굴을 더듬었다.

'행여나 아버지한테 손이 닿으면 안 된다. 내 손은 저주를 받았어.'

아버지를 끌어안지 못하는 슬픔이 폐부를 찔러 바하문트는 울음이 북받쳤다.

한편 빈은 실제로 울었다. 아이처럼 엉엉 울다가 격한 감정을 참지 못하곤 바하문트를 덥석 끌어안았다.

바하문트도 조심스레 아버지의 등 뒤로 팔을 둘렀다. 손끝이 닿지 않게 조심하면서 팔목으로만 꽉.

두 부자는 그렇게 10여 분 동안 서로를 보듬었다. 그런 다음 빈이 포옹을 풀면서 아들의 손을 붙잡으려 했다.

"내 정신 좀 봐. 배가 많이 고팠을 텐데 이럴 때가 아니지. 얼른 식당으로 가자."

"손은 잡지 마세요!"

바하문트는 질겁하면서 아버지의 손을 뿌리쳤다.

"응? 왜?"

순간적으로 빈의 얼굴에 서운한 감정이 깃들었다.

바하문트는 얼른 변명했다.

"손이 쓰려서 그래요. 아직 부러진 뼈가 아물지 않았거든요."

 실제로 바하문트의 손에는 붕대가 칭칭 감겨 있었다.
 빈이 걱정스레 물었다.
 "저런! 많이 다쳤느냐? 의원을 불러올까?"
 "아니요. 그 정도는 아니에요. 로페 후작님이 어긋난 뼈를 맞춰주셔서 이젠 괜찮아요. 몇 달 간 조심하면서 쉬면 다 나을 거예요."
 바하문트는 미리 생각해 놓은 대로 둘러댔다.
 로페라는 말이 나오자 빈은 벌컥 화를 냈다.
 "로페 후작 이야기는 꺼내지도 말아라! 내 너를 도나우 영지로 보내고 얼마나 후회했는지 아느냐? 그 꽉 막힌 영감 때문에 속 썩은 걸 생각하면 아직도 분이 풀리지 않는다."
 "이젠 다 끝난 일이잖아요. 아버지, 저 배고파요. 얼른 먹을 것 좀 주세요."
 바하문트가 싱긋 웃었다.
 빈도 활짝 웃었다.
 모처럼 상봉한 두 부자는 식당으로 걸어가면서 도란도란 이야기꽃을 피웠다.

*Chapter 5*

한 달의 시간이 훌쩍 지났다. 지난 한 달 동안 바하문트는 평탄한 나날을 보냈다.

아니, 겉보기만 평탄했다. 속사정은 엉망진창이었다.

물론 빈은 최선을 다해 바하문트를 돌보았다. 빈의 대저택에는 아들을 시중드는 하녀만 여덟 명이 넘었다. 심지어 바하문트의 입맛을 돋우기 위해 전속요리사까지 따로 고용했다.

예전의 바하문트 같았으면 매일같이 좋은 요리를 즐기고, 낮잠도 푹 자고, 가끔씩 마차를 타고 나가서 바람을 쐬고, 밤에는 설렁설렁 오페라 공연이나 보러 다녔을 텐데…… 전쟁터를 겪은 뒤엔 사람이 변했다.

우선 밤에 잠을 잘 수가 없었다. 잠이 들면 죽은 자의 혼이 나타났다.

목이 잘린 영혼, 얼굴이 반쯤 잘린 영혼, 팔다리가 너덜거리는 영혼…….

바하문트에게 죽은 자들은 약속이라도 한 듯 그의 꿈속으로 밀려들었다.

그 중에서도 가장 무서운 것은 미이라처럼 비쩍 마른 유령들이었다. 그들은 저주를 퍼부으며 해골을 쩍 벌렸다.

*—내 육신의 생기를 네가 다 빼앗아 먹었다. 네가 나를 잡아먹었으니 나도 네 살을 뜯어먹고 피를 빨겠다…….*

그때마다 바하문트는 질겁했다.

이 지독한 악몽을 쫓을 방법은 하나밖에 없었다. 잠을 자지 말아야 했다.

불면의 고통.

세상의 수많은 고통 가운데 잠을 못 자는 고통만큼 지독한 것도 없을 것이다.

바하문트는 잠이 들지 않으려고 미친 듯이 개인훈련에 매진했다.

매일 새벽 세 시까지 목검을 휘둘러서 땀을 뺐다. 그래도 기운이 남으면 지쳐서 나자빠질 때까지 턱걸이와 쪼그려 뛰기, 팔굽혀 펴기를 반복했다.

그러다가 깜빡 잠이 들곤 했는데, 그때마다 어김없이 악몽에 시달리다가 새벽 네 시쯤 깼다.

잠에서 깨면 다시 목검을 잡았다. 검을 손에 쥐지 않으면 왠지 불안했다.

땀 흘려 휘두르지 않으면 마음이 놓이지 않았다. 새벽 네 시부터 여섯 시까지 두 시간 동안 검을 휘두르고 나야 비로소 마음이 가라앉았다.

그 다음부터는 다시 하체훈련에 돌입했다. 하루에 100번씩 도나우의 아성을 오르내리던 습관 덕분에 쪼그려 뛰기를 하지 않으면 똥을 누고 닦지 않은 것처럼 기분이 찜찜했다.

바하문트는 내리 세 시간 동안 방 안을 쪼그려 뛰기로 돌면서 다리 근육을 다졌다.

아침 아홉시.

바하문트는 매일 이 시간에 아버지를 만나서 아침을 먹었다. 하루 중 이때가 유일하게 행복한 시간이었다. 웃을 수 있는 시간도 이때뿐이었다.

그러나 사실 식사 시간도 예전처럼 즐겁진 않았다. 나름대로 미식가였던 바하문트의 식사 습관은 완전 무미건조하게 변했다.

예전엔 기름진 연어요리에 철갑상어 알을 듬뿍 올려서 먹었었다. 그런 다음 소금과 후추를 뿌려서 구운 훈제고기로 배를 채웠다.

게다가 바하문트는 원래 달달한 음식을 좋아했다. 그래서 식사 후에는 투명한 그릇에 얼음을 수북이 쌓고 그 위에 레몬즙과 벌꿀을 잔뜩 뿌려서 입가심했었다.

혹은 오믈렛 슈르푸리스도 즐겼다. 맛있는 케익을 아이스크림으로 감싸고, 그 위에 브랜디나 키르슈를 뿌리고, 이걸 다시 멜랑쥬로 감싼 다음 오븐에 살짝 굽는다.

마지막으로 브랜디를 한 번 더 붓고 불을 붙여서 식탁에 내면 오믈렛 슈르푸리스가 완성된다.

이게 바로 바하문트가 제일 좋아하는 후식이었다. 바하문트는 오믈렛 슈르푸리스의 맛도 좋아했지만 그 사치스럽고 고급스런 분위기를 즐겼다.

헌데 지금은 확 바뀌었다.

우선 기름지거나 단 음식이 입에 맞지 않았다. 고기를 섭취해서 단백질을 채우되 간은 따로 하지 않았다. 빵도 메마른 호밀빵을 선호했다. 후식도 거부했다. 그리고 무엇보다 절대 과식하지 않았다. 늘 조금씩 부족한 듯 먹었다.

불안했기 때문이었다.

배가 부르면 왠지 마음이 놓이지 않았다. 몸이 무거우면 적에게 쫓길 때 도망치기 어려울 것 같아서였다.

오늘도 바하문트는 적당히 식사를 마치고 나이프와 포크를 손에서 놓았다.

빈이 걱정스러운 얼굴로 후식을 권했다.

"왜 그러냐? 음식이 입에 맞지 않아? 요리사에게 새로 만들어 오라고 시킬까? 아니면 이 후식이라도 먹으렴."

"아니요. 배불러요."

바하문트가 손사래를 쳤다.

빈은 마음이 아팠다.

"배부르긴 뭐가 배불러. 네 몸을 좀 봐라. 통통하고 부티가 폴폴 나던 몸이 그게 뭐냐? 며칠 굶은 사람처럼 말랐잖아."

"모르는 소리 마세요. 요새는 마른 몸매가 대세예요. 출렁출렁 살이 붙으면 여자들이 싫어한다고요. 그리고 제가 마른 것 같지만 속은 근육질인걸요."

"뭐야? 그럼 너 여자들에게 잘 보이려고 몸매 관리하는 거냐? 이 녀석이 정말!"

빈이 못마땅한 듯 핀잔을 주었다.

바하문트는 씩 웃으며 뒷머리를 긁적였다.

아침식사를 끝낸 뒤, 빈은 본격적으로 하루 일과를 시작했다. 빈은 와인 가격을 세밀하게 조사하고 수시로 홍차 수입상들을 만났다. 사업을 한창 확장하는 중이어서 눈코 뜰 새 없이 바빴다.

아버지가 사업에 몰두하는 동안 바하문트는 스스로를 바쁘게 다그쳤다.

바쁘지 않으면 자꾸 끔찍한 환상이 떠올랐다.

복도에서 마주치는 시녀들은 피눈물을 뚝뚝 흘리는 것처럼 보였고, 거리를 걸어다니는 행인들은 모두 복부에 창을 하나씩 쑤셔 박은 차림새였다. 바하문트는 대낮에도 섬뜩한 환상을 봤다.

그러니 웃을 수 없었다. 편할 수도 없었다. 집에 돌아온 이래, 바하문트는 오직 빈 앞에서만 밝고 명랑했다.

사실 그것도 밝은 척 연기한 거였다. 끔찍한 전쟁의 기억은 바하문트를 쉴 새 없이 괴롭혀서, 가슴속 저 깊은 곳에선 언제나 폭풍이 휘몰아쳤다. 분노가, 공포가, 두려움이, 절규가 무섭게 소용돌이쳐서 어린 바하문트를 집어삼켰다.

불쑥불쑥 피를 보고 싶다는 충동이 솟구쳤다.

이대로 있다간 미칠 것 같았다. 끔찍한 살인귀가 되거나, 아니면 세상과 담을 쌓고 폐인이 될지 모를 일이었다.

바하문트는 정신이 오염되는 것을 피하기 위해 닥치는 대로 일을 만들었다.

우선 오전 시간은 네 명의 과외선생으로부터 지식을 배웠다.

첫 번째 선생으로부터는 나이드 왕국의 역사를 배웠다.

2교시에는 세상에서 가장 강한 루흘 연합국의 언어를 익혔다.

3교시에는 루흘 연합국의 뿌리라고 할 수 있는 라곤 왕국의 고대문자를 학습했다.

그리고 마지막으로 지리를 공부했다.

빈은 바하문트가 공부에 매진하는 것을 굉장히 기쁘게 생각했다. 특히 언어와 지리를 적극 권했다.

장차 아들이 와인과 홍차 사업을 물려받아 번창시키려면 여러 나라 언어에 능하고 지리에 익숙할 필요가 있었다. 빈은 아들의 공부를 위해 나이드 왕국에서 가장 좋은 선생들을 모셨다.

바하문트도 아버지의 기대에 어긋나지 않게 열심히 공부했다. 악몽에서 벗어나기 위해 시작한 공부였는데, 막상 매진하다보니 재미도 붙었다.

하지만 역사공부는 싫었다.

역사가 암기과목이어서 싫은 것은 아니었다. 바하문트가 역사를 싫어하는 이유는 답답했기 때문이다.

나이드 왕국의 역사는 참 옹색하고 답답했다. 말로는 수천 년 동안 나라를 잃지 않고 꿋꿋하게 외세의 침입을 막아낸 자랑스러운 역사라고 한다. 그러나 바하문트는 그 말에 동의하지 않았다.

나이드는 계속 수비적으로 땅을 지키기만 했을 뿐이다. 한 번도 시원하게 밖으로 뻗어 나가지 못했다. 외부에 기개를 떨친 적도 없었다.

그저 산으로 둘러싸인 좁은 지형에 갇힌 채 그 안에서 근근이 버텨온 것에 불과했다.

역사를 배울수록 로페 후작에 대한 인식도 바뀌었다.

"그러고 보면 로페 후작이 영웅은 영웅이야. 바바로스 땅으로 쳐들어가서 놈들의 가슴을 서늘하게 만들어 주었잖아? 비록 성격이 고약하긴 했지만 말이야."

그래도 꽁한 마음이 풀리진 않았다.

"그럼 뭐해? 그 늙은이는 나를 적진 한복판에 버려두고 갔어."

바하문트는 이렇게 말하며 볼을 부풀렸다.

과외공부를 마친 뒤엔 다른 일에 몰두했다.

예전 같으면 자유 시간에 야외로 바람을 쐬러 나가거나 친구들을 만나서 거리를 돌아다녔을 터다. 그러나 요샌 하루 종일 왕립도서관에 처박혔다.

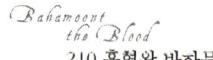

최근 들어 바하문트는 부쩍 책을 많이 읽었다.

특히 치료약이나 치료마법에 관한 서적을 집중적으로 탐독했다.

의술에 관심이 있어서가 아니었다. 저주받은 손, 생명체의 생기를 빼앗는 괴상망측한 손을 해결하기 위해서 자료를 찾았다.

하지만 아무리 노력해도 원하는 것을 얻지는 못했다.

"제기랄! 이 사실을 의원에게 알렸다가는 손을 자르라고 강권할 것 같고, 그렇다고 평생 이 꼴로 살 수도 없고. 어휴우……."

바하문트는 무겁게 한숨을 내쉬었다.

그러다가 꼼수를 하나 찾았다.

손을 치료하는 것은 포기했다. 대신 봉쇄하는 방법을 연구했다.

바하문트는 붕대로 손을 칭칭 감은 채 잉꼬를 잡아 보았다. 잉꼬는 날개를 퍼덕이며 몸부림치더니 5분 만에 축 늘어졌.

뭐, 붕대가 아주 효과가 없었던 것은 아니다. 맨손으로 잡으면 잉꼬 한 마리 해치우는 데 30초면 충분했다. 붕대 덕분에 시간이 5분으로 늘어난 셈이다.

두 번째로 바하문트는 두툼한 장갑을 끼고 잉꼬를 만졌다.

5분이 지나고 10분이 지나도 잉꼬는 멀쩡했다. 손 안에서 퍼덕이기만 할 뿐 생기를 빼앗기진 않았다.

바하문트는 기뻤다.

하지만 그것도 한때뿐이었다. 바하문트와 접촉한 잉꼬는 시름시름 앓다가 만 하루 만에 죽었다. 평범하게 죽은 것도 아니고 살이 쫙 마른 채 목숨을 잃었다.

"이건 악마의 손이야!"

바하문트는 제 머리카락을 쥐어뜯으며 절규했다. 오죽하면 손가락 열 개를 뚝 잘라 버릴 생각까지 했을까.

그러다가 다른 것에 생각이 닿았다.

'다른 생물을 만지면 안 되지만 내 몸을 만지는 것은 괜찮다. 그러면 혹시 내 피가 치료약 역할을 하지 않을까?'

바하문트는 손끝에서 피를 내서 잉꼬에게 먹였다. 그런 다음 조심스레 잉꼬를 잡았다.

쫘아악—

순식간에 생기가 빨려 들어왔다. 잉꼬는 미이라로 변했다. 피가 치료제가 될 거라는 추측은 틀렸다.

이번엔 나무껍질로 손을 감싸고 잉꼬를 톡 건드렸다.

소용없었다. 애꿎은 잉꼬 한 마리만 잃었을 뿐더러, 나무판까지 바싹 말라서 푸스스 가루가 되었다.

"나무도 생명이 있어서 실패한 건가? 제기랄, 그럼 금속으로 해 보자."

바하문트는 마지막으로 금속을 테스트했다. 얇은 금속판을 사이에 두고 잉꼬를 건드렸다.

잉꼬는 죽지 않았다. 하루가 지나도 멀쩡했다. 이틀째에도 생생했다.

"금속이 답이다!"

바하문트는 기뻐서 펄쩍펄쩍 뛰었다.

그 길로 솜씨 좋은 대장장이를 찾아갔다. 그리곤 특수한 장갑을 주문했다.

얇고, 피부와 색깔이 비슷하면서, 안쪽에 얇은 금속이 삽입된 장갑. 이게 바로 바하문트가 주문한 장갑이었다.

대장장이는 한참 고민하다가 주문을 받아들였다.

이제 걱정을 하나 덜었다. 그날 밤, 바하문트는 모처럼 세 시간 동안 곯아떨어졌다. 세 시간을 내리 잔 것은 거의 두 달 만이었다.

제6화
진짜 뱀부나이트

*Chapter 1*

3월 15일은 바하문트의 생일이었다. 빈은 열네 번째 생일을 맞은 아들을 위해 값비싼 선물을 준비했다.

"한 번 풀어봐라."

바하문트는 아버지로부터 작은 상자를 건네받았다. 상자를 묶은 붉은 색 끈을 풀고 뚜껑을 열었다.

상자 안에는 얇은 금판이 들어 있었다. 바하문트의 눈이 휘둥그레졌다.

"아버지, 이건 왕립아카데미 등록증이잖아요?"

"맞다. 정말 어렵게 구한 선물이란다."

빈은 함박웃음을 지었다. 바하문트가 기뻐할 거라고 생각했기 때문이다.

나이드 왕실에서 세운 왕립아카데미는 바하문트 또래 귀족 아이들에겐 선망의 대상이었다. 그 대신 들어가기도 힘들었다. 워낙 학비가 비싸서 어지간한 귀족은 발을 들이밀 생각도 못했다.

넓은 영지를 가진 백작의 맏아들쯤 되어야 겨우 들어갈 수 있을까? 남작의 아들인 바하문트로서는 꿈도 꾸지 못했었다.

뭐, 왕립아카데미라고 해서 대단한 지식을 배우는 것은 아니었다. 솔직히 말해서 귀한 집 자식들은 열심히 공부하지 않았다.

오리처럼 꽥꽥거리면서 놀아도 한평생 호화롭게 살 팔자들이다. 그런데 왜 머리 아프게 공부하겠나. 깊은 학문을 익히려면 왕립아카데미에 다니는 것보다 차라리 과외를 하는 편이 더 나았다.

그런데 왜 다들 왕립아카데미를 다니고 싶어 할까?

그 이유는 바로 인맥 때문이다.

여왕의 사촌동생인 노폭 공작이 왕립아카데미에 다녔다. 왕위계승 1순위인 노폭이 있다는 것만으로도 왕립아카데미의 가치는 충분했다.

또 노폭의 여동생들도 왕립아카데미에 다녔다. 힘있는 백작의 자식들도 다녔다. 그리고 아주 부유한 남작의 자식들도 간혹 섞여 있었다.

이들 가운데 대다수는 실력도 없고 게을렀다. 그러나 한 20년쯤 뒤에는 이들이 나이드 왕국의 실세가 될 게 뻔했다. 그러니 사람들이 왕립아카데미를 선망할 수밖에.

또 한 가지.

귀족자제들이 왕립아카데미를 선망하는 이유는 또 있었다.

현재 나이드 왕국 수도에는 이른바 '왕순이'들이 널렸다. 왕순이란 왕립아카데미 제복만 보면 눈이 돌아가는 소녀들을 뜻했다.

왕순이들의 소원은 왕립아카데미에 다니는 사람과 데이트하는 거였다. 데이트만 할 수 있다면 무슨 짓이건 꺼리지 않았다.

즉, 왕립아카데미 등록증을 얻는다는 것은 수많은 왕순이들을 손에 넣는다는 말과 동일했다. 따라서 팔자 좋은 귀족자제들에게 이것보다 더 좋은 선물은 없었다.

받고 싶은 생일선물 1위!

바로 왕립아카데미 등록증이다.

빈은 정말이지 엄청나게 많은 금화를 쏟아 부어서 왕립아카데미 등록증을 취득했다. 그걸 선물하면 아들이 뛸 듯이 기뻐할 거라고 생각하면서.

헌데 바하문트의 반응은 시큰둥했다.

"뭐하러 이런 걸 선물해요? 돈만 낭비지."

"너 그게 무슨 소리냐? 예전엔 왕립아카데미에 다니고 싶어

했잖아?"

"그거야 철없던 시절 이야기죠. 한가하게 이런 데 다닐 시간이 있으면 차라리 왕립도서관에 가겠네."

"뭐라고?"

빈은 입을 딱 벌렸다.

예전의 바하문트는 이렇게 건전하지 않았다. 사춘기에 접어든 사내 녀석들이 그러하듯, 바하문트도 또래 여자아이들의 관심을 끌길 원했다.

외출을 할 때는 머리모양에도 신경 썼고 복장도 잘 갖춰 입었다. 그럴 듯한 시를 암송하는 데도 노력을 기울였다.

하지만 이런 잡스러운 노력보다는 왕립아카데미가 최고였다. 왕립아카데미의 제복을 입고 거리를 활보하면 속된 말로 왕순이들이 뻑 갔다. 그래서 바하문트도 왕립아카데미를 부러워했었다.

허나 지금은 사정이 달라졌다.

소녀들의 관심을 끌면 뭐하나? 손 한 번 잡을 수 없는데. 얼굴 한 번 만져볼 수 없는데.

바하문트는 애꿎은 소녀들을 죽이기 싫었다.

'이 저주받은 손으로 애인은 무슨 애인. 안 될 말이지. 자칫하면 생사람을 미이라로 만드는 마귀로 찍혀서 화형을 당할 수도 있어.'

바하문트는 씁쓸한 기분으로 왕립아카데미 등록증을 외면

했다.

"거 참······."

그런 아들을 보면서 빈은 알 수 없다는 듯 고개를 가로저었다.

허나, 바하문트는 어차피 왕립아카데미와는 인연이 없었다. 생일날 저녁, 한 통의 칙령이 바하문트 앞으로 배달되었다.

칙령 번호 : 11-03-0002
영명하신 일레나 여왕폐하를 대신하여
우리 왕궁시중부에서는 다음과 같은 칙령을 내리니,
아래의 소년은 금년 3월이 끝나기 전에 왕궁에 들어와
뱀부나이트 선발심사를 받으라.

대상자 : 빈 로 도나우 남작의 아들 바하문트
나이 : 금년 14세
목적 : 뱀부나이트 선발심사 참석

위 사항은 여왕폐하의 지엄하신 칙령에 근거하여
작성되었으니 고의로 어길 시 일가 전체에
엄중한 처벌이 있으리라.

일레나 11년 3월 15일
—왕궁시중부—

추신 : 바하문트가 누리고 있던 도나우 기사후보생의
지위는 이미 박탈되었다.

진짜 뱀부나이트 221

모든 사실을 알고 있으니 자칫 거짓을 아뢰는 일이
없도록 유의하라.


바하문트는 깜짝 놀랐다.

"아버지, 이게 어찌된 일이에요? 또다시 뱀부나이트 선발심사를 받으라니요?"

빈도 놀라기는 마찬가지였다.

"이건 뭔가 잘못되었다. 잘못되어도 한참 잘못되었어. 너는 이미 도나우에서 기사후보생 과정을 마쳤고, 전쟁터까지 나갔었는데 이제 와서 뱀부나이트라니? 이건 사기야."

빈은 자리를 박차고 일어났다. 당장 왕궁시중부로 달려가서 따지려는 생각이었다.

바하문트도 쫓아 일어났다. 두 부자는 함께 왕궁으로 달려갔다.

허나 권력의 벽은 높고도 완강했다. 돈이 아무리 많아도 남작이라는 낮은 작위로는 왕궁시중부에 발을 들이밀지도 못했다.

왕궁 시위는 내성에 말을 전하지도 않고 바하문트 부자를 퇴짜 놓았다.

"시중들께서 모두 퇴궐하셨으니 내일 다시 오시구려."

결국 빈과 바하문트는 터덜터덜 집으로 돌아왔다.

다음 날 아침.

바하문트 부자는 또다시 시중부를 찾았다.

이번엔 무작정 찾아가지 않고 미리 뒷돈을 뿌렸다. 그러자 시중 가운데 한 명이 빈과 바하문트를 만나주었다.

빈은 시중에게 서류꾸러미를 들이밀었다. 그리곤 대뜸 따졌다.

"현명하신 시중님, 이걸 보십시오. 명장으로 유명하신 로페데 도나우 후작님께서 직접 써주신 서류입니다. 거길 보면, 제 아들 바하문트가 도나우 영지에서 기사후보생 훈련을 우수하게 마쳤다고 쓰여 있습니다."

"그런데?"

시중은 쪽 빠진 콧수염을 엄지와 검지로 잡아당기며 시큰둥하게 물었다.

빈은 주먹으로 가슴을 탕탕 두드리며 항의했다.

"그런데라니요? 제 아들은 작년에 기사후보생을 마쳤을 뿐더러, 바바로스와의 전쟁에도 참전했습니다. 이제 와서 또다시 뱀부나이트 심사를 받으라는 것은 말도 안 됩니다."

"빈 남작, 말이 과하군. 여왕폐하께오서 지엄하신 칙령을 내리셨으면 고분고분 따를 일이지 무슨 불만이 그렇게 많나?"

시중의 눈매가 뾰족하게 올라갔다. 입에 거품을 물고 따지는 빈이 괘씸하다는 눈초리였다.

허나 빈은 호락호락 물러나지 않았다. 평소 같으면 높으신 관리에게 이렇게 대들지 않았을 것이다. 하지만 한 번 아들을 잃을 뻔했던 기억이 되살아나서 악착같이 달라붙었다.

"시중님. 우리 나이드 왕국의 왕법을 보면, 전쟁이 벌어졌을 때를 제외하면 한 번 군역을 치른 자는 재차 징발하지 않는다고 되어 있습니다. 그런데 왜 제 아들에게만 두 번의 군역을 부여합니까?"

빈이 왕법을 들먹이자 시중의 눈매가 더 올라갔다. 그는 카랑카랑한 목소리로 쏘아붙였다.

"왕법이라? 빈 남작은 법을 잘 아나 보군. 그렇게 법을 잘 아셔?"

"시중님, 제 말을 곡해해서 듣지 마십시오. 정말 억울해서 하소연하는 겁니다. 왜 제 아들에게만 두 번이나 군역을 치르라고 하십니까? 저는 왕궁시중부에서 무언가 행정착오를 일으키지 않았나 생각합니다."

빈의 태도는 완강했다. 여차하면 여왕폐하에게 달려가서 하소연할 것 같았다.

행정착오라는 말에 시중은 찔끔한 표정으로 태도를 바꿨다.

"그래? 내 어디 한 번 살펴봄세."

시중은 서류철을 뒤적여서 바하문트에 대한 자료를 찾았다. 그리곤 입매를 살짝 비틀면서 혀를 찼다.

"쯧쯧쯧. 빈 남작의 아들은 기사후보생 과정을 완전히 마치지 못했군. 여길 보라고. 아직 정식으로 기사후보생을 끝내지 못했어."

"그럴 리 없습니다. 로페 데 도나우 후작님께서 이렇게 편지를 써주셨습니다."

빈은 로페의 편지를 쥐고 흔들었다.

시중은 고개를 가로저었다.

"그 편지는 의미가 없어."

"네?"

"그 편지는 작년 12월에 작성된 거잖아. 작년에 로페 후작은 무모한 전쟁을 일으켜서 귀한 나이드 병사들의 목숨을 무수히 희생시켰다네. 그래서 여왕폐하께오서 친히 징계를 내리셨지. 앞으로 2년 동안 로페 후작은 기사를 임명할 권한이 없어. 더불어 기사후보생을 졸업시킬 권한도 박탈당했다네. 그러니 그 편지는 무효야."

빈의 얼굴이 하얗게 질렸다. 바하문트의 안색도 싹 변했다.

시중은 쪽 빠진 수염을 손가락으로 가다듬으며 위로의 말을 던졌다.

"험험, 몰랐었나 보군. 거 참 안 되었네."

빈은 어지러운 머리를 가다듬으며 최후의 저항을 했다.

"억울합니다. 도의상 이러실 수는 없습니다. 로페 후작님께서 이렇게 편지까지 써주셨는데 그걸 완전히 뭉개 버리시다니요? 후작님께서 진노하실 겁니다."

하지만 이 저항은 통하지 않았다. 역시 지방의 후작보다는 시중부 백작의 권력이 강했다. 시중은 버럭 화를 냈다.

"지금 로페 후작의 이름을 들먹여서 나를 겁주려는 건가?"

"그런 의도는 아닙니다. 하지만 시중님께서도 한 번 생각해 보십시오. 제 아들은 이미 참혹한 전쟁터를 겪었습니다. 게다가 이 아이는 평생 기사도를 따를 생각도 없습니다. 제 뒤를 이어 와인과 홍차 보급에 힘쓸 겁니다. 그런 아이에게 또다시 군역이라니요?"

시중은 바하문트를 힐끗 쳐다보았다. 바하문트는 애써 불쌍한 표정을 지어보였다.

시중이 헛기침을 했다.

"험험. 뭐, 좀 불쌍하긴 하군."

"그렇습니다. 불쌍한 아이입니다. 젖먹이 때부터 어미 없이 자란 아이입니다. 제발 좀 봐주십시오."

빈이 싹싹 빌었다.

그 모습을 보는 바하문트의 눈시울이 붉게 달아올랐다. 아버지의 진한 사랑에 가슴이 뭉클했다.

허나 시중은 봐주지 않았다. 아니, 봐줄 수 없었다.

"그래도 안 돼. 사정은 딱하지만 이건 나로서도 어쩔 수 없어."

"어쩔 수 없다니요?"

"왜 어쩔 수 없냐 하면……"

시중은 크게 숨을 한 번 쉬더니 목소리를 낮춰서 설명해 주

226 흡혈왕 바하문트

었다.

"여길 보게. 칙령 번호가 0002로 끝났지?"

"그런데요?"

"지금부터 내가 하는 말 잘 듣게. 이건 극비사항인데 말이야, 0001로 끝나는 칙령은 여왕폐하께서 직접 작성하신 거야. 그리고 0002로 끝나는 칙령은 네스토 수석시중님께서 직접 작성하신 칙령이지. 그러니까 내 마음대로 취소시킬 수 없어."

"그럴 수가!"

빈의 얼굴이 딱딱하게 굳었다.

바하문트도 어리둥절한 표정이었다.

'네스토 수석시중이 직접 칙령을 작성했다고? 공작보다도 권세가 더 높다는 실세 중의 실세가 일개 남작의 아들에 불과한 나를 어떻게 알고 칙령을 내려?'

바하문트의 머릿속에서 의문이 뱅뱅 맴돌았다.


*Chapter 2*

수석시중 네스토가 직접 찍었다니 어쩔 수 없었다. 나이드 왕국 최고 권력자의 뜻을 거슬렀다간 당장 집안이 망할 테니까 일단 뱀부나이트 심사를 받아보는 수밖에.

아들을 왕궁으로 떠나보내기 전, 빈은 바하문트를 힘차게 포옹했다. 그리곤 안타깝게 중얼거렸다.

"너를 지켜주지 못해서 미안하다. 애비가 못나서 정말 미안하구나."

바하문트는 한숨을 푹 쉬더니, 억지로 밝은 목소리를 꾸며내서 아버지를 위로했다.

"아버지, 너무 걱정하지 마세요. 저는 험난한 전쟁터에서도 살아 돌아왔어요. 왕궁이라고 뭐 별거 있겠어요?"

"그래도 늘 조심해야 한다. 왕궁은 전쟁터보다 더 험악할 수 있어. 전쟁터에선 아군과 적군이 뚜렷이 구분되지만, 왕궁에선 믿었던 사람에게 비수를 꽂히는 경우가 다반사란다."

"알았어요. 조심할게요."

바하문트는 씩씩하게 답했다. 그리곤 활기차게 손을 흔들면서 마차에 올라탔다.

마차가 출발했다. 빈은 슬픈 표정으로 멀어지는 마차를 바라보았다. 돈만 있고 권력이 없는 것이 이렇게 서러울 수 없었다.

마차는 덜컹거리면서 왕궁으로 향했다. 씩씩하던 바하문트의 표정도 어둡게 변했다. 바하문트는 왕궁으로 가는 내내 마음이 편치 않았다.

"내 팔자도 참 기구하구나. 사자굴에서 간신히 살아 돌아왔더니 이젠 또다시 늑대굴로 들어가야 하다니."

무엇보다 손이 걱정이었다. 사실 뱀부나이트가 되는 것은 그렇게 두렵지 않았다. 하지만 생기를 흡수하는 악마라고 낙인찍혀서 화형당하긴 싫었다.

"정신 바짝 차려야 해."

바하문트는 제 손을 내려다보면서 나직하게 되까렸다.

그러는 사이 마차는 목적지에 도착했다.

왕궁 입구엔 시중 한 명이 마중을 나왔다. 바하문트는 시중에게 여왕폐하의 칙령을 내보이며 공손히 물었다.

"폐하의 칙령을 받들기 위해 온 바하문트입니다. 어디서 심사를 받으면 됩니까?"

"심사는 없다."

시중의 말에 바하문트의 눈이 휘둥그레졌다.

"심사가 없다고 하셨습니까?"

"그래. 빈의 아들 바하문트, 넌 합격이다. 이제부터 정식 뱀부나이트야."

바하문트는 얼떨떨했다. 이렇게 급작스레 뱀부나이트가 될 줄은 몰랐다. 놀란 마음에 감히 따졌다.

"그런 법이 어디 있습니까? 뱀부나이트라면 여왕폐하를 호위하는 막중한 자리가 아닙니까? 그런데 인성검사도 안 하고, 자질도 보지 않고, 무술실력 테스트도 없이 무조건 합격이라니요?"

시중이 바하문트를 물끄러미 바라보더니 피식 비웃었다.

"너, 농담하냐? 뱀부나이트가 왜 무술이 필요해?"

빙글빙글 웃는 시중의 표정만 보더라도 뱀부나이트의 역할이 어떠리라는 것은 뻔했다. 바하문트는 슬그머니 얼굴을 구겼다.

시중이 말을 이었다.

"게다가 인성검사와 자질검사는 이미 끝났다. 수석시중님께서 네 자질과 인성을 보증한다고 말씀하셨다. 그분께서 직접 뽑으셨으니까 두말 하지 말고 따라라. 괜히 허튼 수작 부리다가는 너희 가족들이 다칠 수 있어."

위협적인 말이다. 바하문트는 찔끔 몸을 움츠렸다. 네스토가 직접 뽑았다는 것이 아무래도 사실인 듯했다.

시중은 바하문트를 재촉했다.

"자, 가자. 동료들에게 안내해 주마. 올해 뱀부나이트는 너까지 총 열 명인데, 나머지 아홉 명이 너를 기다리고 있다."

"동료라고요?"

"그래. 올해 1월부터 외모나 몸매 등을 엄격히 심사해서 뽑은 미소년들이지. 수석시중님께서 거기에 너를 더하셨단다. 참, 바하문트. 너는 올해 열네 살이지?"

"네."

"나머지 아홉 명은 열세 살이니까 너보다 한 살 어리구나. 하긴, 원래 너는 작년에 선발될 대상이었다지?"

시중과 이런저런 이야기를 나누는 사이 왕실 외궁과 중궁이

획휙 지나갔다. 성문을 지키는 호위병들은 시중을 보자 척척 인사를 올렸다.

시중은 검문검색 한 번 없이 관문을 차례로 통과하더니, 내궁 깊숙한 곳까지 들어왔다. 여기가 최종 목적지였다.

시중은 한달음에 갈색 문으로 다가섰다.

빛바랜 갈색 문 중앙엔 두툼한 놋쇠 고리가 매달려 있었다.

탕탕탕.

시중이 고리를 문짝에 두드리자 잠시 후 안에서 반응이 왔다.

저벅저벅, 드르륵.

처음엔 발자국 소리가 들렸고 이어서 미닫이창문 여는 소리가 났다. 시중이 부동자세로 서 있는 가운데 문 위편에 길쭉한 창문이 열렸다. 그 좁은 틈으로 초록색 눈동자가 번쩍 빛났다.

시중의 얼굴을 알아본 것일까?

덜컹.

이내 쇠 부딪치는 소리가 나면서 문이 열렸다. 그리곤 시커먼 로브를 푹 눌러 쓴 호리호리한 사내가 모습을 드러냈다.

사내의 얼굴이 어떻게 생겼는지는 알아보기 어려웠다. 로브에 가려 얼굴에 짙은 그늘이 진 탓이었다.

허나 시중은 상대가 누구인지 잘 알았다. 그래서 긴장한 목소리로 보고했다.

"수석시중님, 올해의 마지막 뱀부나이트를 데려왔습니다.

바하문트 본인이 맞는지 확인도 했습니다."

수석시중이라는 말에 바하문트는 눈을 크게 떴다.

'이 사람이 바로 그 수석시중 네스토인가?'

바하문트가 세밀하게 살펴보는 동안 네스토는 무덤덤하게 말을 내뱉었다.

"수고했다."

"마땅히 제가 할 일을 했을 뿐입니다. 수석시중님, 그럼 저는 이만 가보겠습니다."

시중이 내궁을 떠나자 네스토는 바하문트에게 시선을 돌렸다.

바하문트도 네스토를 빤히 올려다보았다. 둘 사이 인연은 그렇게 시작되었다.

네스토는 바하문트를 화려한 방으로 데려갔다. 방 안엔 아홉 명의 소년이 있었다.

바하문트는 소년들을 힐끗 관찰했다.

하나같이 곱상한 미소년들이다. 몸이 호리호리하고, 얼굴은 갸름하게 빠졌으며, 팔다리는 긴 편이었다. 눈이 초롱초롱한 것이 다들 총명해 보였다.

이들에 비하면 바하문트는 미소년 축에 끼지도 못했다.

물론 바하문트도 보기 드물게 잘 생겼다. 우선 바하문트는 얼굴선이 시원하고 남자다웠다. 키도 다른 소년들보다 훤칠하게 컸으며 근육도 이상적으로 발달했다.

게다가 참혹한 전쟁을 겪은 덕분에 내면의 굴강한 기운이 은근히 우러나왔다.

바하문트는 다른 소년들처럼 유약해 보이지 않았다. 오히려 발톱을 숨긴 채 으르렁거리는 야수의 냄새가 물씬 풍겼다. 바로 이 점이 바하문트와 다른 소년의 차이였다.

차이가 이질감을 만들었다. 바하문트는 고개를 갸웃거렸다.

'뭔가 이상하다. 저 소년들은 나랑 달라.'

하지만 더 깊이 생각할 시간이 없었다. 네스토가 모두를 불러 모았기 때문이다.

"모두 내 앞으로 모여라."

네스토의 음성엔 기이한 마력이 담겨 있었다. 소년들은 홀린 듯이 일어나서 그 앞에 일렬로 섰다. 바하문트도 소년들과 똑같이 행동했다.

네스토는 소년들과 일일이 시선을 맞추며 말했다.

"너희들은 뱀부나이트다."

뱀부나이트!

원죄를 연상시키는 치욕적인 단어가 소년들의 가슴에 낙인이 되어 틀어박혔다. 소년들은 부르르 몸을 떨었다.

반면 네스토의 두 눈은 초록색 불덩이가 되어 이글거렸다. 뱀부나이트라는 단어가 수석시중의 감정을 자극한 듯했다.

네스토는 끓어오르는 흥분을 추스르며 천천히 말을 이었다.

"너희들도 알다시피 뱀부나이트는 여왕폐하를 곁에서 모셔야 한다. 모두 알다시피 여왕폐하를 모시는 자의 신체는 늘 정결하고 맑아야 한다. 지금부터 내가 너희들의 몸 상태를 확인할 테니 모두 옷을 벗어라."

누군가 물었다.

"저…… 어디까지 벗어야 합니까?"

"다 벗어라."

"속옷도 벗어야 합니까?"

"물론이다."

다 벗고 알몸이 되라는 말에 소년들이 머뭇거렸다.

네스토가 차갑게 다그쳤다.

"무얼 꾸물거리느냐. 어서 옷을 벗어!"

소년들은 찔끔 놀랐다. 모두들 입고 있던 옷가지를 훌훌 벗었다. 바하문트도 어쩔 수 없이 알몸이 되었다.

네스토가 신체검사를 시작했다.

네스토는 소년들의 두개골과 척추, 어깨뼈 등을 직접 만져보았고, 근육도 손으로 더듬었다. 가슴에 귀를 대고 심장박동도 들었다. 사타구니 사이 아직 여물지 않은 성기도 세밀하게 살폈다.

영 내키지 않는 검사였다. 뱀부나이트는 여왕폐하의 유희를 위한 기쁨조라더니 그 말이 꼭 맞는 듯했다.

사실 열세 살이면 알건 다 아는 나이였다. 소년들도 이미 짐

작하고 있었다. 일레나 여왕이 무슨 목적으로 그들을 뽑았는지, 여왕을 만나서 어떤 일을 겪게 될 건지.

바하문트는 남 앞에서 알몸이 되는 것이 치욕스러웠다. 네스토가 몸을 더듬는 동안엔 눈을 꽉 감고 입술을 깨물었다.

'빌어먹을 뱀부나이트.'

속에서 절로 욕이 나왔다. 물론 겉으로 내뱉진 않았다.

일차로 신체검사를 마친 뒤, 네스토는 곧 다음 단계로 넘어갔다.

"다음은 내부조직을 검사할 차례다. 다들 저기 올라가서 누워라."

네스토의 손가락이 가리킨 곳은 반듯한 돌침대였다.

알몸으로 침대에 눕는 것은 은근히 수치심을 자극했다. 소년들은 내키지 않는 표정으로 쭈뼛거렸다.

하지만 네스토가 눈을 부라리자 거부하지 못하고 차례차례 돌침대 위에 누웠다. 그들 대부분은 침대에 눕자마자 손으로 사타구니를 가렸다.

그때마다 네스토는 호통쳤다.

"손 치워! 똑바로 누워서 위를 봐라. 움직이지 말고."

강압적인 분위기에 눌려서 소년들은 꼼짝 못했다.

첫 번째 소년이 가만히 침대에 누웠다. 소년의 머리 위에서 지이잉 소리가 났다.

지름 1미터 크기의 하얗고 둥그런 금속원통이 소년의 몸통을 쭉 스캔했다. 원통 안쪽에선 푸르스름한 빛이 번쩍거렸는데, 그 빛은 소년의 피부를 뚫고 신체 내부를 세밀하게 훑고 지나갔다.

아무도 이게 무슨 장치인지 몰랐다.

네스토도 자세하게 설명해 주지 않았다. 다만 세포조직이 맑고 병이 없는지 검사하는 거라고 두루뭉술하게 이야기했을 뿐이다.

한 명 한 명 검사를 마칠 때마다 네스토는 장치 안쪽에서 무언가를 들여다보았다. 그리곤 미세하게 고개를 가로저으며 한숨을 쉬었다.

그러다가 마침내 바하문트 차례가 왔다.

바하문트는 당당하게 돌침대에 누웠다.

소년들은 경외하는 표정으로 바하문트를 힐끗거렸다. 섬뜩한 야성미를 풍기는 바하문트에게 기가 질린 듯했다.

압도!

바하문트는 어느새 동료들을 압도했다. 소년들이 온실 속의 화초라면 그는 폭풍우 속에서도 꺾이지 않을 야생초였다.

소년들이 어미 곁을 맴도는 어린 양이라면 바하문트는 황야를 누비는 늑대였다. 무리를 떠나 홀로 생활하는 젊은 사자였다. 소년들은 바하문트와 눈도 마주치지 못했다.

"준비되었나?"

네스토가 물었다.

바하문트는 가슴을 쭉 펴며 네, 라고 대답했다.

기다렸다는 듯이 장치가 작동했다.

지이잉—

금속원통이 바하문트의 머리부터 발끝까지 훑고 지나갔다. 푸르스름한 빛이 신체 내부를 샅샅이 탐색했다.

네스토는 기대를 품은 채 MRI(Mana Resonance Imaging; 마나공명화상분석기) 검사결과를 살폈다. 그러다 저도 모르게 탄성을 흘렸다.

"아!"

검사결과는 애초에 네스토가 예상했던 바를 훨씬 뛰어넘었다. 바하문트의 마나분포는 정말 놀라울 정도였다. 마나의 밀도도 높고 양도 지극히 충만했다.

'드디어 여섯 번째 뱀부나이트를 찾았구나! 전쟁 경험이 있는 소년을 한 명 넣고 싶어서 이 아이를 뽑았는데, 생각보다 훨씬 뛰어나다. 덕분에 목표 인원을 채웠어.'

로브 그늘 밑에서 네스토는 희미하게 웃었다.

## Chapter 3

네스토는 표정을 바로잡으며 아무렇지도 않게 뇌까렸다.

"좋아, 바하문트. 이제 끝났으니 돌침대에서 내려가라."

"네."

바하문트는 짧게 대답하고는 원래 자리로 돌아갔다.

바하문트를 마지막으로 모든 검사가 끝났다. 네스토는 소년들을 쭉 세워놓고 결과를 발표했다.

"너희들의 신체가 정갈하니 보기에 좋다. 다들 몸속까지 깨끗하구나. 원래는 나쁜 검사결과가 나온 사람들은 골라내서 퇴출시키려고 했었는데, 결과를 보니 그럴 필요가 없겠다. 모두 뱀부나이트 최종합격자다."

소년들이 웅성거렸다.

네스토는 짝짝 박수를 쳐서 주의를 환기시켰다.

"떠들지 말고 조용히 해라. 자, 그럼 이제부터 조를 짠다. 방금 전에 너희들의 체질을 검사했는데, 그 결과에 따라서 서로 궁합이 맞는 사람끼리 한 조로 묶겠다. 그런 다음 조별로 여왕폐하를 알현할 예정이다."

소년들은 여왕을 알현한다는 말에 깜짝 놀랐다. 불안한 감정이 소년들의 얼굴에 고스란히 드러났다. 두렵기도 하고, 한편으론 묘한 호기심도 생기고. 여하튼 심장이 벌렁거리고 마음이 어지러웠다.

네스토는 소년들이 길게 생각할 여유를 주지 않았다. 깡마른 손가락으로 재빨리 두 명의 소년을 짚었다.

"너, 그리고 너."

네스토에게 지목당한 소년들은 목을 움츠렸다.

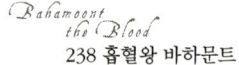

네스토는 그들을 한 조로 묶었다.

"너희들 두 명이 1조다. 1조는 항상 행동을 함께한다. 먹는 것도 같이 먹고, 생활도 같이 하고, 잠자리도 공동으로 사용한다. 여왕폐하도 함께 모신다. 너희 1조가 오늘밤 여왕님을 알현할 것이다. 알았나?"

"넷."

1조로 지명된 두 명의 미소년들이 입을 모아 대답했다. 두 명 모두 얼굴이 붉게 상기되었다.

네스토는 이어서 2조를 골랐다.

"너, 너, 그리고 너. 너희들 세 명이 2조다. 2조는 내일 밤 여왕폐하를 알현한다."

"네."

2조로 지명된 소년들이 한 목소리로 대답했다. 하루라는 시간적 여유 덕분인지 2조의 소년들은 1조보다 표정이 밝았다.

네스토는 이어서 3조와 4조를 골랐다.

"너희 둘은 3조다. 그리고 그쪽 두 명은 4조다. 3조는 이틀 뒤, 4조는 사흘 뒤에 여왕폐하를 알현한다."

"알겠습니다."

3조와 4조의 소년들이 고개를 주억거리며 대답했다.

마지막으로 네스토는 바하문트를 바라보았다. 그리곤 담담한 목소리로 바하문트의 조를 정해 주었다.

"마지막으로 바하문트. 너는 혼자 남았구나. 마침 작년 조에 자리가 하나 비었으니 그쪽으로 넣어주마. 네 나이가 열네 살이니 작년 조에 편성되는 편이 나을 게다."

바하문트는 말없이 고개를 끄덕였다.

이렇게 조 편성을 마칠 즈음,

똑똑.

조심스레 문 두드리는 소리가 났다.

"들어와."

네스토의 허락이 떨어지자 하늘하늘한 망사로 얼굴의 반을 가린 시녀가 들어왔다. 여왕을 모시는 전담시녀였다.

시녀는 요염했다. 허리를 꽉 조이고 가슴을 볼록하게 강조한 옷차림 탓도 있었겠지만, 살랑거리는 눈초리와 입술이 사람을 흐느적흐느적 녹였다.

순진한 소년들은 차마 시녀를 마주보지 못하고 얼굴을 돌렸다.

전담시녀는 묘한 웃음을 흘리며 소년들 한 명 한 명을 살피더니, 이내 네스토를 향해 머리를 조아렸다.

"수석시중님, 여왕폐하께서 제8기 뱀부나이트들을 만나보기 원하십니다. 준비가 끝나셨습니까?"

"오냐. 준비되었다."

네스토는 1조 소년들에게 턱짓을 했다.

"뭘 꾸물거리고 있느냐? 1조는 전담시녀를 따라가라. 그녀가 너희들을 여왕폐하께 안내해 줄 것이니라."

1조 소년들은 어쩔 줄 모르고 머뭇거렸다.

전담시녀가 생글생글 웃으며 재촉했다.

"이분들이 오늘 여왕폐하를 알현할 용사들이시로군요. 두 분은 어서 저를 따라오시지요. 목욕탕을 거쳐서 몸에 사향을 뿌린 다음 여왕폐하의 침소로 안내해 드리겠나이다."

목욕탕, 사향, 그리고 침소.

자극적인 단어를 듣자 두 소년의 얼굴이 벌겋게 달아올랐다.

네스토는 내친김에 2조, 3조, 4조도 시녀에게 맡겼다.

"잠깐. 가는 김에 2조, 3조, 4조도 함께 데려가거라. 일단 그들도 목욕을 시킨 다음, 네가 예의범절을 교육시키는 편이 좋겠다."

"수석시중님, 예의범절이라 하시면 무얼 말씀하시는지요?"

전담시녀의 물음에 네스토는 시큰둥하게 답했다.

"잘 알지 않느냐. 여왕폐하의 잠자리 시중을 들 때 필요한 예의범절 말이다."

"아! 그것 말씀이시군요. 호호, 그거라면 제가 책임지고 잘 교육시키겠나이다."

전담시녀는 흐느적흐느적 웃으며 몸을 배배 꼬았다. 그리곤 소년들에게 손짓했다.

"어느 분이 2조, 3조, 4조시죠? 저와 같이 목욕탕으로 가세요. 우선 아랫것들을 시켜 목욕시중을 들어드리겠습니다. 그런 다음 잠자리에서 필요한 교육을 시켜드리지요. 호호호."

뭐가 두려웠는지 소년들은 멈칫거리기만 할 뿐 앞으로 나오지 않았다.

네스토는 눈살을 찌푸렸다.

"뭐하고 있나? 어서 움직여."

꾸중을 들은 소년들이 마지못해 시녀를 따라나섰다.

이제 방에는 네스토와 바하문트만 남았다.

"바하문트. 너는 작년 조에 합류해야 하니까 내가 직접 데려가마. 자, 가자."

네스토는 말을 마치기 무섭게 뒷짐을 지고 앞장섰다. 바하문트는 바짝 긴장한 채 그의 뒤를 따랐다.

두 사람은 내궁 지하로 향하는 좁은 계단을 따라 내려갔다.

걷는 내내 네스토는 말을 삼갔다.

바하문트도 어색한 분위기에 짓눌려 감히 질문을 던지지 못했다.

지하로 향하는 계단의 분위기는 정말 기괴했다. 나선을 따라 팔각형으로 각이 진 계단이었는데, 그곳 벽면엔 10미터 간격으로 횃불이 꽂혀 있었다.

사람이 지나가자 횃불은 커다란 그림자를 만들었다. 벽은 얼룩덜룩해서 왠지 피가 묻은 것 같은 느낌이 들었다. 또한 가끔씩 계단 밑에서 바람이 불어서 위이잉 하고 음산한 소리를 내었다.

바하문트는 은근히 간담을 졸였다. 갑자기 유령이라도 툭 튀어나와 어깨를 잡을 분위기였다.

척척척.

계단을 내려가는 네스토의 발걸음이 점점 빨라졌다.

바하문트도 덩달아 걷는 속도를 높였다.

한 25분쯤 걷자 음산한 계단이 끝났다. 계단의 끝은 벽으로 꽉 막혀 있었다.

네스토는 벽 한복판에 꽂힌 횃불을 잡더니 번쩍 치켜들었다. 그러자 쿠르릉 소리가 나면서 계단 좌측으로 작은 문이 열렸다.

네스토는 뒤따라오는 바하문트를 재촉했다.

"저 안으로 들어가면 된다. 서둘러라."

"네넷."

두 사람이 안으로 들어가자 문이 다시 닫혔다. 문 안엔 시커먼 암흑이 기다리고 있었다.

바하문트는 떨리는 가슴을 가라앉히며 침착하게 물었다.

"여긴 어딥니까?"

네스토는 대답하지 않았다.

어쩐지 분위기가 이상했다. 시커먼 로브 속에서 눈을 내리깔고 있는 네스토의 모습이 참 수상쩍었다.

바하문트는 살쾡이처럼 솜털을 곤두세우며 적의를 드러냈다. 살기가 쫙 뻗었다.

바하문트는 평범한 소년이 아니었다. 전쟁을 직접 겪었으며, 그 와중에 사람도 많이 죽였었다. 당연히 살기가 범상하지 않았다.

네스토는 독 오른 바하문트를 무표정하게 바라보았다. 그리곤 높낮이가 없는 독특한 음성으로 환영 인사를 했다.

"바하문트, 진짜 뱀부나이트가 된 것을 환영한다."

진짜 뱀부나이트라는 말에 바하문트의 눈이 휘둥그레졌다. 그는 놀란 가슴을 애써 가다듬으며 되물었다.

"지금 진짜 뱀부나이트라고 하셨습니까?"

"그래."

"진짜 뱀부나이트가 있다면, 그럼 가짜 뱀부나이트도 있습니까?"

네스토는 당연하다는 듯 대꾸했다.

"조금 전까지 너와 같이 있었지 않느냐. 오늘 네가 만났던 아홉 명은 모두 가짜다."

"그들은 가짜고 저는 진짜라고요?"

바하문트는 기가 막힌다는 표정으로 반문했다.

그러자 네스토는 크게 고개를 끄덕였다.

"맞다. 오직 너만 진짜다. 다른 소년들은 들러리에 불과해. 아니, 들러리도 못 된다. 그들은 네 존재를 감추기 위한 위장망에 지나지 않는다."

충격적인 이야기였다. 그리고 이해하기도 힘들었다.

하지만 바하문트는 굳이 묻지 않았다. 상대가 알아서 설명해 줄 거라고 여겼기 때문이다.

둘 사이에 잠시 침묵이 감돌았다. 네스토가 먼저 침묵을 깼다.

"너는 왜 아무것도 묻지 않느냐? 궁금한 것이 많을 텐데?"

"제가 묻지 않아도 알려줄 것 같아서요."

바하문트의 당돌한 대답이 네스토를 자극했다. 네스토는 바하문트를 칭찬하지 않았다. 칭찬은커녕 싸늘하게 위협했다.

"주눅들지 않고 당당한 것은 좋다. 네 성격은 내가 조사한 바와 일치하는구나. 하지만 바하문트, 나는 당돌한 사람을 싫어한다. 당돌한 사람은 돌출행동을 하고, 돌출행동은 뱀부나이트 전체에 해를 끼칠 수 있거든. 앞으로 조심해라."

바하문트는 부르르 몸을 떨었다. 뒷조사를 했다는 네스토의 말을 듣자 가슴이 쿵쾅거렸다. 찜찜한 감정을 감추기 위해 짐짓 목소리를 높여 톡 쏘았다.

"뱀부나이트에선 사람의 뒷조사까지 합니까?"

"물론이다. 뱀부나이트는 여왕폐하를 모실 중요한 위치다. 마땅히 그 사람의 배경이나 교우관계, 성품 등을 조사해야지."

그 말을 끝으로 네스토는 더 이상 바하문트의 질문을 받아주지 않았다. 대신 벽 안쪽으로 이어진 어두운 통로를 가리켰다.

"자, 저곳으로 가자. 저기 가면 진짜 뱀부나이트가 무엇인지 알 수 있을 게다."

말을 마친 뒤 네스토가 몸을 돌렸다.

컴컴한 통로엔 빛이라곤 한 올도 없었다. 네스토가 통로 안으로 몇 발자국 옮기자 이내 모습이 사라졌다. 시커먼 암흑이 그를 집어삼킨 듯했다.

바하문트는 잠시 머뭇거렸다. 저 안으로 쫓아 들어가도 괜찮을지 걱정스러웠다. 하지만 여기까지 온 이상 선택의 여지가 없었다.

'죽으나 사나 끝까지 가볼 수밖에.'

바하문트는 벽을 손으로 짚으며 한 걸음 한 걸음 발을 옮겼다.

바하문트의 모습도 곧 어둠에 파묻혔다.

제7화

플루토나이트의 조건

*Chapter 1*

번쩍!
어둠 속에서 푸른 섬광이 솟구쳤다.
"아악!"
바하문트는 비명을 지르며 손바닥으로 눈을 감쌌다. 방금 전 동공에 파고든 섬광은 지금까지 바하문트가 보아왔던 그 어떤 빛보다 더 예리했다. 빛이 아니라 시퍼렇게 벼려진 칼날이 눈에 콱 박히는 느낌이었다.
뒤이어 물컹한 끈이 날아와 바하문트의 팔다리를 칭칭 감았다.
"뭐야?"

바하문트는 포박을 끊기 위해 발버둥쳤다.

근육이 팽팽하게 부풀었다. 시퍼런 힘줄이 이마에 돋았고 목과 팔다리에도 뻗었다.

바하문트의 몸을 휘감은 물컹물컹한 끈은 금방이라도 찢어질 듯 출렁거렸다.

지금 바하문트가 뿜어내는 힘은 성인 기사의 완력에 육박했다. 그리고 근육의 순간폭발력은 기사를 압도했다. 매일같이 반복한 강도 높은 훈련 덕분이었다. 비록 끈을 끊지는 못했지만, 바하문트의 저항은 거셌다.

네스토는 꽤 놀랐다는 듯 혀를 내둘렀다.

"고무공처럼 탄력이 넘치는 근육이구나! 왕궁 근위기사들보다 더 뛰어나다."

"이게 무슨 짓입니까? 당장 풀어줘요!"

바하문트는 네스토의 목소리가 들린 방향을 향해 으르렁거렸다. 바하문트의 음성은 진득한 분노로 가득했다.

허나 네스토는 꿈쩍도 안 했다.

그러는 사이 물컹한 끈은 점점 더 근육을 조였다. 마침내 바하문트가 폭발했다. 심연의 야수가 눈을 떴다.

"크아아!"

잇몸이 벌겋게 드러나고 이빨이 으스스한 빛을 뿌렸다. 바하문트는 눈을 허옇게 까뒤집으며 두 주먹을 불끈 쥐었다.

출렁출렁.

몸을 묶은 끈이 끊어질 듯 출렁거렸다. 실제로 일부분에선 투두둑 하고 끊어지는 소리가 났다.

네스토는 거듭 감탄했다.

"허어, 훌륭하다. 내 바인딩(Binding) 마법을 이렇게까지 흔들어 놓다니!"

이대로 바하문트에게 시간을 줬다간 마법이 깨질 것 같았다. 네스토는 곧바로 다음 단계로 넘어갔다.

쩌저적—

네스토의 손아귀에서 새하얀 전하가 날뛰었다. 전하는 무섭게 방전을 거듭하면서 손 전체를 하얀색으로 물들였다.

덕분에 로브 속 네스토의 맨얼굴이 으스스하게 드러났다.

거무스름한 피부와 깡마르고 강퍅한 인상.

네스토의 얼굴은 상상했던 것보다 더 음산했다.

그 모습을 본 바하문트가 뭐라 소리를 지르려는 찰나, 네스토는 뭐라 뭐라 중얼거리면서 새하얗게 충전된 전하를 내쏟았다.

쩌적!

쭉 뻗은 번개가 바하문트의 가슴을 후려쳤다. 전격계 마법 가운데 하나인 라이트닝 쇼크(Lightning Shock; 전광충격)였다.

화끈한 전기가 바하문트의 가슴을 뚫고 심장을 강타했다. 그리곤 내장과 등줄기를 타고 땅으로 꺼졌다.

"끄윽……."

바하문트는 입에서 허연 연기를 내뱉으며 스르륵 고개를 떨궜다.

네스토는 잠시 기다렸다. 바하문트가 꿈쩍도 않고 축 늘어져 있자 비로소 천천히 다가왔다. 그러면서 나직하게 뇌까렸다.

"플래쉬(Flash; 섬광)로 눈을 멀게 하고 바인딩으로 묶으면 어지간한 기사들도 저항을 못하는데, 이 아이는 라이트닝 쇼크까지 사용하게 만들었어. 놀라워."

하지만 놀랄 일은 그것으로 끝나지 않았다.

네스토가 축 늘어진 바하문트를 어깨에 메려는 순간, 바하문트는 눈을 번쩍 뜨면서 발목을 튕겨 땅을 박찼다.

빠악!

턱에 작열한 강한 타격!

바하문트는 머리로 네스토의 아래턱을 들이받았다. 그리곤 팔다리가 꽁꽁 묶인 채 방향을 틀어 도망치려 들었다.

네스토는 진짜로 충격을 받았다. 턱이 얼얼하고 눈물이 쏙 빠졌다. 놀란 탓에 저도 모르게 과다한 양의 마나를 쏟아 부어 바하문트를 공격했다.

쩌저저적—!

바하문트를 향해 날아간 새하얀 전하는 그의 등판을 후려치며 강한 충격을 주었다.

"크헉!"

바하문트는 입에서 피를 토하며 앞으로 고꾸라졌다.

쓰러진 뒤에도 바하문트의 등에선 시퍼런 불똥이 튀었다. 어지간한 사람이라면 그대로 심장이 멎을 만한 충격이었다. 공격을 한 네스토도 너무 과했나 싶어 깜짝 놀랐다.

하지만 바하문트는 죽지 않았다. 정신을 잃지도 않았다. 그저 거칠게 숨을 헐떡이며 충혈된 눈으로 네스토를 노려볼 뿐이었다.

그 눈빛이 참 살벌했다. 비록 손가락 하나 까딱할 수 없는 처지지만, 바하문트는 눈빛만으로도 상대를 도륙할 기세를 내뿜었다.

네스토는 크게 탄식했다.

"너란 아이는 정말 내 예상을 몇 배나 뛰어 넘는구나. 지금까지 키워온 뱀부나이트 가운데 너 같은 아이는 없었다. 최고의 뱀부나이트가 될지, 아니면 최악의 뱀부나이트가 될지 걱정된다."

그 말이 마지막이었다. 네스토는 더 이상 입을 열지 않았다. 축 늘어진 바하문트를 질질 끌어서 안으로 옮겼다.

그 전에 바인딩 마법을 추가하는 것도 잊지 않았다.

네스토는 바하문트의 손발과 몸뚱어리를 단단히 포박했다. 기습을 당해 턱에 금이 가는 것은 한 번이면 족했다.

잠시 후.

네스토는 바하문트를 어둑어둑한 밀실로 끌고 들어와서 차가운 돌침대에 눕혔다.

바하문트의 몸엔 총 여섯 겹의 바인딩이 묶여 있었는데, 그중 하나는 재갈처럼 입을 막아 말도 할 수 없었다. 대신 눈과 귀는 멀쩡했다.

지이잉—

바하문트의 귀에 익숙한 소리가 들렸다. 머리 위에서 둥근 금속원통이 푸른빛을 번쩍이며 내려왔다.

아니, 금속원통이 움직인다고 생각한 것은 바하문트의 착각이었다. 원통은 가만히 서 있었고 바하문트가 누운 돌침대가 통째로 움직여서 원통 속으로 들어갔다.

바하문트는 눈을 부릅떴다. 자세히 보니까 금속원통이 아까 전보다 훨씬 두껍고 묵직했다. 둥그런 원통 안에서 쏟아지는 푸른빛도 훨씬 더 강렬했다.

네스토가 속삭였다.

"이건 최신형 MRI(마나공명화상분석기)다. 아까는 예비 검사였고, 이 장비로 네 몸을 다시 한 번 검사할 거다. 그러니 힘을 빼고 편하게 누워 있어라."

지이잉—

푸른빛이 바하문트의 몸을 훑었다. MRI가 쏘아낸 소량의 마나가 바하문트의 몸속을 투과했다.

외부에서 들어온 마나가 바하문트의 마나를 자극했다. 톡톡

치기도 하고, 에워싸기도 하고. 마치 작은 뱀이 큰 뱀을 건드려서 화를 돋우는 듯했다.

화가 난 큰 뱀이 대가리를 치켜들었다. 바하문트의 마나가 성질을 내며 활성화되었다. 주변 세포가 웅웅 떨렸다.

MRI는 그 미세한 떨림을 정확하게 포착했다.

아까의 구식장비는 인체 내부의 마나분포를 대충 보여주는데 그쳤지만, 이 최신장비는 어느 부위에 얼마만큼의 마나가 포진해 있는지 정확하게 알려주었다. 심지어 마나의 성질까지도 세밀하게 분석할 수 있었다.

그래서 군사용으로 유용하게 쓰였다.

예를 들어, 한 왕국에 마법사가 될 만한 아이가 태어났다. 이 아이는 특히 화염계 마법에 적합한 체질이다.

그런데 이런 특성도 모르고 죽어라고 물의 마법만 가르치면 어떻게 될까? 괜히 아까운 재질만 썩히는 셈이 될 것이다.

반대로 MRI로 마법특성을 미리 검사하면 맞춤형 교육을 할 수 있다.

또 한 가지.

MRI를 굳이 마법사 육성에만 사용할 필요는 없었다. 마법사보다는 플루토나이트(Pluto Knight)가 될 재목을 발굴하는데 아주 유용했다. 플루토나이트란, 바로 플루토에 탑승하는 기사를 뜻했다.

사실 플루토는 아무에게나 허락된 병기가 아니었다. 재능을 타고난 극소수의 엘리트들만이 플루토나이트가 될 수 있었다.

그만큼 요구조건도 까다로웠다. 대략 다음과 같은 능력을 타고나지 않고서는 플루토나이트가 되지 못했다.

첫째, 정신력으로 플루토를 구동해야 하므로 뇌에 마나가 풍부할 것. 뇌에 마나가 부족하면 플루토를 움직이는 것조차 불가능하다.

둘째, 시야가 넓을 것. 플루토의 체격은 사람보다 훨씬 크다. 따라서 넓게 보지 못하면 플루토나이트가 되기 힘들다.

셋째, 실제 무술이 뛰어날 것. 플루토의 무력은 탑승자의 무술 실력에 비례한다. 무술을 모르는 주인을 만나면 플루토는 한낱 느릿한 골렘에 지나지 않는다.

넷째, 플로토 조종, 아군과의 통신, 직접적인 전투를 동시에 할 수 있을 것. 즉, 여러 가지 일을 동시에 처리할 수 있는 멀티태스킹(Multitasking; 다중업무처리) 능력을 갖췄을 것. 이를 위해선 중추신경계가 잘 발달한 사람이 유리하다.

이상의 네 가지 조건들은 하나하나가 아주 까다로웠다. 그리고 이 조건들 가운데 단 한 가지만 부족해도 플루토나이트가 되기 힘들었다.

그러니 플루토나이트가 될 재목을 발굴하는 일이 얼마나 어렵겠는가. 아마 최신형 MRI가 없다면 불가능했을 것이다.

## Chapter 2

최신형 MRI의 중요성을 깨달은 강대국들은 앞다투어 요보의 예언에 귀를 기울였다.

요보는 루나 성국 출신의 저명한 미래학자였는데, 한 강연회에서 '루흘 연합국의 미래'라는 주제로 기조연설을 했었다. 그 내용은 다음과 같았다.

> 미래의 패권을 가늠할 중요한 척도에는 두 가지가 있다.
> 하나는 플루토, 다른 하나는 최신형 MRI다.
> 플루토는 워낙 유명해서 더 이상 언급할 필요가 없다.
> 하지만 최신형 MRI의 중요성에 대해서는 잘 모르는 사람들이 많다.
> 나는 감히 단언한다.
> 앞으로 이 마법장비를 가진 왕국과 가지지 못한 왕국 사이엔
> 커다란 차이가 벌어질 것이다.
> 한쪽은 뛰어난 인재를 계속 발굴해서 국력이 올라갈 것이요,
> 다른 쪽은 급격하게 기울 것이다.
> 우리 루흘 연합국이 앞으로도 계속 세상의 패권을 유지하려면
> 반드시 최신형 MRI의 기술이 새어 나가는 것을 막아야 한다.

강연을 들은 직후, 루흘 연합국 소속 우고트 왕국이 가장 먼저 행동에 나섰다. 그들은 최신형 MRI를 특급 군사기밀로 묶고 외부유출을 금지시켰다.

연합국 소속 하이랜드 왕국이 이에 보조를 맞췄다.

연합국 소속 루나 성국이 보조를 맞췄다.

마지막으로 라곤 왕국도 행동을 함께했다. 이때부터 루흘 연합국 전체가 최신형 MRI를 군사기밀로 다뤘다.

헌데, 네스토는 놀랍게도 그 높은 기술장벽을 뚫었다.

최신형 MRI를 독자적으로 개발해서 나이드 왕궁 지하에 갖춰 놓았으니 이 얼마나 놀라운 능력인가.

바하문트를 최신형 MRI에 집어넣은 뒤, 네스토는 기도하는 심정으로 결과를 기다렸다.

'제발 플루토나이트의 재목이기를! 제발!'

MRI는 지이잉 소리를 내면서 바하문트의 몸을 스캔했다.

먼저 뇌.

측정 결과 바하문트의 뇌에는 상당한 양의 마나가 넘실거렸다.

"오오! 아까 구형 MRI로 봤을 때는 믿지 않았었는데, 진짜였구나. 이 아이의 뇌는 놀라우리만치 발달했다. 전두엽을 비롯한 뇌의 모든 부위가 활발하게 활동할뿐더러, 뇌세포 사이로 마나가 왕성하게 움직인다."

네스토는 바하문트가 듣건 말건 이렇게 중얼거렸다. 그런 다음 뇌 탐색 결과를 꼼꼼히 기록했다.

경험이 풍부한 네스토도 뇌의 모든 영역이 마나로 가득 차 있는 경우는 처음 접했다. 기가 막힐 수밖에 없었다.

그러는 사이 MRI는 바하문트의 목 부위를 스캔했다. 단층

촬영을 하듯 목 단면의 마나분포가 쭈르륵 나왔다.

여기서도 놀랄 만할 현상이 벌어지고 있었다. 바하문트의 목뼈 뒤쪽의 굵은 신경다발을 통해 마나가 왕성하게 교류 중이었다.

"허엇?"

네스토는 저도 모르게 헛바람을 토했다.

목은 인체에서 아주 중요한 부위였다. 특히 목뼈를 타고 내려가는 신경다발들은 뇌와 몸뚱어리를 연결하는 핵심 중의 핵심이었다.

헌데 바하문트는 이 신경다발이 기막히게 굵었다. 게다가 신경다발 전체가 마나로 꽉 찼다.

네스토는 신음하듯 중얼거렸다.

"예전에 신경이 유난히 발달한 하이랜더를 본 적이 있지. 그는 한꺼번에 여러 가지 일을 척척 해냈었어."

신경이 발달한 사람은 멀티태스킹에 능숙하다. 예컨대, 오른손으로 그림을 그리면서 왼손으로 악기를 연주할 수도 있다.

좀 더 발달한 경우엔 오른손으로 그림을 그리고, 왼손으로는 악기를 연주하면서, 오른발로 글을 쓰고 왼발로 화분에 물을 주기도 한다. 네스토가 예전에 보았던 하이랜더도 그런 놀라운 일들을 척척 해냈었다.

네스토는 머릿속으로 그 하이랜더와 바하문트를 비교했다.

그리곤 혀를 내둘렀다.

"이건 아예 비교가 안 돼. 바하문트의 신경다발은 그 하이랜더보다 몇백 배는 더 발달했어. 신경에 이렇게 많은 마나가 밀집된 경우는 나도 처음 봐. 대체 어디서 이런 괴물이 나왔지?"

보면 볼수록 끝을 알 수 없는 아이였다. 네스토의 가슴은 흥분을 감추지 못하고 벌렁벌렁 뛰었다.

바하문트는 이미 플루토나이트가 될 조건들을 거의 만족시켰다. 뇌도 활성화되었고 무술도 뛰어나며 멀티태스킹 능력도 갖췄다.

그 사이 검사가 계속되었다.

지이잉—

MRI가 바하문트의 가슴을 촬영했다.

바하문트의 심장엔 축적된 마나가 거의 없었다. 만약 마법사 타입이라면 심장 옆 마나홀 자리에 마나가 일렁이고 있을 텐데, 전혀 그렇지 않았다. 결국 바하문트는 마법사가 될 운명은 아니라는 뜻이었다.

네스토는 희미하게 웃었다.

"옳거니! 잘 되었다. 마법은 모르는 편이 낫지. 어정쩡하게 마법을 익히면 오히려 검술을 배우는데 방해만 돼. 우수한 플루토나이트가 되려면 마법사가 아니라 기사여야 한다."

이윽고 MRI는 바하문트의 복근을 찍었다.

네스토는 두 눈을 부른 뜬 채 검사결과를 살폈다.

울룩불룩.

좁쌀 크기의 마나 덩어리들이 바하문트의 복근을 중심으로 활발하게 움직이고 있었다. 네스토는 입을 벌리며 크게 웃었다.

"허허허, 이 아이의 몸이 근육질이어서 내심 기대가 컸었는데, 과연 최고다! 정말 최고의 기사감이야. 자고로 무기를 휘두르는 힘은 배에서 나오는 법이지. 근육이 생고무처럼 탄력 있고, 하체가 튼튼하며, 복근에 마나가 가득하니 더 바랄 것 없군."

네스토는 내친김에 바하문트의 전신 근육을 조사했다.

팔, 다리 할 것 없이 마나로 충만했다. 근섬유 한 올 한 올마다 에너지가 가득 차서 황홀한 빛을 뿌렸다.

마나의 분포도 기가 막히게 이상적이었다. 바하문트는 상체만 발달한 것도 아니고, 하체만 튼튼한 것도 아니었다. 상체와 하체가 골고루 조화를 이뤘다.

게다가 손이 특이했다. 목에서 뻗은 굵은 신경이 팔을 타고 내려와 바하문트의 손끝까지 뻗어 있었다.

네스토는 이 점을 특이사항으로 기록했다.

"거 참 희한하군. 마나의 통로가 손끝에서 뇌까지 일직선으로 쭉 뻗었어. 대체 무슨 훈련을 했기에 이렇게 발달했을까? 아니면 애초부터 타고난 것인가?"

MRI 검사를 모두 마친 뒤, 네스토는 기록을 처음부터 다시 훑어보았다. 그리곤 벌어진 입을 다물지 못했다.

바하문트는 네스토가 난생 처음 대하는 보물이었다. 이 소년의 몸뚱어리는 온통 상식을 벗어나서, 참으로 신비롭고 괴이하고, 그러면서 이상적이고 아름다웠다.

네스토는 저도 모르게 중얼거렸다.

"이 아이는 하늘이 내게 보내주신 보물이다. 나는 그동안 자만했었다. 감히 인체의 비밀을 모두 알고 있다고 착각했었지. 헌데 아니었다. 사람의 몸은 마나의 근원만큼이나 오묘해서 아직 모르는 것 투성이구나!"

네스토는 바하문트를 통해 자만을 버리고 겸손을 배웠다. 세상엔 네스토가 아는 것보다 알지 못하는 것이 더 많았다.

지이잉—

MRI가 한 번 더 움직였다. 바하문트의 발까지 내려갔던 금속원통이 이번엔 거꾸로 올라왔다. 밑에서부터 다시 찍으면서 바하문트의 마나분포를 거듭 확인했다.

네스토는 측정결과들을 꼼꼼히 점검했다.

그러면서 한편으로는 앞으로 바하문트를 어떻게 훈련시킬지 계획을 짰다.

바하문트를 최고의 플루토나이트로 육성하려면 몇 가지 추가훈련이 필요할 것 같았다.

그러다가 갑자기 씩 웃었다.

마침 MRI는 바하문트의 사타구니를 스캔하는 중이었는데, 네스토는 그곳에도 상당한 양의 마나가 일렁거리는 것을 보았다.

"허허. 이 녀석, 복 받았군. 이만하면 여자들이 아무리 달라붙어도 정력이 고갈될 걱정은 안 해도 되겠다. 으허허허."

꼼짝 못하고 누워 있던 바하문트는 입술을 씰룩이며 얼굴을 붉혔다.

비록 손가락 하나 까딱할 수 없었지만 네스토가 말하는 것은 전부 들렸다. MRI가 몸을 찍는 동안 실험대상이 된 것 같아 기분 나빴는데, 그래도 정력이 탁월하다는 이야기는 듣기에 좋았다.

나이가 많건 적건, 사내란 참 단순한 동물이었다.

## Chapter 3

네스토가 불쑥 얼굴을 들이밀었다. 네스토는 MRI에 누워 있는 바하문트를 위에서 굽어보며 알 수 없는 말을 했다.

"바하문트. 넌 제8기 뱀부나이트다. 동시에 여섯 번째 뱀부나이트면서, 나이드 왕국의 다섯 번째 플루토나이트다."

일레나 여왕이 뱀부나이트를 뽑기 시작한 지 올해로 8년째였다. 첫해에 뽑은 뱀부나이트는 제1기, 두 번째 해는 제2

기……. 이런 식으로 셈하면 바하문트가 제8기 뱀부나이트라는 말은 이해하기 쉬웠다.

헌데 여섯 번째 뱀부나이트라니? 이건 이해할 수 없었다.

나이드 왕국 다섯 번째 플루토나이트라는 말도 당최 무슨 뜻인지 몰랐다.

바하문트의 눈이 의문을 품었다.

네스토가 친절하게 부연설명을 덧붙였다.

"가짜 뱀부나이트는 잊어라. 그들은 쓰레기에 불과하다. 진짜 뱀부나이트로는 네가 여섯 번째다."

바하문트는 비로소 네스토의 말뜻을 알아들었다. 그를 제외하고도 다섯 명의 진짜 뱀부나이트가 있다는 뜻이었다.

네스토는 느릿느릿 보충설명했다.

"지난 8년간, 나는 너를 포함해서 총 일곱 명의 뱀부나이트를 뽑았다. 그런데 그 중에 한 명은 고된 훈련을 견디지 못하고 죽었지. 그래서 네가 여섯 번째다."

바하문트는 눈살을 찌푸렸다. 고된 훈련이라는 단어가 가슴에 못이 되어 박혔다.

한편으로는 아직 궁금한 것이 남았다.

'내가 여섯 번째 뱀부나이트인 것은 이해했다. 하지만 다섯 번째 플루토나이트라는 말은 모르겠어.'

심지어 바하문트는 플루토나이트가 무엇인지도 몰랐다.

네스토가 물었다.

"바하문트, 플루토나이트가 무엇인 줄 아느냐?"

바하문트는 눈동자를 좌우로 굴렸다. 모른다는 뜻이었다.

네스토가 다시 물었다.

"그럼 플루토가 무엇인 줄은 아느냐?"

바하문트는 눈꺼풀을 위아래로 끄덕였다. 바바로스 땅에서 이미 플루토의 위력을 겪어 보았는데 모를 리 없었다.

그러자 네스토는 엄숙한 표정으로 설명을 계속했다.

"플루토나이트란, 바로 그 플루토를 움직이는 기사를 뜻한다."

바하문트의 눈동자가 바르르 떨렸다. 지금 네스토는 바하문트에게 엄청난 비밀을 털어놓았다.

나이드 왕국은 플루토가 없다. 단 한 기도 없다.

이게 외부에 알려진 사실이었다.

그런데 느닷없이 플루토나이트라니? 플루토나이트를 키운다는 말은, 곧 나이드 왕국이 악마의 병기 플루토를 개발 중이라는 뜻이다.

혹은 이미 개발이 끝났을지도 모른다. 플루토가 없다면 굳이 플루토나이트를 육성할 필요가 없지 않은가.

'아아! 뱀부나이트라는 지저분한 조직 속에 플루토라는 어마어마한 비밀을 감추고 있었다니!'

바하문트는 전율했다. 이건 세상이 발칵 뒤집힐 일이었다.

네스토는 바하문트가 놀랄 줄 알았다는 듯 고개를 주억거렸다.

"놀랐느냐? 영명하신 여왕폐하께선 나이드 왕국의 번영을 위해 이 모든 것을 계획하셨다. 이른바 플루토 프로젝트라는 거다."

"플루토 프로젝트요?"

"그래. 플루토 프로젝트! 위대한 플루토 프로젝트! 폐하께오선 뱀부나이트를 창설하고, 그 속에서 남몰래 플루토나이트를 키워오셨지. 사람들은 아무것도 모르고 여왕폐하를 음탕하다고 손가락질하지만!"

어느새 네스토의 음성엔 울음기가 섞였다. 그는 격정이 치밀어올라 시뻘겋게 변한 얼굴로 울부짖었다.

"하지만, 그날이 올 때! 피눈물 속에서 남몰래 준비한 다섯 기의 플루토가 세상을 향해 포효할 때! 나이드를 괴롭히는 바바로스 왕국과 보윈 왕국이 발칵 뒤집힐 때! 세상은 비로소 여왕폐하를 인정할 것이다. 나는 그날을 위해 산다."

숨이 턱 막혔다.

다섯 기의 플루토!

상상하는 것만으로도 가슴이 벅찼다.

바하문트는 온몸을 사시나무처럼 떨었다. 목젖이 꿀럭꿀럭 맥동했다.

네스토는 그런 바하문트를 향해 손가락을 뻗었다.

"나이드 왕국의 아들 바하문트! 네가 바로 그 주인공이다.

여왕폐하의 한을 풀고 나이드 인의 기개를 떨칠, 참 기사다. 네가 바로 다섯 번째 전사, 다섯 번째 플루토나이트란 말이다!"

"으윽!"

바하문트는 입에 재갈을 문 채로 뜨거운 신음을 토했다. 온몸이 뜨거웠다. 정수리에 벼락이 내리친 듯했고, 몸뚱어리는 용암 속에 빠진 것 같았다. 강한 열기가 울컥 치밀어올라 바하문트의 온몸을 달구었다.

하지만 아직 한 가지 의문이 풀리지 않았다.

뱀부나이트는 여섯 명이라고 했다. 그런데 플루토나이트는 바하문트까지 합쳐서 다섯이다. 바하문트는 그 점이 이상했다.

'머릿수가 맞지 않는다. 나머지 한 명은 뭐란 말인가?'

네스토가 의문을 풀어주었다.

"여섯 뱀부나이트 가운데 한 명은 기사로서 능력이 부족했다. 그래서 플루토나이트로 키우기를 포기했지. 대신 그에겐 마법을 가르치는 중이다. 그는 장차 플루토나이트를 후방에서 지원하는 마법사가 될 게다."

이제 상황이 정리되었다.

일레나 여왕과 네스토는 아무도 모르게 여섯 명의 뱀부나이트를 뽑았다.

그 가운데 다섯은 플루토에 탑승할 플루토나이트였다. 그리고 나머지 한 명은 뒤에서 마법을 지원할 마법사다.

이제 바하문트는 뱀부나이트가 된 것이 수치스럽지 않았다. 부끄럽기는커녕 오히려 자랑스러워서 몸이 근질거렸다. 한시라도 빨리 플루토나이트가 되고 싶었다.

헌데 네스토는 포박을 풀어줄 생각을 안 했다.

그러고 보니 이상했다. 바하문트는 속박당한 몸을 뒤틀면서 이맛살을 찌푸렸다.

'이상하다? 그런데 네스토가 왜 나를 꽁꽁 묶었지? 그냥 돌침대에 누워서 검사를 받으라고 했으면 순순히 받았을 텐데, 왜?'

의문은 불안으로 이어졌다. 불안은 현실이 되었다.

네스토는 옷소매 안에서 7센티미터 길이의 기다랗고 뾰족한 침을 두 개 꺼냈다. 그리곤 그 섬뜩한 끝을 바하문트 얼굴에 들이밀었다.

"읍, 읍읍!"

바하문트는 깜짝 놀라 몸을 뒤틀었다.

네스토가 냉정하게 경고했다.

"바하문트, 반항하지 마라. 몸을 뒤틀지도 마라. 지금부터 네 뇌에 침을 꽂을 텐데, 네가 몸부림치면 엉뚱한 곳에 침이 박힐 수 있다. 자칫하면 넌 식물인간이 돼. 그러면 난 참 슬플 거다. 모처럼 발굴한 인재를 잃기 싫어."

섬뜩한 경고였다. 북해 얼음바다보다 더 차갑고 정 떨어지는 소리였다.

"읍, 으으읍?"

바하문트는 이빨로 재갈을 꽉 깨물었다. 그러면서 대체 왜 이러느냐는 눈빛을 보냈다.

네스토가 침착하게 이유를 말했다.

"이 두 개의 침은 앞으로 너를 제어할 유일한 수단이다. 네겐 미안한 말이지만 이렇게 하는 것을 이해해다오. 충성심만 믿기엔 플루토의 위력이 너무 무섭구나."

"읍읍, 으으읍!"

"제발 너를 믿어달라고? 그건 곤란하다. 그냥 믿기엔 위험부담이 너무 커. 플루토 한 기만 날뛰어도 이곳 왕궁을 통째로 무너뜨릴 수 있다. 그런데 아무런 통제 없이 어떻게 내버려 두겠냐?"

"읍읍읍!"

"왜 너한테만 이러느냐고? 그건 오해다. 바하문트, 너한테만 침을 박는 것이 아니야. 네 선배들은 이미 뇌에 침을 꽂았어."

네스토는 철저했다. 그는 이미 모든 뱀부나이트의 뇌 속에 침을 꽂아서 충성을 강제해 놓았다.

"읍읍으으읍!"

바하문트가 또 뭐라고 울부짖었다.

네스토는 그 단순한 신음소리를 잘도 알아들었다.

"이 침들이 무슨 역할을 하냐고? 그렇지 않아도 네게 말해주려고 했다. 나는 이 두 개의 침에 강력한 폭발마법을 걸어놓았다. 네가 내 뜻을 거스르고 여왕님과 나이드 왕국을 배신한 순간, 침이 폭발하면서 네 뇌를 곤죽으로 만들 게다. 그러니 꿈속에서라도 배신은 생각하지 말거라."

그 말이 끝나기 무섭게,

"크읍!"

바하문트는 발가락을 꽉 오므리며 눈을 치떴다. 왼쪽 귀밑이 따끔했다. 뾰족한 침이 귀밑 살을 뚫고 파고드는 것이 느껴졌다.

무언가 살에 박히는 느낌은 아주 더러웠다. 몸이 덜덜 떨렸다. 이빨이 시큰거렸다.

네스토는 신중하게 침을 꽂았다.

1초에 1밀리미터씩. 조금씩, 조금씩.

뾰족한 침이 바하문트의 턱관절 뒤쪽으로 쑥 들어가서 뇌 깊숙이 박혔다. 0.000001밀리미터도 틀리지 않는 정확한 위치였다. 하나는 성공했다.

"휴우……."

네스토는 크게 숨을 내쉬며 이마에 난 땀을 팔뚝으로 훔쳤다. 그리곤 반대편으로 돌아갔다. 이어서 한 손으로 바하문트의 머리를 꽉 눌렀다. 다른 손으론 조심조심 침을 박았다.

푸욱—

두 번째 침이 바하문트의 오른쪽 귀 뒤쪽으로 파고들었다. 살 속으로 쑥 들어온 침은 뇌를 향해 천천히 뻗었다.

"크으읍!"

바하문트는 다시 한 번 신음을 흘리며 주먹을 말아쥐었다. 바하문트의 눈동자가 회색으로 변했다.

불신!

세상에 대한 불신!

세상에 믿을 사람은 하나도 없었다. 아버지를 제외하면 그 누구도 믿어선 안 되었다. 그걸 깨달은 순간 바하문트는 철저하게 마음의 문을 닫았다.

지금까지 바하문트가 바라본 세상은 냉혹하고 비열했다.

로페 후작은 바하문트에게 검술을 가르쳐 주었다. 하지만 결정적인 전투에서 그를 버리고 도망쳤다.

황무지 끝자락에서 만났던 바바로스 인은 친절을 베풀면서 먹을 것을 주었다. 하지만 알고 보니 식량에 약을 탔다. 약에 취한 바하문트를 노예로 팔아먹으려는 속셈이었다.

지금 네스토도 다를 바 없었다. 말로는 나이드 인의 기개를 역설하고 충성심을 자극하지만, 바하문트의 귀에는 다 거짓말로 들렸다.

'이렇게 두개골에 침을 박아서 통제하면서 자발적인 충성을 바라다니! 그건 모순이다. 너희가 나를 믿지 못하는데 내가 어떻게 마음을 다해 충성을 바치겠냐? 네가 하는 소리는 다 개

소리다. 전부 개소리야!'

바하문트의 눈에 핏발이 섰다. 부글부글 끓어오르는 울화가 머리 꼭대기까지 치밀어 뇌세포를 달궜다.

그러나 폭발하지는 않았다. 바하문트는 활화산처럼 터지려는 감정을 가까스로 추스르며 네스토에게 순종했다.

일부러 눈에서 힘을 뺐다. 분노도 삭혔다. 두개골 안에서 침이 폭발하는 꼴을 겪지 않으려면 일단 굽히고 들어가야 했다.

바하문트가 꼬리를 내리자 네스토는 싱긋 웃었다. 네스토는 바하문트의 어깨를 탁탁 두드리며 얼렀다.

"착하구나. 마땅히 그래야지."

어린애 취급하는 네스토의 말투가 바하문트를 자극했다.

허나 바하문트는 끝까지 참았다.

네스토는 바하문트의 머리를 손으로 쓰다듬으며 위로의 말을 던졌다.

"그래. 난 네가 이해해 줄 걸로 믿었다. 네 머리에 박힌 침은 최후의 장치일 뿐이란다. 평소 생활하는 데는 아무런 지장이 없어. 넌 자랑스러운 뱀부나이트가 되어서 여왕폐하께 충성을 바치면 된다. 그냥 그뿐이야."

치욕스러웠지만, 바하문트는 순순히 고개를 끄덕였다. 그 순종적인 태도와 달리 바하문트의 가슴속엔 이글이글 불덩이가 타올랐다.

'언젠가는 두개골에 박힌 침을 제거할 테다. 그런 다음 땅

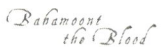

272 흡혈왕 바하문트

을 치고 후회하게 만들어 주마. 나를 강제로 통제하고 노예로 만들려고 한 것은 실수였어.'

겉과 속이 다른 양면성.

이게 바로 바하문트의 무서운 점이었다. 바하문트는 겉으로 보기엔 외골수 기사 타입인 듯했지만, 사실은 능글능글한 상인이나 정치가에 가까웠다.

기사와 상인은 기질이 정반대였다.

기사들은 대부분 올곧고 충성스러웠다. 그들은 한 번 내뱉은 말을 깨지 않으며, 종종 속마음이 얼굴에 드러나곤 했다. 따라서 대개의 경우 기사들은 다루기 수월했다. 기사가 한 번 충성을 맹세하면 믿어도 좋았다.

하지만 상인은 길들이기 힘든 족속이었다. 그들은 오로지 제 이익에만 충성했다. 아침에 내뱉은 말을 저녁에 뒤집기 일쑤였다. 그리고 무엇보다 얼굴표정과 속내가 정반대인 경우가 많았다.

네스토는 바하문트의 기질을 잘못 파악했다.


*Chapter 4*

신체검사가 모두 끝났다. 이제부터 바하문트는 정식 뱀부나이트다.

네스토는 바하문트를 인정한다는 의미로 그의 손가락에 푸르스름한 알이 박힌 반지를 끼워주었다.

"앞으로 평생 너와 함께할 반지다."

바하문트는 반지를 굽어보며 손으로 알을 문질렀다.

네스토가 말했다.

"지금 네가 문지르는 알이 바로 A급 마정석이다. 세상에 몇 안 되는 지극히 귀한 돌이지."

"A급 마정석이요?"

"그래. 아주 귀한 돌이지. 얼마나 귀하냐 하면, 그 돌 하나면 로페 후작의 도나우 영지를 통째로 사고도 남는다. 아니지. 도나우 영지를 다 주고도 살 수 없는 보물이다."

"아!"

바하문트는 입술을 살짝 벌리며 탄성을 내뱉었다. 이 조그만 돌이 도나우 영지보다 더 비싸다는 게 실감나지 않았다.

네스토가 물었다.

"A급 마정석이 왜 그렇게 비싼 줄 아느냐?"

"모르겠습니다."

바하문트가 고개를 가로젓자, 네스토는 싱긋 웃으면서 이유를 말해 주었다.

"A급 마정석이 비싼 이유는 루흘 연합국 때문이다. 루흘 연합국에서 A급 마정석을 철저하게 통제하고 못 팔게 하니까 희소성 때문에 값이 치솟는 거지."

"굳이 못 팔게 하는 이유가 있나요?"

"당연히 있다. A급 마정석은 플루토의 모태가 되거든."

바하문트의 동공이 커졌다.

네스토는 특유의 느릿한 말투로 설명을 이었다.

"지금부터 플루토에 대해 간단히 설명하마. 플루토는 크게 두 가지 물질로 구성된다. 첫 번째는 증식금속, 그리고 두 번째는 마정석."

네스토의 설명에 따르면, 플루토를 구성하는 두 광물의 특성은 다음과 같았다.

우선 증식금속.

이 특수한 광물은 겉으로 보기엔 강철과 비슷했지만 성질은 완전히 달랐다.

첫째, 증식금속은 질량보존의 법칙을 무시한 채 마구 자랐다. 조그만 씨앗이 자라서 커다란 나무가 되는 것처럼, 마나를 흡수한 증식금속은 눈 깜짝할 새에 수천 배, 수만 배 크기로 부풀곤 했다. 그래서 이름이 '증식' 금속이었다.

둘째, 증식금속은 마법언어와 교통했다. 즉, 고대 라곤어를 증식금속 내부에 새겨 넣기만 하면 여러 편리한 기능들을 부여할 수 있었다.

예를 들어, 강화마법이나 경화마법을 새긴 증식금속에 마나를 불어넣으면 금속 전체가 다이아몬드처럼 딱딱해졌다.

이 특성을 잘 이용하면 플루토의 외피와 방패, 무기 등을 단단하고 예리하게 만드는 것이 가능했다.

거꾸로 유연화마법을 새긴 증식금속에 마나를 불어넣으면 금속이 고무처럼 말랑말랑하고 유연하게 탈바꿈했다.

마법사들은 이런 특성을 이용해서 플루토의 관절을 만들었다.

리커버리(Recovery; 회복)라는 마법도 유용했다. 마법사들은 리커버리 마법을 증식금속에 담아 놓곤 했는데, 이 덕분에 플루토들은 어지간한 상처를 자동으로 회복했다.

또 있었다. 만약 증식금속에 원소저항마법을 새긴다면?

이 마법을 활용하면 용암 속에 빠져도 끄떡없고, 북해 바다에 내팽개쳐져도 얼지 않으며, 전기도 통하지 않고, 폭풍우를 견디는 플루토를 만드는 것이 가능했다.

만약 증식금속에 감각개통마법을 새기면?

이 기능 덕분에 플루토는 눈과 귀를 갖게 되었다. 심지어 감촉도 느꼈다.

만약 증식금속에 동화마법을 새기면?

이 동화마법이야말로 플루토의 핵심 중의 핵심이었다. 마법사들은 이 동화마법을 이용해서 플루토의 신체를 사람과 동화시켰다.

덕분에 사람이 주먹을 뻗으면 플루토도 주먹을 뻗고, 사람이 발차기를 하면 플루토도 발을 차올렸다.

플루토가 인간처럼 두 발로 걷는 이족보행 형태가 된 것도

276 흡혈왕 바하문트

이 때문이었다. 호랑이처럼 생긴 플루토라면 인간이 능숙하게 조정할 수 없지만, 인간을 닮은 플루토라면 얼마든지 자유롭게 구동할 수 있으니까.

단, 동화마법을 발동하려면 한 가지 제약조건이 따랐다. 커다랗고 육중한 플루토를 완전히 신체에 동화시킬 수 있을 만큼 강한 정신력과 사념이 필요했다. 이 탓에 플루토의 크기는 5미터를 넘지 못했다.

이와 관련해서 라곤 왕국의 시조 콘라드 대제는 이런 말을 남겼다.

> 플루토의 크기는 5미터가 한계다. 플루토는 인간이 머릿속으로
> 생각한 동작을 실제로 구현해야 하는데,
> 그 반응 속도가 0.03초를 넘으면 동작의 연결이 부드럽지 못하다.
> 헌데 인간의 정신력으로는 5미터가 넘는 초대형 플루토를
> 0.03초 이내에 구동시키지 못한다.
> 따라서 5미터가 넘는 초대형 플루토는 만들 필요가 없다.
> 제작비용만 많이 들 뿐 실용성이 떨어지는 까닭이다.

더불어, 콘라드 대제는 플루토의 최소 크기에 대해서도 다음과 같은 글을 남겼다.

> 플루토는 4.5미터보다 작게 만들지 못한다.
> 4.5미터보다 작으면 플루토 안에 사람이 탑승할 수 없기 때문이다.

네스토의 긴 설명은 여기서 끝났다.

바하문트는 손가락에 낀 반지를 유심히 살폈다. 푸르스름한 마정석을 에워싼 회색금속이 눈길을 끌었다.

"이 금속이 바로 증식금속입니까?"

"맞다. 그게 바로 증식금속이다. 표면에는 강화마법과 경화마법, 원소저항마법을 새겼고, 관절 부위엔 유연화마법을 걸어놓았다. 물론 감각개통마법도 넣었다. 인체의 뼈와 근육의 움직임을 쫓을 수 있도록 동화마법도 삽입했다. 덕분에 플루토는 네 의지에 따라 얼마든지 다양한 동작을 취할 수 있다."

설명을 듣는 동안 바하문트의 눈이 반짝 빛났다.

붉은 땅에서 보았던 그 무시무시한 플루토가 이 작은 반지 속에 들어 있다니! 상상만 해도 놀라웠다.

네스토는 이제 마정석에 대한 이야기로 넘어갔다.

"다음은 마정석에 대해서 일러주마. 증식금속이 플루토의 몸뚱이라면, 마정석은 플루토를 움직이는 심장이다."

마정석.

마나를 담아 놓을 수 있는 신비한 돌.

네스토는 바하문트의 반지를 가리키며 말을 이었다.

"플루토를 움직이려면 A급 마정석이 있어야 한다고 말했었지?"

"네."

"너도 이미 짐작했겠지만, 플루토를 움직이려면 어마어마한 양의 마나가 필요하다. 당장 증식금속을 활성화시키는 데도 엄청난 에너지가 요구되거든. 세상에서 그만큼의 마나를 공급해 줄 수 있는 물질은 마정석뿐이다. 그것도 최소한 45만 차지의 출력을 낼 수 있는 마정석이 필요해."

"45만 차지요?"

바하문트는 고개를 갸우뚱거렸다. 차지(Charge)라는 단위가 익숙하지 않아서였다.

네스토가 알기 쉽게 설명했다.

"1차지는 말 탄 기사 한 명의 평균돌파력을 뜻한다. 너는 전쟁을 겪어 보았으니 잘 알게다. 철갑옷으로 중무장한 기사가 전속력으로 육탄돌격했을 때의 위력을."

"네에."

바하문트는 코앞에서 기사가 달려들어 온몸으로 쾅 부딪치는 상상을 하며 차지에 대한 감을 잡았다.

몸이 오싹했다. 1차지만 되어도 사람 대여섯을 박살낼 수준이었다. 그런데 플루토 한 기당 45만 차지라니!

바하문트의 입은 다물어질 줄 몰랐다.

네스토는 슬그머니 미소를 지으며 고개를 주억거렸다.

"역시 감이 빠르구나. 그래, 네가 상상한 것처럼 1차지만 되어도 굉장한 파괴력이다. 헌데 45만 차지라면, 그야말로 끔찍한 에너지지. 플루토는 그 어마어마한 에너지를 써서 움직이는 괴물이다. 악마의 병기라 불리는 것이 당연해."

바하문트는 예전에 마주쳤던 플루토를 머릿속에 떠올리며 부르르 몸을 떨었다.

네스토가 말을 이었다.

"그런데 네가 낀 마정석의 출력은 얼마나 될까? 참고로, 30만 차지 이상의 출력을 낼 수 있는 마정석은 A급으로 분류한다."

바하문트가 자신 있게 대답했다.

"당연히 45만 차지는 넘겠지요. 플루토를 움직이는데 필요한 최소 출력이 45만 차지니까요. 그러면 한 50만? 아니면 60만 차지쯤 될까요?"

네스토는 고개를 좌우로 흔들었다.

"틀렸다. 우리는 40만 차지 이상의 플루토는 못 만든다."

"왜 그렇습니까?"

"루흘 연합국에는 아르곤이라는 마법기가 있는데, 이 아르곤은 40만 차지가 넘는 마정석의 위치를 귀신처럼 추적해낸다. 만약 그 반지에 박힌 마정석이 40만 차지 이상이라면 벌써 우고트 왕국의 플루토나이트들이 들이닥쳐서 너를 짓이기고 반지를 빼앗아 갔을 게다."

바하문트는 부르르 몸을 떨었다. 그리곤 되물었다.

"그럼 이 마정석의 출력은 얼마입니까?"

"A급 가운데 최소, 즉 30만 차지다."

바하문트의 눈이 휘둥그레졌다.

"네에? 30만이라고요? 하지만 플루토에 필요한 최소 출력이 45만 차지라고 하셨지 않습니까?"

"그랬지."

네스토는 빙그레 웃었다. 그리곤 자부심어린 표정으로 설명을 시작했다.

"플루토의 크기와 구동에너지는 서로 비례한다. 예를 들어, 4.5미터 크기의 플루토를 구동하려면 최소한 45만 차지는 필요하다. 그보다 출력이 부족하면 굼떠서 안 돼. 만약 5미터짜리 대형 플루토가 있다면 거기에 박힌 마정석은 최소한 50만 차지는 공급해 주어야 하지. 그러면 하나만 묻자. 30만 차지의 마정석으로 얼마만한 플루토를 만들 수 있을까?"

"그야 3미터짜리겠지요."

바하문트는 자신 있게 답했다.

네스토는 손가락을 튕기면서 고개를 끄덕였다.

"잘 맞췄다. 30만 차지 마정석으로 만들 수 있는 플루토는 3미터가 한계다. 다시 말해서, 3미터짜리 플루토라면 얼마든지 루흘 연합국의 눈을 피해서 만들 수 있다는 뜻이지. 물론 출력 30만 차지의 마정석을 구하는 것도 쉬운 일은 아니란다. 그래서 여태 다섯 기밖에 못 만들었어."

"하지만 말이 안 돼요. 플루토의 최소 크기는 4.5미터라고 하셨지요? 그보다 작으면 사람이 탑승할 수 없다면서요."

"그건 내가 한 말이 아니다. 라곤 왕국의 시조 콘라드 대제께서 적어놓으신 글일 뿐이지. 허면, 대제께서 왜 4.5미터라는 한계선을 제시하셨을 것 같으냐?"

바하문트는 뒤통수를 긁적였다.

"글쎄요? 플루토 속에 사람이 타고 있다고 가정하면…… 어랏? 이상하네요. 제 생각엔 잘만 만들면 4미터짜리 플루토도 가능할 것 같은데요. 플루토의 몸통 안에 공간만 잘 설계하면 충분히 4미터짜리도……."

네스토는 고개를 좌우로 흔들면서 바하문트의 말을 끊었다.

"네가 무슨 생각을 하는지 알겠다. 하지만 그리 단순하지 않아. 물론 플루토는 생명체가 아니므로 장기는 필요 없다. 오로지 팔다리, 그리고 플루토 몸통 안에 사람이 탑승할 자리만 마련하면 그만이다. 그런데 왜 굳이 4.5미터라는 크기가 필요할까?"

"혹시 외부 충격으로부터 탑승자를 보호하기 위해서인가요?"

"그럴 듯한 추측이지만 답은 아니다. 플루토의 외피는 강력한 강화마법이 보호하고 있거든. 그래서 다이아몬드보다 더 딱딱하다. 게다가 외피 안쪽엔 말랑말랑한 층을 여러 겹 깔아서 충격을 분산흡수하지. 그러니까 굳이 외부 충격 때문에 공간이 필요한 것은 아니다."

"그럼 왜 4.5미터나 되는 크기가 필요하죠?"

네스토는 잠시 숨을 멈췄다가 느릿하게 대답했다.

"일정한 공간이 필요한 이유는 바로 탑승자의 멀미 때문이다."

바하문트는 고개를 갸우뚱거렸다.

"멀미라고요?"

"그래, 멀미. 말을 처음 타는 초보자들은 멀미를 하지. 배를 타도 멀미를 하고."

"그야 그렇죠."

"플루토를 탑승했을 때 겪는 멀미는 뱃멀미와는 비교도 안 되게 심하다. 콘라드 대제가 남긴 문헌에 따르면, 플루토에 3분 이상 탑승하면 달팽이관이 뒤틀리고 뇌가 곤죽이 되는 것 같다고 하더라. 실제로 뇌가 하도 흔들려서 탑승자가 죽은 사례도 있었다고 한다."

바하문트는 입을 딱 벌렸다. 멀미로 인해 사람이 죽기까지 한다니, 도저히 상상할 수 없었다.

네스토가 설명을 계속했다.

"네가 알아듣든 말든, 콘라드 대제의 노트에서 발췌한 글귀를 그대로 읊으마. 그분께서는 플루토 탑승자의 멀미에 대해 이렇게 분석하셨다."

멀미는 진동의 증폭에서 오는 것 같다.
우선 뱃멀미를 살펴보자.
배가 흔들리는 주파수와 사람의 체형이 서로 잘 맞아 떨어질 경우,
배의 진동이 사람의 몸 안에서 크게 증폭한다.

이것이 바로 공진 현상이다.
나는 공진이 멀미를 일으킨다고 추측한다.
내가 실험을 해 본 결과, 플루토는 이 공진 현상이 유난히 심하다.
왜냐하면 플루토의 형상이 인체와 거의 똑같기 때문이다.
따라서 플루토가 한 발 내디딜 때마다 탑승자의 뇌가 크게
흔들리는데, 이 탓에 탑승자가 죽기도 한다.
심한 멀미로부터 탑승자를 보호하려면 몇 가지 장치를
삽입해야 할 것이다. 우선 플루토 내부에 조그만 방을 만들고,
그 방을 외부 진동으로부터 격리시키는 것도 방법이 될 수 있겠다.
즉, 진동을 차단하는 내진설계가 필요하다.

어려운 이야기였다.

바하문트는 네스토가 무슨 말을 하는지 거의 못 알아들었다. 물리에 대한 기초지식이 부족한 탓이었다.

하지만 두 가지는 확실했다.

플루토의 멀미는 죽음을 부를 만큼 치명적이라는 것.

그리고 그 멀미를 막으려면 플루토의 크기가 최소한 4.5미터는 되어야 한다는 것.

바하문트가 다시 물었다.

"이야기가 원점으로 되돌아왔네요. 멀미를 막으려면 플루토의 크기가 최소한 4.5미터는 되어야 하지요? 그 플루토를 움직이려면 45만 차지의 출력을 낼 수 있는 마정석이 필요하고요. 그렇다면 이 반지의 정체는 대체 무엇입니까?"

의문을 품을 만했다.

30만 차지 마정석으로는 3미터 크기의 초소형 플루토밖에 못 만들 터, 그 정도 작은 크기라면 멀미가 문제가 아니라 아예 사람이 안에 타는 것도 불가능해 보였다.

네스토는 빙글빙글 웃으며 질문을 하나 던졌다.

"3미터짜리 플루토는 왜 안 될까?"

"그야 플루토에 사람이 탈 수 없으니까요."

"왜 꼭 사람이 플루토에 타야 하지?"

쾅!

바하문트의 뇌 속에 벼락이 쳤다.

왜 꼭 플루토 안에 사람이 타야 할까? 바깥에서 조정하면 안 될 이유가 있나?

바하문트는 기막히다는 눈빛으로 네스토를 올려다보았다. 뇌에 침을 박은 것은 미웠지만, 네스토의 천재적인 발상전환은 존경하지 않을 수 없었다.

네스토는 천천히 입을 열어 중얼거렸다.

"나는 30만 차지의 마정석 다섯 개로 3미터 크기의 플루토 다섯 기를 만들었다. 물론 초소형 플루토다 보니 사람이 안에 탑승할 수 없어. 밖에서 조정해야만 하지. 게다가 출력이 떨어지는 만큼 플루토의 파워도 처진다. 그래도 어쩔 수 없었어. 이게 내가 할 수 있는 최선이었으니까. 루흘 연합국의 눈을 피해서 만들 수 있는 최선의 플루토니까."

불가능한 환경에도 불구하고 어떻게든 플루토를 만들려고

머리를 쥐어짜며 번민했던 나날들, 그 어려웠던 시간을 되새기느라 네스토의 눈이 몽롱하게 풀렸다.

바하문트는 네스토의 말을 들으면서 묵묵히 반지를 내려다보았다.

푸르스름한 빛이 눈을 시리게 했다.

바하문트는 그 빛에서 집념과 한을 보았다. 어떻게든 플루토를 보유하겠다는 나이드 왕국의 집념과 한을.

몸이 오싹 떨려왔다.

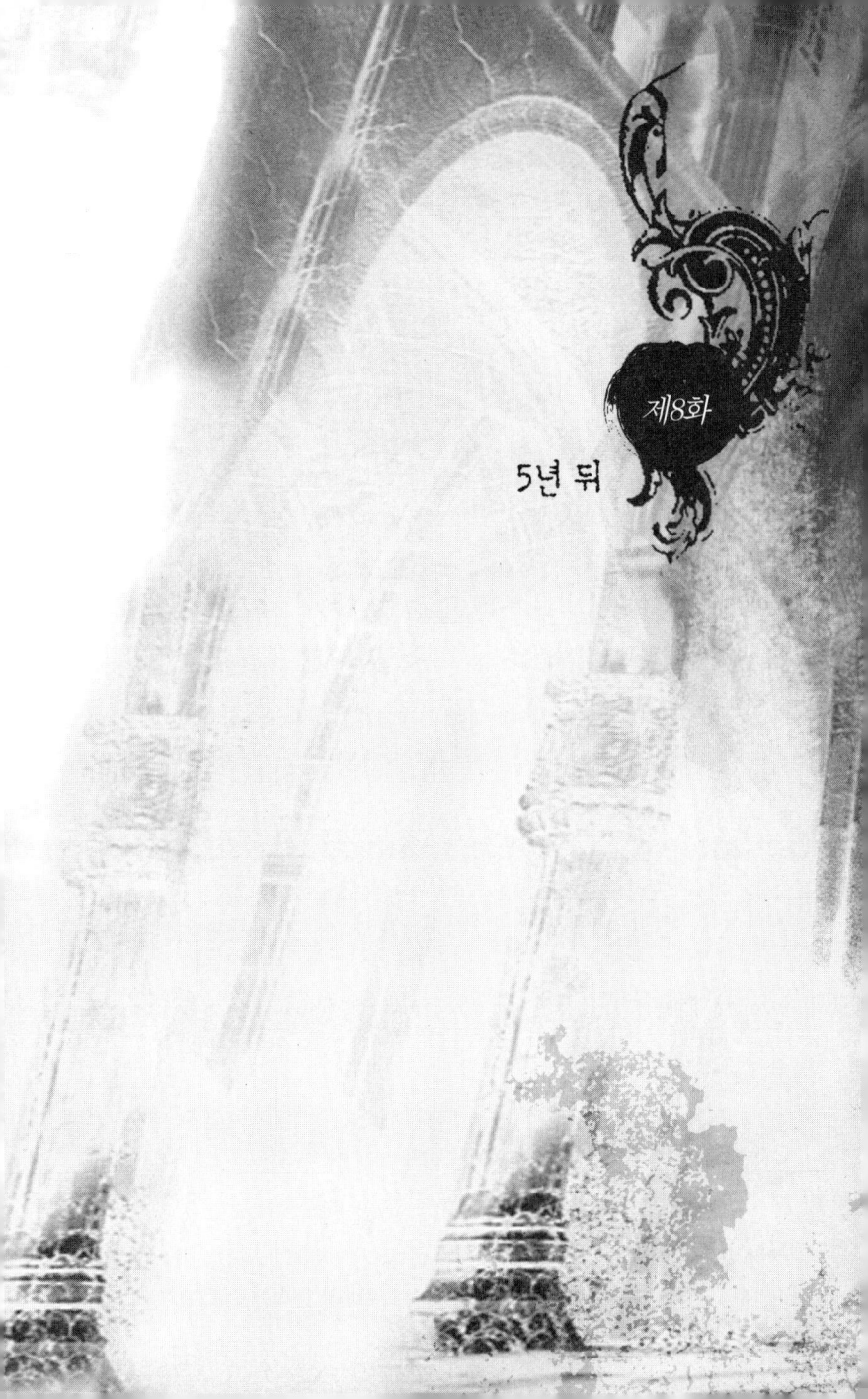

*Chapter 1*

5년 뒤 초여름.

밤이 되자 한낮의 불볕더위가 한풀 꺾였다. 보기만 해도 시원한 달빛이 나이드 왕궁을 비추었다.

왕궁의 하얀 성벽은 달빛을 타고 구불구불 뻗었는데, 그 길이가 끝없이 길어 마치 밤하늘에 걸린 둥근 달까지 쭉 이어진 듯했다.

성벽 안쪽은 오목했다. 그 위에 수십 채의 궁전들이 아기자기하게 세워져 있었고, 곳곳에 호수와 다리가 있었으며, 잔잔한 물 위에 궁전의 그림자가 어려 일렁거렸다.

이 많은 궁전 가운데 가장 높고 가장 화려한 궁전이 일레나 여왕의 거처였다.

여왕이 머무는 둥그런 지붕 아래선 오늘도 뜨거운 열풍이 불었다.

"하아아……."

일레나 여왕의 신음은 농밀한 꿀처럼 끈적거리고 달콤했다. 소리의 마디마디마다 열락의 기쁨이 맺혔다.

"하아, 하아, 하아……."

언덕이라도 넘는 듯 가쁜 신음이 연달아 터졌다. 여왕의 몸이 활처럼 뒤로 휘었다. 덕분에 풍요로운 가슴융기가 한층 도드라졌다.

근육이 잘 발달한 사내가 여왕의 가슴을 부드럽게 움켜잡았다. 사내는 여왕을 악기처럼 다뤘다. 섬세하게, 때로는 격렬하게.

이어서 또 다른 사내가 덤볐다. 그는 여왕의 발등에 키스를 하며 손을 뻗어 여왕의 매끈한 종아리를 감쌌다.

여왕의 머리 위에서 맴돌던 세 번째 사내가 힘을 합쳤다. 그의 혀가 여왕의 귓불을 부드럽게 간질였다.

3인 1조.

셋이서 여왕을 상대했다.

여왕은 산꼭대기로 붕 날아올랐다. 침실 전체가 후끈 달아올랐다.

하지만 침대 밑에서 대기 중인 여왕의 호위들은 전혀 뜨겁지 않았다. 눈앞에서 음탕한 짓거리가 벌어지건만, 그녀들의 표정은 얼음장처럼 차가웠다.

네 개 방위를 에워싼 네 명의 여자 호위들……. 하나같이 긴 생머리를 뒤로 질끈 묶은 차림이었는데, 그 덕분에 단호하고 날렵해 보였다.

여자 호위들은 팔과 다리에 딱딱한 각반을 착용했고 손에는 잘 벼린 단검을 들었다. 허리춤에도 비상용 단검을 몇 자루 꽂았다.

여왕을 바라보는 그녀들의 눈빛은 검날보다 더 시리고 날카로웠다. 침대 위에서 어떤 음탕한 짓이 벌어져도 눈 하나 깜짝 않을 것 같았다.

하긴, 누군가가 여왕을 해치려고 한다면 호위들이 나서서 막아야 할 터, 마음이 반석처럼 단단해야 할 것이다.

목석같은 호위들과 달리, 여왕의 침대 머리맡에 앉아 있는 전담시녀의 표정은 발갛게 달아올랐다. 그녀는 입가에 묘한 웃음을 흘리면서 3남1녀의 행태를 바라보았다. 그러다가 뭐라고 입술을 나풀거렸다.

훈수였다.

전담시녀는 세 사내, 그러니까 가짜 뱀부나이트들에게 훈수를 두었다.

"다리를 좀 더 들고 각도를 깊게 하세요."

"손을 그냥 놀리면 어떻게 해요? 어서 손끝으로 여왕폐하의 등줄기를 부드럽게 쓸어요."

"허리를 비틀면서 리듬을 타요."

"강약, 강강약! 세기를 조정하면서 박자를 맞추라니까요."

많은 이야기들이 여왕의 머리를 타넘어서 가짜 뱀부나이트들에게 전달되었다.

세 남자는 땀을 뻘뻘 흘리면서 전담시녀의 훈수에 복종했다. 기분 나쁜 일이지만, 전담시녀는 그들에게 잠자리 기교를 가르친 교관이었다.

그녀의 훈수를 따르지 않았다가는 몇 시간이 지나도 여왕을 만족시키지 못했다. 여왕의 성욕은 그만큼 왕성하고 집요했다.

마침내 전담시녀의 훈수가 빛을 발했다. 한순간 여왕의 뽀얀 피부가 분홍빛으로 변했다.

"아아아아!"

여왕은 구슬땀을 흘리며 황홀한 순간을 만끽했다.

오늘도 목표 달성.

임무를 완수한 가짜 뱀부나이트들은 여왕을 향해 머리를 조아렸다. 그런 다음 뒷걸음질로 침대에서 내려와서 벗어 놓았던 옷가지를 챙겼다.

그 사이 전담시녀는 커다란 부채를 들고 여왕의 땀을 식혀주었다.

살랑살랑.

시원한 바람이 불었다.

"좋구나."

일레나 여왕은 만족스레 웃으며 눈을 감았다. 포만감이 그녀를 행복하게 만들었다. 스르륵 잠이 들었다.

잠시 후, 전담시녀가 여왕을 대신해서 속삭였다.

"세 용사께서는 이만 물러가세요. 폐하께오서 잠을 청하십니다."

"그럼, 신들은 이만 물러나겠습니다."

가짜 뱀부나이트들은 조심스레 여왕의 침소를 벗어났다. 침대 맞은편 벽에 걸린 커다란 거울이 뒷걸음질치는 세 사내를 비추었다.

은색으로 반짝거리는 그 거울 뒤편.

두 사람이 있었다. 한 명은 차분한 네스토였고, 다른 한 명은 잔뜩 격앙된 일레나였다.

놀라운 일이었다. 일레나 여왕이 두 명이라니!

푹신한 침대에 누워서 포만감을 즐기는 뜨거운 일레나와 거울 뒤 밀실에 숨은 채 두 눈을 부릅뜬 차가운 일레나.

이 두 사람 중 하나는 가짜일 텐데…….

어느 쪽이 가짜인지는 분명했다. 방금 전에 사내들과 뒤엉켰던 여자가 가짜였다. 그녀는 여왕과 꼭 닮은 대역에 불과했다.

매일 밤 여왕의 침실에선 바꿔치기가 이루어졌다. 진짜 일레나는 아무도 모르게 대역과 자리를 바꿨다. 대역에게 뱀부 나이트들을 상대하도록 명령한 다음, 본인은 거울 뒤 밀실로 들어갔다.

그곳에 숨어서 거울 저편에서 벌어지는 음탕한 행위를 고스란히 지켜보았다. 그리곤 보는 내내 깊게 분노했다.

사실 일레나는 눈곱만큼도 음탕하지 않았다. 매일 밤 사내들을 안아야 잠을 잘 수 있는 뜨거운 체질도 아닐뿐더러, 지극히 이성적이고 냉정했다.

나이드 왕국의 여왕이 음란해서 밤마다 미소년들을 침실로 끌어들인다고?

다 거짓이었다. 세상에 알려진 소문은 몽땅 거짓말이었다.

일레나는 거짓으로 세상을 속였다. 세상 사람들에게 손가락질 받으면서 남몰래 다섯 기의 플루토를 만들었고, 플루토나이트를 육성했다.

플루토나이트 두개골에 침을 박은 것도 일레나의 뜻이었다.

원래 네스토는 이 의견에 반대했었다. 네스토는 플루토나이트를 침으로 강제하지 말고 그들 마음에서 우러나오는 충성을 받으라고 간청했었다.

허나 일레나는 듣지 않았다. 일레나는 확실한 길이 아니면 가지 않는 성격이었는데, 사람의 변덕스런 마음을 믿는 것보단 침으로 강제하는 편이 확실했다. 과연 철혈의 여제다운 행동이었다.

철혈의 여제.

그랬다. 일레나의 별명은 철혈의 여제였다. 밤마다 미소년을 끌어들인다는 소문이 나돌기 전까지, 사람들은 일레나를 철혈의 여제라고 불렀었다.

일레나는 그만큼 매사에 철두철미하고 냉혹했다. 일레나는 백성들에겐 좋은 군주였지만 신하들에게까지 좋은 군주는 아니었다.

군왕의 권위를 위해서라면, 한 발 더 나아가 나이드 왕국을 위해서라면 무슨 짓이든 할 수 있는 사람이었다.

그런 일레나가 지금 참기 힘든 치욕에 휩감겼다.

일레나는 거울 저편의 사람들을 더러운 벌레 보듯 했다. 여왕의 대역도, 전담시녀도, 그리고 가짜 뱀부나이트들도 모두 추악한 벌레였다.

플루토를 보유하겠다는 욕심만 아니라면 당장에라도 그들 모두를 도륙했을 것이다.

"더러운 것들."

일레나는 잇새로 뜨거운 저주를 퍼부었다.

네스토는 참담한 얼굴로 고개를 조아렸다.

"폐하, 송구하옵니다."

"아니, 수석시중은 미안해할 것 없어요."

말 내용과 달리 일레나의 목소리는 소름끼치게 차가웠다. 허리를 꼿꼿이 세운 채 건너편 방을 들여다보는 여왕의 표정엔 으스스한 한기가 감돌았다.

'휴우우……'

네스토는 속으로 한숨을 내쉬었다. 가짜 여왕을 이용한 것은 뱀부나이트의 비밀을 유지하기 위한 최선의 방책이었지만, 그래도 마음이 편치 않았다. 시간이 갈수록 일레나는 정신의 균형감각을 잃고 한을 쌓는 듯했다.

네스토는 어떻게 하면 여왕의 마음을 풀어줄 수 있을지 고민했다.

때마침 일레나가 네스토에게 시선을 돌렸다.

"수석시중."

"하명하십시오."

"나는 참을 수 있어요. 백성들이 수군거려도 참을 수 있어요. 신하들이 손가락질해도 괜찮고, 이웃나라 왕들이 비웃어도 참을 수 있어요. 나 하나 참아서 우리 나이드 왕국이 플루토를 가질 수만 있다면! 이보다 더한 치욕도 감내하겠어요."

"소신은 그저 망극할 따름이옵니다."

네스토는 떨리는 목소리로 아뢰며 허리를 직각으로 굽혔다. 일레나는 그의 뒤통수를 굽어보며 싸늘하게 말을 이었다.

"하지만 내 인내심에도 한계가 있어요. 저 음탕한 연놈들이 하는 짓을 보면 도저히 용서가 안 돼요. 저 천한 것들이 감히 군왕을 욕보이는 것 같거든요."

"폐하……"

네스토의 눈이 심하게 흔들렸다. 일레나의 괴로운 심정이 고스란히 전달되어 그의 마음을 짓눌렀다. 네스토는 속으로 울부짖었다.

'폐하, 사실은 신이 더 괴롭나이다. 신은 폐하를 사모하기에 하이랜드 왕국마저 내팽개친 채 나이드에 왔습니다. 그런 신이온데, 어찌 저런 더러운 꼴을 보고 싶겠사옵니까. 매일 밤 신의 피가 거꾸로 솟습니다.'

하지만 차마 이 말을 입 밖으로 내지는 못했다. 네스토는 목구멍까지 치민 고백을 꾹 참아내면서 속으로 삭였다.

일레나가 눈매를 가늘게 좁히며 물었다.

"그래서 수석시중에게 묻고 싶어요. 대체 언제까지 이 연극을 해야 하죠? 언제쯤 플루토를 세상에 선보일 수 있냐고요."

"폐하, 그날이 머지않았습니다. 앞으로 딱 일 년만 참아 주십시오."

일레나는 대뜸 고개를 저었다.

"일 년은 너무 길어요. 최대한 당겨보세요. 언제까지 가능해요?"

네스토는 이마를 찌푸렸다. 플루토 병단을 잘 마무리 지으려면 앞으로 일 년은 필요했다. 하지만 여왕의 초조한 얼굴을 보자 마음이 흔들렸다. 네스토는 생각을 바꿔서 꼭 필요한 최소치를 보고했다.

"그러시오면 폐하, 제게 100일의 시간을 주십시오. 밤잠을 물리고서라도 100일 안에 일을 마무리 짓겠나이다."

"100일이라…… 100일."

일레나는 100일이라는 단어를 혀 안에서 굴렸다. 그러다가 섬뜩하게 뇌까렸다.

"좋아요. 수석시중을 믿고 맡기죠. 그럼 100일 뒤엔 저 더러운 가짜들을 제거할 수 있겠군요. 일단 플루토 병단만 완성하면 더 이상 가짜 뱀부나이트들은 필요 없잖아요."

네스토는 흠칫 몸을 떨었다.

현재 가짜 뱀부나이트의 수는 72명에 이르렀다. 그들은 자기가 가짜인 줄도 몰랐다. 그저 칙령에 의해 끌려와서 여왕의 노리개로 키워졌을 뿐이다. 당연히 죄도 없었다.

가짜 여왕은 더더욱 억울했다. 그녀는 일레나와 닮았다는 이유만으로 끌려와서 네스토의 최면마법에 걸렸다.

그렇게 정신이 몽롱하게 흐트러진 채 매일 밤 사내들과 나뒹굴었다. 진짜 일레나가 지목한 대로, 어느 날은 한 명, 어느 날은 두 명, 또 어느 날은 세 명의 남자를 상대했다. 결국 가짜 여왕이야말로 진정한 피해자였다.

일레나도 그 사실을 잘 알았다. 헌데도 용납하지 못했다.

지난 십여 년 간, 일레나는 매일 밤 이곳 밀실에 숨어 치욕을 견뎠다. 그렇게 똘똘 뭉친 치욕이 원한으로 변질되었다. 마음이 잔뜩 비틀린 것이다.

'감히 군왕을 수치스럽게 만든 자들이다. 단 한 놈도 살려

둘 수 없어. 가짜들을 말살해야 내가 떳떳하다.'

일레나는 이렇게 다짐하며 주먹을 움켜쥐었다.

네스토도 일레나의 뜻을 꺾지 못했다.

사실 네스토는 일이 이렇게 진행될 거라고 짐작했었다.

"폐하, 가짜 뱀부나이트와 폐하의 대역은 신이 알아서 처리하겠나이다. 고결하신 폐하께 누가 되지 않도록 하겠사오니 더 이상 그들에게 마음을 쓰지 마소서."

"좋아요, 수석시중이 내 뜻을 짐작하리라 믿어요. 또한!"

일레나는 단호한 표정으로 말을 끊었다. 그리곤 숨을 한 번 들이키더니 냉정하게 뒷이야기를 풀었다.

"또한, 배신자에 대한 처리도 확실하게 해 줘요. 바하문트와 모달 말이에요."

바하문트라는 이름을 듣는 순간, 네스토는 움찔 몸을 떨었다.

원래 플루토 병단의 완성 예정일은 올해 초였다. 그런데 바하문트와 모달 때문에 일정에 차질이 생겼다.

작년 12월 1일, 두 배신자는 네스토가 걸어놓은 폭발마법을 풀고 왕궁을 탈출했다.

네스토는 뱀부나이트들을 총동원해서 두 탈주자를 추적했다. 그리곤 마침내 수도 외곽에서 바하문트와 모달, 그리고 바하문트의 아비인 빈 남작을 따라잡았다.

탈출하려는 자와 막으려는 자 사이에서 험악한 싸움이 벌어졌다. 두 패거리는 서로의 목을 노리며 병기를 휘둘렀다. 비록 플루토를 타고 싸우진 않았지만 전투는 치열했다. 검이 피를 불렀고 마법이 살을 찢었다.

그 와중에 바하문트는 놀라운 검술실력을 발휘해서 핀토의 손목을 잘랐다. 그리곤 핀토의 플루토 반지를 빼앗아서 달아났다.

뭐, 그렇다고 바하문트를 잔인하다고 손가락질할 일은 아니었다. 핀토가 먼저 바하문트의 아버지 빈을 공격했었다. 무술을 모르는 빈은 핀토의 검에 가슴을 찔려 피를 낭자하게 흘렸다.

아버지가 당하자 바하문트의 눈이 뒤집혔다. 바하문트는 서슬 퍼런 포효를 내지르며 핀토에게 달려들었다.

무서운 질풍이 휘몰아쳤다. 그동안 숨겨놓았던 검술이 바하문트의 손끝에서 화려하게 폭발했다.

핀토를 돕기 위해 세 명의 뱀부나이트가 한꺼번에 달려들었다. 허나 셋이 힘을 합쳐도 바하문트의 상대가 되지 못했다.

결국 네스토까지 달려들었다. 뱀부나이트들이 바하문트의 시선을 끄는 동안 네스토는 마법을 난사해서 바하문트의 측면을 압박했다.

놀랍게도 바하문트는 네스토의 공격마저 전부 막아내었다. 그리곤 단숨에 탈출로를 뚫었다.

네스토는 바인딩 마법으로 바하문트의 탈출을 방해했다.

화가 난 바하문트는 네스토를 직접 노렸다. 눈 깜짝할 새에 달려들어 네스토의 목젖에 날카로운 검날을 바싹 들이밀더니, 더 이상 뒤를 쫓지 말라고 경고하며 사라졌다. 여왕이 계획한 플루토 프로젝트가 뿌리째 흔들린 순간이었다.

그날 이후, 일레나는 마음의 평정을 잃었다. 혹시 뱀부나이트 중에 또 다른 배신자가 나올까봐 하루하루 걱정하고, 초조해하고, 의심했다. 심지어 최근엔 네스토까지 의심하는 눈초리였다.

네스토는 가슴이 먹먹했다.

일레나는 대답이 없는 네스토를 싸늘하게 노려보았다.

"수석시중, 왜 답이 없어요. 나는 100일 안에 두 배신자를 해결하라고 명했어요. 할거예요, 말거예요?"

"신이 어찌 폐하의 뜻을 거역하오리까? 목숨을 다해 받들겠나이다."

네스토는 허리를 깊숙이 수그렸다. 오늘따라 수석시중의 어깨가 구부정해 보였다.

Chapter 2

"한 가지 더. 수석시중과 긴히 의논할 것이 있어요."
일레나는 자리에서 물러나려는 네스토를 붙잡았다.

네스토가 공손히 아뢨다.

"말씀하소서."

일레나는 차가운 표정으로 평소 생각했던 바를 밝혔다.

"플루토 병단을 세상에 선보이고 우리가 플루토 보유국으로 인정을 받은 뒤, 새 플루토나이트를 키웠으면 해요."

네스토는 소스라치게 놀랐다.

"폐하! 그게 어인 말씀이십니까? 새 플루토나이트라니요? 그럼 기존의 뱀부나이트들은 어찌하시려고……."

"때가 되면 몽땅 제거해야죠."

"폐하! 과하신 말씀입니다. 부디 거두어주십시오. 뱀부나이트는 지난 몇 년간 온갖 공을 들여서 키워온 보물들이 아닙니까."

네스토는 어떻게든 일레나를 설득하려 애썼다. 하지만 소용없었다. 이미 일레나는 마음을 굳힌 뒤였다.

"물론 당장 제거하기는 어렵겠죠. 뱀부나이트가 플루토에 탑승해서 무위를 떨치는 모습을 보여줘야 루흘 연합국이 우리를 플루토 보유국으로 인정할 테니까요. 하지만 일단 인정을 받은 뒤엔 당당하게 새 플루토나이트들을 키울 수 있잖아요. 현재의 뱀부나이트처럼 어둠 속에서 키우는 것이 아니라 밝은 대낮에 떳떳하게."

일레나의 뜻은 명확했다.

우선은 플루토 보유국으로 인정받는 것이 목적이었다.

그렇게 인정을 받은 다음, 재능 있는 소년들을 새로 뽑아서 새 플루토나이트로 육성하겠다는 계획을 세웠다.

마지막 단계로, 새 플루토나이트가 충분히 성장한 뒤에는 기존의 뱀부나이트들은 모두 제거할 생각이다.

이 3단계 계획은 즉흥적으로 생각한 것이 아니었다. 일레나는 바하문트가 왕궁을 탈출했을 때부터 이런 섬뜩한 계획을 머릿속에 그렸다.

"폐하! 제발 다시 한 번만 재고해 주십시오. 폐하의 뜻을 따르기엔 국력 낭비가 너무 크옵니다. 핀토, 아게나, 그룸, 로. 이들 네 명을 키우기 위해 얼마나 많은 노력과 자금이 들어갔습니까?"

네스토는 울음 섞인 목소리로 여왕을 말렸다. 허나 일레나는 고집을 꺾지 않았다.

"수석시중, 내 뜻은 확고해요. 그러니 내 뜻에 따라요."

"폐하!"

"안 된다고 말하지 마세요!"

일레나는 뾰족하게 소리치며 자리에서 일어났다. 그리곤 가냘픈 주먹을 바르르 떨면서 가슴에 맺혔던 말을 털어놓았다.

"난 뱀부나이트를 믿지 않아요. 그들 중에 이미 두 명이나 배신자가 나왔잖아요. 내가 아게나를 믿을 수 있을까요? 그룸을 믿을까요? 로를 믿어도 좋을까요? 어디 한 번 수석시중이 대답해 보세요."

"폐하, 신은……."

"그자들을 위해 변명하지 말아요. 난 뱀부나이트를 믿지 못해요. 아니, 믿지 않아요. 심지어 바하문트에게 팔을 잘린 핀토도 신뢰할 수 없어요. 두 놈이 서로 짜고 한 일인지 알게 뭐예요?"

불신으로 가득한 일레나의 얼굴은 더 이상 아름답지 않았다.

네스토는 눈을 꽉 감았다. 눈을 감아도 일레나의 뒤틀린 표정이 훤히 보였다.

촛불을 켰다. 어둠이 슬그머니 물러났다.

책으로 빼곡한 방 안.

바하문트는 수북한 마법서적 위에 턱을 괴고는 물끄러미 촛불을 응시했다. 그의 눈동자가 기이한 열기를 품었다.

일렁이는 불꽃은 이제 세 개로 늘어났다. 촛대 위에 하나, 그리고 바하문트의 두 눈동자에 각각 하나씩.

바하문트는 불의 숭배자라도 된 듯 경건한 표정으로 손을 뻗었다. 그리곤 촛불 가장 뜨거운 부분에 손가락을 넣었다.

1분, 2분, 3분…….

그렇게 한참 놓아 두었는데도 손가락이 뜨겁지 않았다. 화상을 입은 것도 아니고 살이 탄 것도 아니었다.

바하문트는 촛불에서 손을 꺼내 이리저리 돌려보았다. 주먹도 쥐락펴락했다.

멀쩡했다. 감각도, 감촉도 모두 정상이었다. 허나 불에 타진 않았다.

맨살이 아니기 때문이다. 바하문트는 매미 날개보다 더 얇은 장갑을 낀 상태였다. 장갑 안에 오리하르콘(연금술에 필요한 마법금속. 실제로 오리하르콘은 황동 합금의 일종으로 추정되지만, 여기에서는 마법금속의 의미만 부여했음)을 얇게 펴서 삽입한 덕분에 열기가 통과하지 못했다. 장갑의 표면처리도 감쪽같아서 눈으로 보기엔 사람의 맨손과 똑같았다.

"훌륭하다."

바하문트는 진심으로 만족했다. 지난 몇 년간 기울였던 노력이 주마등처럼 머릿속을 스치고 지나갔다.

그동안 얼마나 애를 썼던가!

탁자에 수북이 쌓인 마법서와 연금술 서적, 공작대에 널린 오리하르콘 조각을 비롯해서 금판, 은판, 석면 등의 재료들, 반쯤 꿰매다 내팽개친 장갑들……. 이런 것들이 그간 바하문트가 흘린 땀을 증명했다.

그리고 노력한 만큼 결과가 나왔다. 바하문트는 마침내 사람 손과 똑같은 장갑을 만드는 데 성공했다.

허나, 아직 안심할 때는 아니었다. 바하문트는 마지막 실험에 돌입했다.

바하문트가 손을 뻗자 새하얀 수리부엉이 한 마리가 날아와 어깨에 앉았다.

후우루루—

수리부엉이는 바하문트의 뺨에 얼굴을 부비며 울더니, 이내 부리로 깃털을 골랐다.

이 녀석은 원래 빈이 기르던 애완동물이었다. 하나뿐인 아들 바하문트를 왕궁으로 떠나보낸 뒤, 빈은 적적함을 달래기 위해서 수리부엉이를 길렀다.

그런데 참 희한했다. 이 수리부엉이는 빈보다 바하문트를 더 따랐다. 바하문트를 처음 본 순간부터 어깨에 착 올라앉아 애교를 부리더니, 그 이후로 바하문트의 곁을 떠나지 않았다.

바하문트는 조심스레 손을 뻗어 수리부엉이를 쓰다듬었다.

저주받은 손이 수리부엉이에게 살짝 닿았다.

헌데 수리부엉이는 죽지 않았다. 게다가 얇은 장갑을 통해 수리부엉이 깃털의 감촉이 고스란히 전달되었다.

바하문트는 흡족하게 웃었다.

"수리부엉이의 깃털이 이런 느낌이었구나! 부드러우면서도 빳빳해! 그동안 두꺼운 장갑만 끼고 있어서 촉감을 아주 잊어버리는 줄 알았는데, 이젠 한시름 덜었다."

이만하면 대성공이다. 그래도 혹시나 싶어서 추가 확인에 돌입했다.

바하문트는 우선 한쪽 장갑을 벗은 다음, 바닥에 떨어진 수리부엉이 깃털을 손끝으로 톡 건드렸다.

쫘악—

깃털에 남아 있던 생기가 순식간에 손가락으로 빨려들었다. 새하얗던 깃털은 눈 깜짝할 새에 퇴색했다. 조직 내 모든 수분이 말라 푸석푸석하게 변하더니 푸스슥 가루로 흩어졌다. 생기를 흡수하는 능력은 여전했다.

바하문트는 다시금 장갑을 꼈다. 그리곤 다른 깃털을 건드렸다.

이번엔 생기가 빨리지 않았다. 깃털을 오래 쥐고 있어도 결과는 마찬가지였다. 장갑에 삽입한 오리하르콘 박판이 생기의 흡수를 막았다.

"이제 되었다."

바하문트는 나직하게 쾌재를 불렀다.

그때 누군가가 문을 두드렸다.

"바하문트, 자냐?"

바하문트는 탁자에 벗어 놓았던 푸르스름한 반지 두 개를 재빨리 손가락에 끼었다. 그런 다음 문 밖을 향해 들어오라고 말했다.

"아니. 깨어 있으니까 들어와."

말이 떨어지기 무섭게 문이 벌컥 열렸다. 모달이 빡빡머리를 불쑥 들이밀었다.

모달은 키가 컸다. 등이 좀 꾸부정한데도 키가 2미터 내외이니 등만 쭉 피면 어지간한 사람보다 두 뼘은 더 큰 셈이었다.

몸은 장작개비마냥 비쩍 말랐고 얼굴은 해골을 보는 듯 피골이 상접했는데, 거기에 더해서 어깨까지 꾸부정하니 사람이 옹색해 보였다.

허나 싱거워 보이는 외모와 달리, 모달은 우수한 마법사였다. MRI 분석 결과 뛰어난 마법사 체질이라고 판명이 나서 네스토에게 마법을 배웠다. 게다가 모달은 의외로 성격이 시원시원하며 의리파였다.

바하문트는 모달에게 자리를 권했다.

"아무 데나 앉아라. 방이 지저분해서 미안하다."

바하문트의 말처럼 방은 난장판이었다. 귀하디귀한 마법서적이 바닥에 나뒹굴었고, 곳곳에 금속조각과 가죽, 천조각 등이 널렸다.

"인간아, 방 좀 치우고 살아라."

모달은 가볍게 투덜거렸다. 그리곤 탁자 위에 널린 금속조각을 한쪽으로 밀친 뒤, 그 위에 엉덩이를 걸쳤다.

바하문트가 먹을 것을 권했다.

"배고프냐? 홍차라도 줄까?"

"홍차 좋지. 큰 컵에 우유를 가득 따른 다음 홍차를 타서 줘. 가만, 어디 홍차만 먹어서 배가 차겠어? 빵 있으면 빵도 주라."

바하문트는 홍차 두 컵을 준비했다. 한 컵은 모달에게 주고

나머지 하나는 자신이 마셨다. 물론 모달의 홍차는 가장 큰 컵에 준비한 뒤 우유까지 듬뿍 넣어서 주었다. 기다란 호밀빵도 건넸다.

"마침 출출하던 참이었는데 잘 됐다."

모달은 우적우적 빵을 씹고 홍차를 후루룩 마셨다.

바하문트는 빵 없이 홍차만 마셨다. 그것도 서두르지 않고 한 모금의 홍차를 머금어 입 안을 적신 다음, 느긋하게 목으로 넘겼다.

둘은 일단 배부터 채웠다. 그런 다음 모달이 본론을 꺼냈다.

"국경을 넘을 준비가 끝났다. 보원 왕국의 신분증 세 개를 구해 놓았어. 보원을 거쳐서 자유무역동맹으로 넘어가면 네스토님도 추격하지 못할 거야."

바하문트와 모달은 자유무역동맹으로 도망치기로 결정했다. 나이드 왕국에서 출발해서 자유무역동맹까지 가는 길은 두 갈래였다.

하나는 남쪽의 브라암 왕국을 통과하는 길.

두 번째는 동남쪽의 보원 왕국을 우회하는 길.

첫 번째 길은 편하고 빨랐다. 브라암과 나이드는 대대로 사이가 좋은 편이어서 교역량이 많았다. 따라서 이미 큰 길이 뚫려 있었다.

대신 그쪽 길은 네스토에게 추적당할 가능성이 높았다. 길목 요소요소마다 감시망이 깔려 있을 터, 바하문트와 모달은 어쩔 수 없이 보윈 왕국을 지나는 우회로를 택했다.

물론 이곳 우회로도 그리 안전한 길은 아니었다. 보윈 왕국과 나이드는 서로 사이가 나빴다.

바바로스처럼 죽고 못 사는 원수 사이는 아니었지만, 그래도 잊을 만하면 한 번씩 전쟁이 터지곤 했다. 그 탓에 나이드와 보윈의 국경엔 늘 팽팽한 긴장감이 감돌았다.

바하문트와 모달은 그 살벌한 국경을 넘어 남쪽으로 탈출할 계획을 세웠다.

모달은 홍차를 쭉 들이키면서 희망사항을 털어놓았다.

"그래서 오히려 더 안전할지 몰라. 네스토님도 우리가 설마 보윈 왕국으로 넘어가리라고는 생각하지 못하실 거야."

바하문트가 모달의 말에 동의했다.

"나도 그렇게 생각한다. 하지만 국경선을 통과한 뒤에도 문제가 많을 거야. 보윈 녀석들은 우리 나이드 인을 싫어하거든. 아마 보윈 왕국을 완전히 벗어나서 자유무역동맹에 도착하기 전까진 고생이 심하겠지."

"흥, 고작 그 정도 고생을 못 참을까봐? 우리는 뇌 속에 커다란 침을 두 개나 박고도 잘 견뎠잖아."

"하긴."

바하문트는 모달을 바라보며 희미하게 웃었다. 모달도 마주 웃었다.

그러다가 모달이 빈의 안부를 물었다.

"참, 아버님의 몸 상태는 좀 어떠시냐? 이제 움직이실 수 있을까?"

사실 바하문트 일행은 진작 국경을 넘었어야 했다. 헌데 빈의 상처가 일행의 발목을 붙잡았다.

빈은 핀토의 검에 가슴을 찔려 폐까지 상했는데, 그 상처가 덧나서 한 발짝도 못 움직였다. 결국 바하문트 일행은 여기 은신처에서 7개월 넘게 머물렀다. 아버지를 산속에 버리고 갈 수는 없으니 불가피했다.

그렇다고 지난 7개월 동안 허송세월한 것은 아니었다.

바하문트는 왕궁에서 빼낸 서적과 재료를 활용해서 피부와 구별 안 가는 얇은 장갑을 만드는데 성공했다.

그 사이 모달은 보원 왕국과 자유무역동맹에서 사용할 신분증을 만들었고, 지도를 구했고, 돈을 환전했다. 그러니까 지난 7개월은 충분히 가치 있는 시간들이었다.

문제는 지금부터였다. 이제 더는 꾸물거릴 시간이 없었다. 네스토에게 뒤를 밟히지 않으려면 나이드 왕국을 떠나 새 보금자리를 찾아야 했다.

바하문트는 이빨을 한 번 꽉 물고는 모달을 향해 고개를 끄덕였다.

"무조건 움직이셔야지. 다행히 아버지의 외상은 전부 나으셨거든. 그러니까 내가 등에 업고 가면 돼."

"폐의 상처는 좀 어떠신데?"

모달이 걱정스레 물었다.

바하문트는 눈을 찌푸리며 고개를 내저었다.

"폐는 아직까지 차도가 없으시다. 나아지기는커녕 갈수록 상처가 악화되고 있어."

"약도 소용없나? 이럴 때 내가 치료마법을 구현할 수 있었다면 좋았을 텐데……."

모달은 안타까운 표정으로 입맛을 다셨다.

모달은 전투에 특화된 마법사였다. 특히 플루토나이트를 보호하기 위해서 각종 방어마법 위주로 공부했다. 하지만 아직 치료마법은 배우지 못했다.

바하문트는 씁쓸하게 뇌까렸다.

"약이 잘 안 듣더라. 폐의 상처는 약만 가지고는 쉽게 아물 것 같지 않아."

"핀토, 이 나쁜 자식!"

모달은 굵은 눈썹을 찌푸리며 핀토를 욕했다.

바하문트도 핀토에게 욕을 퍼붓고 싶은 심정이었다. 허나 꾹 눌러 참았다. 한 번 화를 내면 가슴속에 들끓는 분노가 폭발해서 걷잡을 수 없을 것 같았다.

요새 바하문트는 하루에도 몇 번씩 충동을 참아내었다. 수도로 돌아가서 핀토를 짓이겨 버리겠다는 충동! 그 파괴적인 감정이 가슴 저 밑바닥에서 일렁거렸다.

둘 사이에 잠시 침묵이 흘렀다. 바하문트가 먼저 침묵을 깨

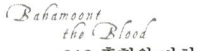

고 고맙다는 인사를 했다.

"모달, 고맙다."

모달은 쑥스러운 표정으로 머리통을 긁었다.

"그거 나한테 하는 소리냐? 바하문트, 두개골에 박힌 침을 뽑아준 건 너잖아. 추격자를 물리친 것도 너고. 그러니 오히려 내가 고맙지."

바하문트는 더 이상 말하지 않았다. 말을 하지 않아도 진심이 전달되었다. 바하문트와 모달은 서로를 마주보며 길게 침묵했다.

## Chapter 3

바하문트와 모달이 국경을 넘으려고 준비할 즈음, 네스토는 뱀부나이트를 모았다.

타원형 탁자에 다섯 사람이 모였다. 네스토가 먼저 자리에 앉았다.

"모두 편히 앉아라."

"네."

허락이 떨어지자 네스토의 오른편부터 핀토, 아게나, 그룸, 그리고 로의 순서로 앉았다.

뱀부나이트 중엔 핀토가 가장 나이가 많았는데, 그의 나이

올해로 스물다섯 살이었다. 다음으로 아게나가 스물네 살, 그룸이 스물둘, 로는 열아홉 살이었다.

한편 이 자리에 없는 바하문트는 열아홉 살로 로와 동갑내기였고, 모달은 그보다 한 살 많아서 스물이었다.

뱀부나이트 기수로 따지면, 핀토는 제1기, 아게나는 제2기, 그룸은 제4기, 모달은 제6기, 로는 제7기, 그리고 바하문트는 제8기였다.

제3기 뱀부나이트는 적절한 대상이 없어서 뽑지 못했다. 제5기 뱀부나이트는 혹독한 훈련을 견디지 못하고 죽었다.

네스토는 복잡한 눈빛으로 네 명의 뱀부나이트를 응시했다.

'이들 한 명 한 명을 키우는데 얼마나 많은 정성을 쏟았던가! 그런데 폐하께선 이 귀한 뱀부나이트를 한낱 소모품으로 쓰고 버리시겠다니!'

생각만 해도 생살을 도려내는 듯 아팠다. 네스토는 일레나의 결정이 원망스러웠다.

따지고 보면 바하문트와 모달이 배신을 한 것도 이해가 갔다. 뇌 속에 폭발하는 침을 박고 통제하는데 누가 진심으로 충성하겠는가. 어떻게든 폭발마법을 해제하고 도망치고 싶었겠지.

하지만 네스토는 이런 속마음을 내색하지 않았다. 담담한 말투로 오늘의 안건을 말했다.

"플루토를 시연하기로 했다."

"시연이요?"

뱀부나이트들을 대표해서 아게나가 물었다. 원래 리더는 핀토였지만, 바하문트에게 팔이 잘리고 플루토 반지를 빼앗긴 뒤부턴 아게나가 리더 역할을 맡았다.

네스토는 담담한 안색으로 고개를 주억거렸다.

"그렇다. 그동안 너희들이 거둔 성과를 여왕폐하 앞에서 선보여야 한다."

"설마 플루토를 만천하에 드러내란 뜻입니까?"

"물론이다. 폐하께오선 무척 궁금해하신다. 플루토의 위용이 과연 어떤지, 그 장엄한 광경을 직접 확인하길 원하셔."

아게나가 걱정스레 여쭸다.

"네스토님, 그렇게 공개해도 괜찮습니까? 자칫 루흘 연합국의 진노를 사서 전쟁이 벌어질 수도 있습니다."

"아니, 전쟁은 없을 게다. 우리는 이미 다섯 기의 플루토를 가졌지 않느냐. 플루토 다섯 기라면 결코 만만한 전력이 아니야. 천하의 루흘 연합국도 우리를 함부로 핍박 못할 게다. 물론 처음엔 언짢은 기색을 보일 테지. 그러나 결국엔 우리 나이드 왕국을 플루토 보유국으로 인정할 게야. 암, 그렇고말고."

네스토는 확신에 찬 말투로 대답했다.

아게나가 깜짝 놀라서 반문했다.

"다섯 기라니요? 저흰 현재 고작 세 기의 플루토밖에 없습니다."

그 말에 핀토가 벌레 씹은 얼굴을 했다. 바하문트에게 플루토를 빼앗긴 치욕스런 순간이 떠오른 탓이었다.

네스토의 얼굴도 딱딱하게 굳었다. 그는 대뜸 아게나에게 호통쳤다.

"그 무슨 나약한 소리냐? 세 기로 부족하면 하루 빨리 두 기를 회수해서 다섯 기로 만들 생각을 해야지."

"네스토님, 노여움을 푸십시오. 무슨 말씀인지 잘 알겠습니다. 하오나 꽁꽁 숨어 버린 바하문트를 어디서 찾는단 말입니까?"

네스토는 아게나의 질문에 답하지 않았다. 대신 로브 소매에서 네 개의 수정판을 꺼내서 나눠주었다.

"다들 이걸 눈에 써봐라."

반투명한 수정판은 눈에 착용하기 적당한 크기였다. 뱀부나이트들은 왼쪽 눈에 수정판을 쓰고는 네스토의 말을 기다렸다.

네스토는 수정판의 용도를 설명했다.

"너희들이 착용한 수정판은 아르곤이라는 귀한 마법아이템이다. 아르곤이 무엇인지는 다들 잘 알지?"

"이것이 그 유명한 아르곤입니까?"

네 사람의 눈이 휘둥그레졌다. 그들은 놀란 토끼눈으로 아르곤의 성능을 살폈다.

'내 손가락에 낀 반지는 마정석이니까 아르곤에 표시가 나

타날 테지?'

이게 네 사람의 공통된 생각이었다.

헌데 아무리 반지를 들여다보아도 변화가 나타나지 않았다. 그룸이 손을 번쩍 들고 질문했다.

"네스토님, 아르곤에 아무것도 나타나지 않는데요."

"그냥 보면 안 된다. 아르곤의 테를 잡고 마나를 불어넣어 봐라."

네 사람은 아르곤의 둥그런 테를 엄지와 검지로 붙잡았다. 그리곤 마나를 불어넣었다.

그러자 비로소 변화가 나타났다. 수정판 안쪽에 빛이 나타나 깜박깜박 점멸하더니 이내 세 개의 덩어리로 뭉쳤다.

네스토가 물었다.

"아르곤에 빛망울 세 개가 맺혔지?"

"네."

"그 빛은 바로 너희들이 보유한 플루토를 뜻한다. 그와 더불어서 빛망울 옆에 숫자도 보일 게다."

"네, 보입니다."

"그 숫자는 현재 너희들이 앉은 곳으로부터 플루토가 얼마나 떨어져 있는지를 알려주는 좌표다. 이것만 있으면 바하문트를 찾아낼 수 있을 게야."

네스토가 바하문트의 이름을 언급하는 순간, 핀토는 눈에서 불을 토했다.

'바하문트, 이노옴!'

바하문트에게 잘린 손목이 갑자기 욱신욱신 쑤셨다. 매일 밤 고통과 실의에 젖어 미칠 것 같았었는데, 이제 그 깊은 원한을 갚을 수 있다고 생각하자 심장이 두근거렸다.

분노에 젖은 핀토와 달리, 아게나는 침착했다. 아게나는 네스토에게 궁금한 점을 여쭸다.

"네스토님, 질문 있습니다."

"말해 봐라."

"저는 아르곤이 40만 차지가 넘는 마정석에만 반응한다고 알고 있습니다. 루흘 연합국이 저희 플루토를 발견하지 못하는 것도 그 덕분이지요. 저희들의 플루토는 고작 30만 차지니까요."

"맞다."

네스토는 고개를 끄덕였다.

아게나가 다시 물었다.

"그런데 이 아르곤으로 어떻게 바하문트를 추적할 수 있습니까? 그의 플루토도 출력이 고작 30만 차지인데요."

네스토는 희미하게 웃으며 아게나를 칭찬했다.

"좋은 질문이다. 그 질문에 대한 답은 바로 그 아르곤에 있다. 내가 너희들에게 나눠준 아르곤은 보통 아르곤과 달라. 30만 차지의 마정석도 찾을 수 있도록 세팅 값을 낮춘 특수 아르곤이다. 아까 그걸로 너희들의 반지 위치를 찾았었지? 일반 아르곤이었다면 어림도 없었다."

"오!"

아게나는 비로소 수긍했다. 그룸과 로도 신기한 듯 아르곤을 만지작거렸다.

네스토는 그들의 주위를 환기시키며 오늘의 안건을 정리했다.

"자, 모두 나를 봐라. 이제부터 너희들은 이 아르곤을 사용해서 바하문트와 모달을 잡아야 한다. 물론 나도 그 배신자들을 잡는 일에 앞장서겠다. 그런 다음, 우리는 하루 빨리 플루토의 시연을 준비해야 해."

아게나는 눈살을 찌푸렸다. 시연을 하는 것이 영 내키지 않았다.

"네스토님, 바하문트는 저희들 손으로 꼭 붙잡겠습니다. 하지만 시연은 다시 한 번 재고해 주십시오. 지금 플루토를 드러냈다가는 나쁜 일이 벌어질 것 같습니다."

그룸과 로도 아게나를 거들어 재고를 부탁했다.

"아게나의 말이 맞습니다. 플루토 시연은 아직 무리입니다."

"네스토님, 저희 의견에 귀를 기울여 주십시오."

숱한 반대에도 불구하고 네스토는 끝까지 밀어붙였다.

"반대해도 소용없다. 여왕폐하께오선 꼭 보겠다고 하셨느니라. 그분의 뜻은 바위처럼 견고하시다."

여왕이 엄명을 내렸다는데 더 할 말이 없었다. 아게나는 아랫입술을 꾹 깨물면서 입을 다물었다.

아게나를 대신해서 로가 질문을 던졌다.

"네스토님, 저희는 명령에 죽고 명령에 사는 기사들입니다. 폐하께오서 시연을 하라고 하시면 해야지요. 하지만 궁금한 점이 있습니다. 저희는 그동안 꾹 참고 플루토를 가다듬어 왔는데 갑자기 공개를 서두르는 것 같습니다. 무슨 이유가 있습니까?"

"이유는 없다. 단지 시연을 하라는 엄명이 내렸을 뿐이다."

"그럼 시연 시기는 언제입니까?"

"100일 뒤다. 그 안에 바하문트를 잡아들여야 하고, 현재 연습 중인 훈련도 끝내야 하고, 서로 호흡도 맞춰야 한다."

"고작 100일이라고요?"

뱀부나이트들은 깜짝 놀랐다. 100일이라면 시간이 너무 촉박했다. 당장 그들의 얼굴이 딱딱하게 굳었다.

그 모습을 보면서 네스토는 속으로 용서를 빌었다.

'나도 안다. 100일은 너무 촉박하지. 너희들에겐 정말 미안하구나. 폐하의 뜻을 거역하지 못하는 나를 용서해다오.'

네스토는 침울한 표정으로 입을 꾹 다물었다.

뱀부나이트들도 더 할 말이 없었다. 폐하께서 엄명을 내리셨다며 무조건 따르라는데 뭐라고 하겠나.

회의는 짧게 끝났다.

뱀부나이트들은 네스토에게 고개 숙여 인사를 하고는 각자의 방으로 돌아갔다. 모두들 표정이 좋지 않았다.

## Chapter 4

네스토가 바하문트의 추격을 재촉할 즈음, 우고트 왕국에서 은밀한 움직임이 시작되었다.

현재 루흘 연합국은 네 개의 왕국으로 구성되었다.

종교로 유명한 루나 성국.

세상에서 가장 강력한 플루토 병단을 가진 우고트 왕국.

신비로운 하이랜더의 나라 하이랜드 왕국.

마지막으로 마법의 라곤 왕국.

이들 네 왕국의 뿌리는 라곤이었다. 처음 라곤 왕국을 세운 사람은 마법의 시조라 불리는 콘라드 대제였는데, 위대한 대제 이래 수많은 후손들이 라곤의 마법을 발전시켰고 문명을 전파했다.

하지만 현재는 라곤의 영향력이 땅에 떨어졌다. 세상을 지배하는 힘을 잃은 것은 물론이고, 루흘 연합국 내부에서도 점차 밀리는 추세였다.

대신 우고트 왕국이 연합국의 주도권을 잡았다.

우고트는 한때 라곤 왕국의 외곽을 지키는 일개 영지에 불과했다. 하지만 지금은 전성기 시절의 라곤을 훌쩍 뛰어넘었다.

우고트 인들은 대대로 전쟁의 신 규토를 숭상해 왔다. 그 덕분에 온 백성들이 무예를 사랑했고, 전쟁을 두려워하지 않았으며, 기사도를 존중했다.

한마디로 말해서 우고트 인들은 용맹하고, 검소하고, 자기 관리에 철저했다. 그들은 라곤의 마법사들이 쉬는 동안에도 플루토 연구를 게을리하지 않았다.

평소에도 늘 무기를 곁에 두고 마음을 가다듬었다. 그 결과 오늘날 세상에서 가장 강력한 군사력을 갖추었다.

현재 우고트 왕국이 보유한 플루토 병단은 세상 최고이자 역대 최강이었다. 우고트는 무려 81기나 되는 엄청난 수의 플루토를 갖췄다.

이 81기라는 숫자는 우고트를 제외한 온 세상의 플루토를 전부 다 합친 것보다 더 많다. 그러니 하늘 아래 그 어떤 왕국이 우고트의 뜻을 거스르랴.

막강한 군사력이 자신감을 불러왔다. 지금으로부터 5년 전, 우고트의 왕 고담은 다음과 같은 두 가지 준칙을 발표했다.

첫째, 팍스 루흘.
둘째, 온 백성의 기사화.

준칙은 굉장히 짧았다. 대신 짧은 만큼이나 충격적이고 강렬했다.

'팍스 루흘'이 대체 무슨 뜻인가?

바로 루흘 연합국이 온 세상의 패권을 차지하겠다는 의미다. 그리고 입으로는 팍스 루흘을 외쳤지만, 실제로 고담 왕이 염두에 두는 것은 '팍스 우고트', 즉 우고트 인에 의한 세상 지배였다.

두 번째 준칙은 더 무서웠다.

온 백성의 기사화라니?

끔찍했다. 소름끼쳤다. 한 나라의 모든 백성을 기사로 만들겠다는데 놀라 자빠지지 않을 사람이 없었다.

물론 고담 왕이 실제로 모든 백성을 기사로 만들겠다는 것은 아니었다. 기사 한 명을 먹여 살리려면 최소한 오십 명의 평민들이 농사를 짓고 상업 활동을 해야 하니 온 백성의 기사화는 불가능했다.

하지만 아주 헛소리도 아니었다.

우고트 백성들은 너나 할 것 없이 기막히게 잘 싸웠다. 심지어 밀밭에서 일하는 우고트 아낙네가 어지간한 왕국의 근위병사들보다 더 무술이 뛰어나다는 이야기는 새삼스럽지 않았다.

하긴, 우고트 인들은 아이가 태어나면 곧장 대장간으로 달려가서 무기부터 선물한다. 그러니 오죽하겠나.

'향후 최소한 5백 년간, 우고트를 힘으로 억누를 왕국은 등

장하지 않는다.'

　루나 성국의 미래학자 요보는 이렇게 단언했다.

　세상 사람들 대다수가 요보의 예언에 동의했다. 우고트는 단지 군사력만 강한 곳이 아니기 때문이다. 우고트 백성들은 검소했고 지도층은 부정부패를 멀리했다. 나라가 강건할 수밖에 없었다.

　게다가 우고트는 정보력도 강했다.

　고담 왕은 정보에 신경을 많이 쓰는 편이어서 정보청이라는 통합정보조직을 두었는데, 이곳이 아주 살벌했다. 우고트 정보청에서 세상 각 왕국에 조사관을 파견해서 혹시 몰래 플루토를 개발 중인 곳이 없나 감시했다.

　한쪽 눈에 아르곤을 착용한 조사관들은 40만 차지가 넘는 마정석의 위치를 기막히게 빨리 찾아냈다. 그리곤 플루토가 완성되기 전에 본국에 알렸다.

　연락을 받은 즉시 우고트의 플루토 병단이 출격했다. 입이 딱 벌어지는 압도적인 무력행사가 뒤를 이었다.

　우고트에서 파견한 플루토나이트들은 타국의 플루토 개발 시설을 완전히 박살내 버렸다. 다시는 플루토에 대한 꿈도 꾸지 못하도록 철저하게.

　그렇다고 우고트가 플루토만 경계하는 것은 아니었다. 우고트의 왕 고담은 세상 각 나라의 세세한 정보를 몽땅 염탐하라고 명했다.

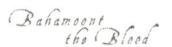

"사소한 정보 하나라도 소홀히 넘기지 마라. 타국을 깔보지 말고 방심하지도 마라. 온 세상에 우리 우고트의 촉수를 깔아놓아야 한다. 팍스 루흘을 이루려면 반드시 해야 할 일이니라."

고담은 철두철미한 왕이었다. 그는 매의 눈을 가졌고 사자처럼 용맹했다. 그리고 지극히 완강했다. 사람들은 왕의 혈관에 피가 아니라 쇳물이 흐른다고 말했다.

또 고담은 우수한 신하들을 발탁해서 요소요소에 배치하는 것으로도 유명했다.

정보청의 총수 크라옌도 그렇게 발탁된 사람 중 하나였다. 크라옌의 무력은 그다지 뛰어나지 않았다. 대신 정보 분석력은 탁월했다. 게다가 감이 아주 좋았다.

지금 그 크라옌이 나이드 왕국을 주목하고 있었다.

크라옌은 나이드 왕국으로부터 수집한 정보를 방 안에 가득 늘어놓은 채 매일같이 점검했다.

혹시라도 놓친 것은 없는지, 수상한 점은 없는지 살피는 것이 크라옌의 오전 일과였다.

왜 그렇게 나이드 왕국만 바라보냐고 물으면 할 말은 없었다. 우고트 왕국의 정보청 총수가 굳이 나이드 같은 약소국에 신경을 집중할 까닭은 없었으니까.

나이드는 플루토를 한 기도 보유하지 못한 미약한 왕국이 아닌가. 게다가 루흘 연합국과는 거리도 멀다.

그럼에도 크라옌은 나이드에 대한 관심을 끊지 못했다. 막연한 육감 때문이었다.

"뭔가가 있어. 나이드 왕국엔 뭔가가 있어."

크라옌은 지도에서 나이드 왕국을 찾아서 노려보며 이렇게 중얼거렸다. 그리곤 오늘 올라온 장부를 펼쳤다.

나이드 왕국엔 총 35명의 첩자를 깔아놓았는데, 그중 20명이 왕궁 안에서 근무했다. 또 20명 가운데 여덟 명은 일레나 여왕의 측근이거나 혹은 시중부에서 일했다. 크라옌은 이들 여덟 명을 핵심첩자라고 불렀다.

지금 크라옌이 펼쳐든 장부엔 핵심첩자가 보낸 극비정보가 담겼다. 크라옌은 장부에 적힌 기록을 소리 내어 읽었다.

"그젯밤 일레나의 잠자리 시중을 든 뱀부나이트는 두 명. 오톤과 마요른. 어제 아침 일레나가 접견한 신하는 세 명. 수석시중과 근위기사단장, 그리고 노폭 공작. 일레나의 아침식사 시간은 8시 30분이었으며, 식사 후엔 황족들과 더불어 산책을 했음. 나이드 국경선에서 접전은 없었음. 그제 오후부터 어제 오전까지 나이드 왕궁 지하 감옥에 새로 갇힌 죄수는 다섯 명. 전부 특별한 점이 없는 죄수들임."

정보는 입이 딱 벌어질 만큼 정확하고 세밀했다.

크라옌은 입으로 중얼거리면서 손으론 벽에 계보를 그렸다. 일레나 여왕을 중심으로, 그녀가 자주 접촉한 사람들의 이름을 쓰고 그 옆에 접촉회수를 기록했다.

그 옆엔 네스토의 계보도 작성했다. 네스토의 계보는 일레나의 계보와 겹치는 부분이 많았다.

크라옌은 그 둘을 열심히 들여다보았는데, 아무리 봐도 딱히 수상한 점이 짚이지 않았다. 그래서 더 불안했다.

"킁킁. 냄새가 나. 구린 냄새가 난단 말이야. 의심할 만한 꼬투리가 너무 없어서 오히려 더 수상한걸."

크라옌은 뾰족한 코를 실룩거리며 이렇게 뇌까렸다. 그리곤 손가락으로 머리통을 톡톡 치다가 다른 수를 생각해냈다.

"지금까지 내 예감은 틀린 적이 없었지? 난 내 예감을 믿는다. 이대로 그냥 있어선 안 돼. 한 번 나이드 왕국을 찔러봐야겠어."

평소 크라옌은 은밀하고 조용하게 정보를 모으는 수동적인 방법을 선호했다. 이쪽이 깔끔하고 안전했기 때문이다.

하지만 아주 가끔은 상대방을 푹 찔러서 반응을 살피는 적극적인 방법도 활용할 줄 알았다. 지금 크라옌이 염두에 둔 것은 이 두 번째 방법이었다.

『흡혈왕 바하문트』 2권에서 계속

작가 팬 카페
http://cafe.daum.net/PoisonNecromancer

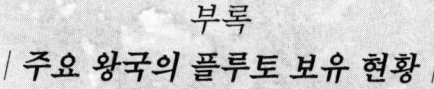

부록
**주요 왕국의 플루토 보유 현황**

## 주요 왕국의 플루토 보유 현황

**나이드 왕국(5기)** : 네스토가 5기의 플루토를 만들었다. 출력은 30만 차지이며, 전장은 3미터인 소형 플루토들이다. 정식 플루토에 비해 위력은 떨어진다. 대신 아르곤에 잡히지 않는다는 것이 장점이다.

**바바로스(2기)** : 엄밀하게 말해서 바바로스는 플루토가 없다. 하지만 루나 성국의 신성플루토 2기가 바바로스 영토 붉은 땅에 배치되어 있다.

**보윈 왕국(0기)** : 보윈 왕국은 아직까지 단 한 기의 플루토도 없다. 하지만 증식금속은 이미 충분하게 확보해 놓은 상태고, 플루토 설계에 대한 준비도 끝냈다. 단, 아직까지 플루토의 엔진 역할을 할 A급 마정석을 구하지 못했다.

**브라암 왕국(1기)** : 브라암 왕국은 지금으로부터 90년쯤 전에 가까스로 1기의 플루토를 만들었다.

출력은 45만 차지. 전장은 4.5미터다. 당시는 우고트 왕국이 패권을 노리기 전이어서 플루토 보유가 가능했었다. 하지만 그 이후로 플루토를 추가하지는 못했다.

**자유무역동맹(총 9기)** : 자유무역동맹은 상업 활동에 기반을 둔 도시국가들의 연합이다.

동맹의 대표인 피에타 가문이 플루토 3기, 실리 가문이 2기, 에반스 가문, 로롤스 가문, 랑팡 가문, 셰로키 가문이 각각 1기씩 보유했다.

피에타 가문의 플루토는 출력이 49만 차지에 달한다. 나머지 가문의 플루토도 45만, 46만 혹은 47만 차지의 우수한 출력을 자랑한다.

**남부 열대우림(최소한 10기 이상)** : 남부 열대우림에 분포한 부족국가들이 얼마나 강한 전력을 보유했느냐는 늘 논쟁거리다. 그만큼 이 지역에 대해선 알려진 바가 없다.

그나마 우고트 정보청의 보고서가 가장 정확한데, 이 보고서에 따르면 남부 열대우림의 부족국가들은 최소한 10기 이상의 플루토를 보유했다고 한다.

남부 열대우림의 플루토는 다른 지역의 플루토와 달리 증식금속을 사용하지 않으며, 대신 괴상한 생체조직에 마정석을 조합해서 플루토를 구성한다고 전한다.

이 때문에 우고트 정보청에서는 남부 열대우림의 플루토를 생체플루토라고 부른다.

남부 열대우림의 생체플루토 가운데 가장 유명한 것은 사교의 대사제 사바나가 탑승하는 블러드(Blood)다.

블러드는 신비의 돌이라 불리는 S급 마정석으로 만들어졌으며, 어떤 생명체를 몸체로 이용했는지는 알려지지 않았다.

일부 호사가들은 블러드의 전장이 4.9미터에 출력은 무려 120만에 육박한다고 떠든다. 하지만 이 황당한 정보를 실제로 확인한 사람은 없다.

**라곤 왕국(8기)** : 콘라드 대제 이래 라곤 왕국은 세상의 중심으로 불려왔었다. 하지만 지금은 힘을 잃고 쇠퇴기에 접어들었다.

라곤 왕국은 대외적으로 45만 차지의 플루토 6기와 49만 차지의 플루토 2기를 갖고 있다고 알려졌다.

약 40년 전까지만 해도 S급의 비밀 플루토를 1기 보유했었는데, 이 플루토는 정권다툼의 와중에 신비하게 종적을 감추었다.

**루나 성국(16기)** : 원래 루나 성국은 라곤 왕실을 보좌하는 종교단체에서 출발했다. 하지만 현재는 우고트와 함께 세상을 지배하는 중심축이다.

루나 성국은 회전창을 사용하는 신성플루토 16기를 보유했다. 이 가운데 2기는 모종의 이유에 의해 바바로스 땅에 파병했다.

신성플루토 가운데 15기는 똑같은 성능으로 만들어졌으며, 전장은 5미터, 창 길이 10미터, 출력은 무려 52만 차지나 된다. 루나 성국의 플루토는 신성마법이 깃들어 있는 점이 특징이다.

더불어 루나 성국은 법왕의 위엄을 만천하에 드러내기 위해 전장 9미터, 출력 90만 차지의 초대형 플루토를 1기 제작했다. 이것은 현재까지 세상에 알려진 플루토 가운데 가장 거대한 크기다. 물론 이 법왕 전용 플루토는 덩치가 너무 커서 움직임이 둔하다. 따라서 실전엔 투입하기는 힘들다.

**우고트 왕국(81기)** : 우고트 왕국엔 플루토나이트 집단 네 곳이 있다. 각각 검부, 염부, 호부, 표부라 불린다. 각 부는 20기의 플루토를 보유했다.

이들 대부분은 전장 4.5미터, 출력 45만 차지의 범용 플루토들이다. 하지만 상위 서열이 탑승하는 플루토들은 전장 5미터에 출력도 50만 차지가 넘는다.

또한, 각 부의 총수들이 탑승하는 플루토는 S급 마정석을 사용했다. 이들 S급 플루토의 출력은 자세히 알려지지 않았지만, 대략 100만 차지 내외일 것으로 추정된다.

이와 더불어 우고트 왕국은 군왕을 위해 특수한 플루토를 1기 만들었는데, 이것도 S급 마정석을 장착했다. 이 플루토에 대한 자세한 사양도 외부에 공개되지 않았다.

**하이랜드 왕국(19기)** : 하이랜드 왕국은 우고트에 이어 두 번째로 막강한 군사력을 보유했다.

이 지역의 플루토는 우수한 마법이 내재된 것으로 유명한데, 덕분에 같은 출력의 타국 플루토보다 성능이 월등하다. 게다가 출력도 뛰어나서, 19기의 플루토 모두 48만 차지 이상의 높은 파워를 자랑한다.

특히 지혜의 수호자가 탑승하는 플루토는 S급 마정석을 사용했으며, 출력은 대략 95만 차지 내외로 알려졌다.

방수윤 신무협 소설

# 허부대공

虛夫大公

장르문학 최대 사이트 문피아(MUNPIA)의
독자들을 단숨에 사로잡은

『천하대란』, 『용검전기』, 『무도』의 작가
방수윤의 2007년 최고의 고감도 무협!

이제 허부대공에 의해 구주 무림의 역사가 다시 쓰여진다!

득시공검자지불멸(得時空劍者之不滅)!
시공검을 얻는 자 불멸하리라!

dream books
드림북스

# 『흡혈왕 바하문트』 출간 기념 드림 빅 이벤트

판타지 문학의 새로운 시대를 여는
전율과 카타르시스의 결정판!

『양신의 강림』, 『천미선』, 『규토대제』
베스트셀러 작가 쥬논!

2008년을 뜨겁게 달굴
초대형 스펙터클 판타지로 돌아왔다!

## 흡혈왕 바하문트
### Bahamoont the Blood

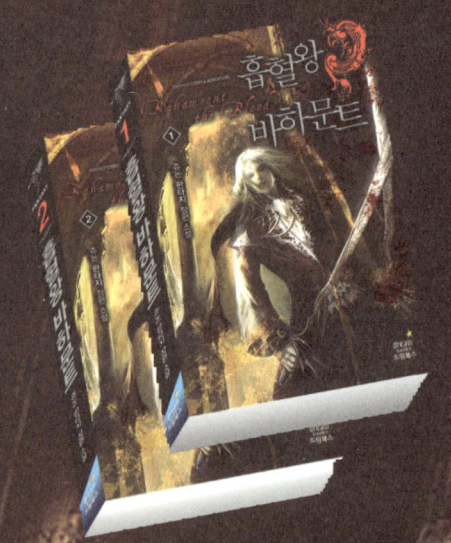

흡혈왕 바하문트!
악마의 병기 플루토의 절대 지배자!
이제 모든 질서를 파괴하는 피의 전쟁을 선포한다!

## EVENT ONE

### 책을 구입하신 분들 중 추첨을 통해 아래의 사은품을 드립니다.

[사은품]

1등(1명) : 『흡혈왕 바하문트』3권(작가 친필사인) + P2
2등(3명) : 『흡혈왕 바하문트』3권(작가 친필사인) + UP3
3등(20명) : 『흡혈왕 바하문트』3권(작가 친필사인) + CGV영화관람권 2매

[응모요령]

1,2권 띠지에 부착된 응모권을 오려 2권에 들어 있는 애독자 엽서에 붙여 보내주세요.
(응모권은 2개 모두 보내주셔야 합니다.)

## EVENT TWO

이벤트를 진행하는 인터넷 서점(yes24,인터파크)에서 책을 구입하신 분들 중 추첨을 통해
20명에게 아래의 사은품을 드립니다.

[사은품]

『흡혈왕 바하문트』3권(작가 친필사인)
　　　　　　＋ 문화상품권 1만원

## EVENT THREE

『흡혈왕 바하문트』1,2권을 모두 읽고 감상평을 올리시는 분들 중 30명을 추첨하여
사은품을 드립니다.

[사은품] 『흡혈왕 바하문트』3권(작가 친필사인)

[응모요령]

책을 읽고 이벤트를 진행하는 인터넷 서점(yes24,인터파크) 서평란에 올려주시고, 그 내용을 복사
하여(이메일, 아이디 기재) 한 번 더 '드림북스 홈페이지 이벤트 게시판'에 올려주세요.

[이벤트 기간] 2008년 1월 29일~2008년 2월 29일

[당첨자 발표] 2008년 3월 10일(당사 홈페이지 및 장르문학 전문 사이트에 발표합니다.)

　☞ 드림북스 홈페이지 http://www.sydreambooks.com
　☞ 드림북스 블로그 http://blog.naver.com/dream_books
　☞ 문피아 사이트 http://www.munpia.com/출판사 소식/드림북스
　☞ 조아라 사이트 http://www.joara.com/출판사 소식

※ 수령하실 사은품은 이미지와 다를 수 있습니다.

## 향공열전 鄕貢列傳

조진행 신무협 장편 소설
ORIENTAL FANTASY STORY & ADVENTURE

**최고의 작품만을 선보이는 무협의 거장!**
**「천사지인」,「칠정검칠살도」,「기문둔갑」의**
**베스트셀러 작가 조진행이 심혈을 기울인 역작!**

대림사(大林寺) 구마선사가 남긴 유마경(維摩經)의 기연.
월하서생 서문영, 붓을 꺾고 무림의 길로 나선다!

**이제, 과거 시험은 작파하고 무공을 배우겠다!**

dream books
드림북스